大师精品集

许地山精品集

本书编写组◎编

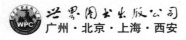

世界图书出版公司
广州·北京·上海·西安

图书在版编目（CIP）数据

许地山精品集 /《中国现代文学大师精品集》编委会编．—广州：广东世界图书出版公司，2009.4（2024.2 重印）
（中国现代文学大师精品集）
ISBN 978－7－5100－0607－4

Ⅰ．许…　Ⅱ．中…　Ⅲ．文学－作品综合集－中国－现代　Ⅳ. I216. 2

中国版本图书馆 CIP 数据核字（2009）第 056436 号

书　　名	许地山精品集 XUDISHAN JINGPINJI
编　　者	《中国现代文学大师精品集》编委会
责任编辑	卢　欣　柯绵丽
装帧设计	三棵树设计工作组
出版发行	世界图书出版有限公司　世界图书出版广东有限公司
地　　址	广州市海珠区新港西路大江冲 25 号
邮　　编	510300
电　　话	020-84452179
网　　址	http://www.gdst.com.cn
邮　　箱	wpc_gdst@163.com
经　　销	新华书店
印　　刷	唐山富达印务有限公司
开　　本	787mm × 1092mm　1/16
印　　张	13
字　　数	120 千字
版　　次	2009 年 4 月第 1 版　2024 年 2 月第 11 次印刷
国际书号	ISBN　978-7-5100-0607-4
定　　价	59.80 元

前言

中国现代文学的时间跨度大致为从1919年五四运动开始到1949年中华人民共和国建立为止。从五四新文化运动到1937年抗战爆发为其前半期，从抗战爆发到新中国建立为后半期。

世界进入20世纪，世界列强把中国变成了半殖民地半封建国家，民族危机感对20世纪中国民族的文化心理产生了不可估量的影响，以“天下之中”自诩的中国当政者再也撑不下去了。现代与传统、新思潮与旧意识的斗争愈演愈烈。

先是兴起“白话文运动”，接着就是陈独秀和胡适极力倡导文学现代化。从此，就如打开了闸门的洪水，现代文学以汹涌澎湃之势，义无反顾地冲决一切阻力，不可遏止地成就了一片汪洋。因而，一种崭新的文学形态在深重的危机感和中国古典文学厚重的土壤上诞生了。

进入20世纪20年代，现代文学的影响和实践范围进一步拓展，由泛泛的思想和宣传转化为具体而专门的文学实践。

全国各大城市风起云涌般地出现了种种刊物，各报纸也纷纷办起了副刊，有意无意地发表了许多散文、小说、小品等白话文学作品，一时竟甚成风气，为现代文学开辟了阵地。全国各地也涌现出了许多青年文学社团，造就了一大批卓有建树的现代文学作家。一时间，写散文，写小说，写诗歌，写小品，写剧本，翻译欧、美、日文学作品……出专集、出结集、出选集……蔚为大观。

现代文学的作者们在自己的作品中生动地抒写了自己的禀性、气质、情思、嗜好、习惯、修养、人生经历和人生哲学，生动地表现自己的思想感情和人格；无情地撕破了道貌岸然的面具，彻底地反对封建主义桎梏，完全摒弃了为圣人解经、为圣人立言的旧思想、旧传统，字里行间充满了民族觉醒和自我解放的诉求。这反映了作者们由封闭型思维体系向开放型思维体系的转化，亦即由自我完善、自我调节、自我延续向面对世界、面对新潮、面对社会人生的转化。

当然，各作者的经历不同，其间中西、新旧、激进与保守思想的差异也必然存在。但无论如何，中国现代作家自觉地将文学的内容和形式与时代联系起来，共同地给现代文学规定了明确的目的：即文学的创作是这样一种时代的工作，它本身是历史向未来过渡的一个重要部分。而未来，必然是比以前更加美好的，更加有希望的。

许地山是中国现代文学史上重要的作家。

许地山（1893～1941），笔名落花生。生于台湾，长在福建。青年时在缅甸生活过，也去过马来半岛。1917年考入燕京大学，后又去英国牛津大学学宗教考古学，精通梵文。

许地山是文学研究会作家中最奇特的一位，其创作有他人无法重复和替代的文学价值。他的作品有鲜明的宗教色彩。他是个宗教学者，所以他关注“人间问题”往往从宗教中寻找答案，带有浓厚的宗教哲学的思辨色彩。这构成了许地山作品重要的精神特质。

许地山的作品文字清新，从而掩盖了作品原有的悲剧色彩。他的主导倾向是以出世的精神入世，以弱者的外表蕴涵强者的内核。这构成了许地山特有的东方文化哲学精神。

本书选编了许地山作品的大部分，读者从中可以领略文学大师笔下的迷人风采。

中国现代文学大师精品集编委会

许地山精品集

Xudishanjingpinji

目录

散　文

许地山精品集

Xudishanjingpinji

目录

小　说

散文

蜜蜂和农人

雨刚晴，蝶儿没有蓑衣，不敢造次出来，可是瓜棚的四围，已满唱了蜜蜂的工夫诗：

彷彷，徨徨！徨徨，彷彷！
　　生就是这样，徨徨，彷彷！
趁机会把蜜酿，
　　大家帮帮忙，
　　别误了好时光。
彷彷，徨徨！徨徨，彷彷！

蜂虽然这样唱，那底下坐着三四个农夫却各人担着烟管在那里闲谈。

人的寿命比蜜蜂长，不必像它们那么忙么？未必如此。不过农夫们不懂它们的歌就是了。但农夫们工作时，也会唱的。他们唱的是：

村中鸡一鸣，
　　阳光便上升，
　　太阳上升好插秧。
　　禾秧要水养，
　　各人还为踏车忙。
东家莫截西家水，
西家不借东家粮。
　　各人只为各人忙——
　　“各人自扫门前雪，
　　不管他人瓦上霜。”

爱的痛苦

在绿荫月影底下，朗日和风之中，或急雨飘雪的时候，牛先生必要说他的真言，“啊，拉夫斯偏”！他在三百六十日中，少有不说这话的时候。

暮雨要来，带着愁容的云片，急急飞避；不识不知的蜻蜓还在庭园间遨游着。爱诵真言的牛先生闷坐在屋里，从西窗望见隔院的女友田和正抱着小弟弟玩。

姊姊把孩子的手臂咬得吃紧；擘他的两颊；摇他的身体；又掌他的小腿。孩子急得哭了。姊姊才忙忙地拥抱住他，堆着笑说：“乖乖，乖乖，好孩子，好弟弟，不要哭。我疼爱你，我疼爱你！不要哭。”不一会儿孩子的哭声果然停了。可是弟弟刚现出笑容，姊姊又该咬他，擘他，摇他，掌他咧。

檐前的雨好像珠帘，把牛先生眼中的对象隔住。但方才那种印象，却萦回在他眼中。他把窗户关上，自己一人在屋里踝来踱去。最后，他点点头，笑了一声，“哈，哈！这也是拉夫斯偏！”

他走近书桌子，坐下，提起笔来，像要写什么似的。想了半天，才写上一句七言诗。他念了几遍，就摇头，自己说：“不好，不好。我不会做诗，还是随便记些起来好。”

牛先生将那句诗涂掉以后，就把他的日记拿出来写。那天他要记的事情格外多。日记里应用的空格，他在午饭后，早已填满了。他裁了一张纸，写着：

> 黄昏，大雨。田在西院弄她的弟弟，动起我一个感想，就是：人都喜欢见他们所爱者的愁苦；要想方法教所爱者难受。所爱者越难受，爱者越喜欢，越加爱。
>
> 一切被爱的男子，在他们的女人当中，直如小弟弟在田的膝上一样。他们也是被爱者玩弄的。
>
> 女人的爱最难给，最容易收回去。当她把爱收回去的时候，未必不是一种游戏的冲动；可是苦了别人哪。
>
> 唉，爱玩弄人的女人，你何苦来这一下！愚男子，你的苦恼，又活该呢！

牛先生写完，复看一遍，又把后面那几句涂去，说：“写得太过了，太过了！”他把那张纸付贴在日记上，正要起身，老妈子把哭着的孩子抱出来，一面说：“姊姊不好，爱欺负人。不要哭，咱们找牛先生去。”

“姊姊打我！”这是孩子所能对牛先生说的话。

牛先生装作可怜的声音，忧郁的容貌，回答说：“是么？姊姊打你么？来，我看看打到哪步田地？”

孩子受他的抚慰，也就忘了痛苦，安静过来了。现在吵闹的，只剩下窗外急雨的声音。

暗　途

“我的朋友，且等一等，待我为你点着灯，才走。”

吾威听见他的朋友这样说，便笑道：“哈哈，均哥，你以为我是女人么？女人在夜间走路才要用火；男子，又何必呢？不用张罗，我空手回去吧，——省得以后还要给你送灯回来。”

吾威的村庄和均哥所住的地方隔着几重山，路途崎岖得很厉害。若是夜间要走那条路，无论是谁，都得带灯。所以均哥一定不让他暗中摸索回去。

均哥说：“你还是带灯好。这样的天气，又没有一点月影，在山中，难保没有危险。”

吾威说：“若想起危险，我就回不去了。……”

“那么，你今晚上就住在我这里，如何？”

“不，我总得回去，因为我的父亲和妻子都在那边等着我呢。”

“你这个人，太过执拗了。没有灯，怎么去呢？”均哥一面说，一面把点着的灯切切地递给他。他仍是坚持不受。

他说：“若是你定要叫我带着灯走，那教我更不敢走。”

“怎么呢？”

“满山都没有光，若是我提着灯走，也不过是照得三两步远；且要累得满山的昆虫都不安。若凑巧遇见长蛇也冲着火光走来，可又怎办呢？再说，这一点的光可以把那照不着的地方越显得危险，越能使我害怕。在半途中，灯一熄灭，那就更不好办了。不如我空着手走，初时虽觉得有些妨碍，不多一会儿，什么都可以在幽暗中辨别一点。”

他说完，就出门。均哥还把灯提在手里，眼看着他向密林中那条小路穿进去，才摇摇头说：“天下竟有这样的怪人！”

吾威在暗途中走着，耳边虽常听见飞虫、野兽的声音，然而他一点害怕也没有。在蔓草中，时常飞些萤火虫出来，光虽不大，可也够了。他自己说：“这是均哥想不到，也是他所不能为我点的灯。”

那晚上他没有跌倒，也没有遇见毒虫野兽，安然地到他家里。

你为什么不来

在夭桃开透，浓荫欲成的时候，谁不想伴着他心爱的人出去游逛游逛呢？在密云不飞，急雨如注的时候，谁不愿在深闺中等她心爱的人前来细谈呢？

她闷坐在一张睡椅上，紊乱的心思像窗外的雨点——东抛，西织，来回无定。在有意无意之间，又顺手拿起一把九连环慵懒懒地解着。

丫头进来说："小姐，茶点都预备好了。"

她手里还是慵懒懒地解着，口里却发出似答非答的声："……他为什么还不来？"

除窗外的雨声，和她手中轻微的银环声以外，屋里可算静极了！在这幽静的屋里，忽然从窗外伴着雨声送来几句优美的歌曲：

你放声哭，
　　因为我把林中善鸣的鸟笼住么？
你飞不动，
　　因为我把空中的雁射杀么？
你不敢进我的门，
　　因为我家养狗提防客人么？
因为我家养猫捕鼠，
　　你就不来么？
因为我的灯火没有笼罩，
　　烧死许多美丽的昆虫
　　　你就不来么？
你不肯来，
　　因为我有……？

"有什么呢？"她听到末了这句，那紊乱的心就发出这样的问。她心中接着想："因为我约你，所以你不肯来；还是因为大雨，使你不能来呢？"

难解决的问题

我叫同伴到钓鱼矶去赏荷,他们都不愿意去,剩我自己走着。我走到清佳堂附近,就坐在山前一块石头上歇息。在瞻顾之间,小山后面一阵唧咕的声音夹着蝉声送到我耳边。

谁愿意在优游的天日中故意要找出人家的秘密呢?然而宇宙间的秘密都从无意中得来。所以在那时候,我不离开那里,也不把两耳掩住,任凭那些声浪在耳边荡来荡去。

辟头一听,我便听得:"这实在是一个难解决的问题。……"

既说是难解决,自然要把怎样难的理由说出来。这理由无论是局内、局外人都爱听的。以前的话能否钻入我耳里,且不用说,单是这一句,使我不能不注意。

山后的人接下去说:"在这三位中,你说要哪一位才合适?……梅说要等我十年;白说要等到我和别人结婚那一天;区说非嫁我不可,——她要终身等我。"

"那么,你就要区吧。"

"但是梅的景况,我很了解。她的苦衷,我应当原谅。她能为了我牺牲十年的光阴,从她的境遇来看,无论如何,是很可敬的。设使梅居区的地位,她也能说,要终身等我。"

"那么,梅、区都不要,要白如何?"

"白么?也不过是她的环境使她这样达观。设使她处着梅的景况,她也只能等我十年。"

谈话到这里就停了。我的注意只能移到池上,静观那被轻风摇摆的芰荷。呀,叶上的那对小鸳鸯正在那里歇午哪!不晓得它们从前也曾解决过方才的问题没有?不上一分钟,后面的声音又来了。

"那么,三个都要如何?"

"笑话,就是没有理性的兽类也不这样办。"又停了许久。

"不经过那些无用的礼节,各人快活地同过这一辈子不成吗?"

"唔……唔……唔……这是后来的话,且不必提,我们先解决目前的困难吧。我实在不肯故意辜负了三位中的一位。我想用拈阄儿的方法瞎挑一个就得了。"

"这不更是笑话么?人间哪有这么新奇的事!她们三人中谁愿意遵你的命令,这样办呢?"他们大笑起来。

"我们私下先拈一拈,如何?你权当做白,我自己权当做梅,剩下是区的份儿。"

他们由严肃的密语化为滑稽的谈笑了。我怕他们要闹下坡来,不敢逗留在那里,只得先走。钓鱼矶也没去成。

爱就是刑罚

“都什么时候了，还埋头在案上写什么？快同我到海边去走走吧。”

丈夫尽管写着，没站起来，也没抬头对他妻子行个“注目笑”的礼。妻子跑到身边，要抢掉他手里的笔，他才说：“对不起，你自己去吧。船，明天一早就要开，今晚上我得把这几封信赶出来，十点钟还要送到船里的邮箱去。”

“我要人伴着我到海边去。”

“请七姨子陪你去。”

“七妹子说我嫁了，应当和你同行，她和别的同学先去了。我要你同我去。”

“我实在对不起你，今晚不能随你出去。”他们争执了许久，结果还是妻子独自出去。

丈夫低着头忙他的事情，足有四点钟工夫。那时已经十一点了，他没有进去看看那新婚的妻子回来了没有，披起大衣大踏步地出门去。

他回来，还到书房里检点一切，才进入卧房。妻子已先睡了。他们的约法：睡迟的人得亲过先睡者的嘴才许上床。所以这位少年走到床前，依法亲了妻子一下。妻子急用手在唇边来回擦了几下。那意思是表明她不接受这个接吻。

丈夫不敢上床，呆呆地站在一边。一会儿，他走到窗前，两手支着下颔，点点的泪滴在窗棂上。他说：“我从来没受过这样的刑罚！……你的爱，到底在哪里？”

“你说爱我，方才为什么又刑罚我，使我孤零？”妻子说完随即起来，安慰他说，“好人，不要当真，我和你闹着玩哪。爱就是刑罚，我们能免掉么？”

鬼　赞

你们曾否在凄凉的月夜听过鬼赞？有一次，我独自在空山里走，除远处寒潭的鱼跃出水声略可听见以外，其余种种，都被月下的冷露幽闭住。我的衣服极其润湿，我两腿也走乏了。正要转回家中，不晓得怎样就经过一区死人的聚落。我因疲极，才坐在一个祭坛上少息。在那里，看见一群幽魂高矮不齐，从各坟墓里出来。他们仿佛没有看见我，都向着我所坐的地方走来。

他们从这墓走过那墓，一排排地走着，前头唱一句，后面应一句，和举行什么巡礼一样。我也不觉得害怕，但静静地坐在一旁，听他们的唱和。

第一排唱："最有福的是谁？"

往下各排挨着次序应。

"是那曾用过视官、而今不能辨明暗的。"

"是那曾用过听官、而今不能辨声音的。"

"是那曾用过嗅官、而今不能辨香味的。"

"是那曾用过味官、而今不能辨苦甘的。"

"是那曾用过触官、而今不能辨粗细、冷暖的。"

各排应完，全体都唱："那弃绝一切感官的有福了！我们的髑髅有福了！"

第一排的幽魂又唱："我们的髑髅是该赞美的。我们要赞美我们的髑髅。"

领首的唱完，还是挨着次序一排排地应下去。

"我们赞美你，因为你哭的时候，再不流眼泪。"

"我们赞美你，因为你发怒的时候，再不发出紧急的气息。"

"我们赞美你，因为你悲哀的时候再不皱眉。"

"我们赞美你，因为你微笑的时候，再没有嘴唇遮住你的牙齿。"

"我们赞美你，因为你听见赞美的时候，再没有血液在你的脉里颤动。"

"我们赞美你，因为你不肯受时间的拨弄。"

全体又唱："那弃绝一切感官的有福了！我们的髑髅有福了！"

他们把手举起来一同唱：

"人哪，你在当生、来生的时候，有泪就得尽量流；有声就得尽量唱；有苦就得尽量尝；有情就得尽量施；有欲就得尽量取；有事就得尽量成就。等到你疲劳、等到你歇息的时候，你就有福了！”

他们诵完这段，就各自分散。一时，山中睡不熟的云直望下压，远地的丘陵都给埋没了。我险些儿也迷了路途，幸而有断断续续的鱼跃出水声从寒潭那边传来，使我稍微认得归路。

万物之母

这经过离乱的村里，荒屋破篱之间，每日只有几缕零零落落的炊烟冒上来，那人口的稀少可想而知。你一进到无论哪个村里，最喜欢遇见的，是不是村童在阡陌间或园圃中跳来跳去；或走在你的前头，或随着你步后模仿你的行动？村里若没有孩子们，就不成村落了。在这经过离乱的村里，不但没有孩子，而且有人向你要求孩子！

这里住着一个不满三十岁的寡妇，一见人来，便要求说："善心善行的人，求你对那位总爷说，把我的儿子给回。那穿虎纹衣服、戴虎儿帽的便是我的儿子。"

她的儿子被乱兵杀死已经多年了。她从不会忘记：总爷把无情的剑拔出来的时候，那穿虎纹衣服的可怜儿还用双手招着，要她搂抱。她要跑去接的时候，她的精神已和黄昏的霞光一同麻痹而熟睡了。唉，最惨的事岂不是人把寡妇怀里的独生子夺过去，而且在她面前害死吗？要她在醒后把这事完全藏在她记忆的多宝箱里，可以说，比剖芥子来藏须弥还难。

她的屋里排列了许多零碎的东西，当时她儿子玩过的小团也在其中。在黄昏时候，她每把各样东西抱在怀里说："我的儿，母亲岂有不救你，不保护你的？你现在在我怀里咧。不要作声，看一会人来又把你夺去。"可是一过了黄昏，她就立刻醒悟过来，知道那所抱的不是她的儿子。

那天，她又出来找她的"命"。月的光明蒙着她，使她在不知不觉间进入村后的山里。那座山，就是白天也少有人敢进去，何况在盛夏的夜间，杂草把樵人的小径封得那么严！她一点也不害怕，攀着小树，缘着茑重，慢慢地上去。

她坐在一块大石上歇息，无意中给她听见了一两声的儿啼。她不及判别，便说："我的儿，你藏在这里么？我来了，不要哭啦。"

她从大石上下来，随着声音的来处，爬入石下一个洞里。但是里面一点东西也没有。她很疲乏，不能再爬出来，就在洞里睡了一夜。

第二天早晨，她醒时，心神还是非常恍惚。她坐在石上，耳边还留着昨晚上的儿啼声，这当然更要动她的心，所以那方从霭云被里攒出来的朝阳无力把她脸上和鼻端的珠露晒干了。她在瞻顾中，才看出对面山岩上坐着一个穿着虎纹衣服的孩子。可是她看错了！那边坐着的，是一只虎子；它的声音从那边送来很像儿啼。她立即离开所坐的地方，不管当中所隔的谷有多么深，尽管攀援着，向那边去。不幸早露未干，所依附的都很湿滑，一失手，就把她溜到谷底。

她昏了许久才醒回来。小伤总免不了，却还能够走动。她爬着，看见身边暴露了一付小髑髅。

“我的儿，你方才不是还在山上哭着么？怎么你母亲来得迟一点，你就变成这样？”她把髑髅抱住，说：“呀，我的苦命儿，我怎能把你医治呢？”悲苦尽管悲苦，然而，自她丢了孩子以后，不能不算这是她第一次的安慰。

从早晨直到黄昏，她就坐在那里，不但不觉得饿，连水也没喝过。零星几点，已悬在天空，那天就在她的安慰中过去了。

她忽然想起幼年时代，人家告诉她的神话，就立起来说：“我的儿，我抱你上山顶，先为你摘两颗星星下来，嵌入你的眼眶，教你看得见；然后给你找香象的皮肉来补你的身体。可是你不要再哭，恐怕给人听见，又把你夺过去。”

“敬姑，敬姑。”找她的人们在满山中这样叫了好几声，也没有一点回响。

“也许她被那只老虎吃了。”

“不，不对。前晚那只老虎是跑下来捕云哥圈里的牛犊被打死的。如果那东西把敬姑吃了，决不再下山来赴死。我们再进深一点找吧。”

唉，他们的工夫白费了！纵然找着她，若是她还没有把星星抓在手里，她心里怎能平安，怎肯随着他们回来？

春的林野

春光在万山环抱里，更是泄漏得迟。那里的桃花还是开着，漫游的薄云从这峰飞过那峰，有时稍停一会儿，为的是挡住太阳，教地面的花草在它的荫下避避光焰的威吓。

岩下的荫处和山谷的旁边长满了薇蕨和其他凤尾草。红、黄、蓝、紫的小草花点缀在绿茵上头。

天中的云雀，林中的金莺，都鼓起它们的舌簧。轻风把它们的声音挤成一片，分送给山中各样有耳无耳的生物。桃花听得入神，禁不住落了几点粉泪，一片一片凝在地上。小草花听得大醉，也和着声音的节拍一会儿倒，一会儿起，没有镇定的时候。

林下一班孩子正在那里捡桃花的落瓣哪。他们捡着，清儿忽嚷起来，道："嘎，邕邕来了！"众孩子住了手，都向桃林的尽头盼望。果然邕邕也在那里摘草花。

清儿道："我们今天可要试试阿桐的本领了。若是他能办得到，我们都把花瓣穿成一串璎珞围在他身上，封他为大哥如何？"

众人都答应了。

阿桐走到邕邕面前，道："我们正等着你来呢。"

阿桐的左手盘在邕邕的脖上，一面走一面说："今天他们要替你办嫁妆，教你做我的妻子。你能做我的妻子么？"

邕邕狠视了阿桐一下，回头用手推开他，不许他的手再搭在自己脖上。孩子们都笑得支持不住了。

众孩子嚷道："我们见过邕邕用手推人了！阿桐赢了！"

邕邕从来不会拒绝人，阿桐怎能知道一说那话，就能使她动手呢？是春光的荡漾，把他这种心思泛出来呢？或者，天地之心就是这样呢？

你且看：漫游的薄云还是从这峰飞过那峰。

你且听：云雀和金莺的歌声还布满了空中和林中。在这万山环抱的桃林中，除那班爱闹的孩子以外，万物把春光领略得心眼都迷蒙了。

花香雾气中的梦

在覆茅涂泥的山居里，那阻不住的花香和雾气从疏帘窜进来，直扑到一对梦人身上。妻子把丈夫摇醒，说："快起吧，我们的被褥快湿透了。怪不得我总觉得冷，原来太阳被囚在浓雾的监狱里不能出来。"

那梦中的男子，心里自有他的温暖，身外的冷与不冷他毫不介意。他没有睁开眼睛便说："嗳呀，好香！许是你桌上的素馨露洒了吧？"

"哪里？你还在梦中哪。你且睁眼看帘外的光景。"

他果然揉了眼睛，拥着被坐起来，对妻子说："怪不得我净梦见一群女子在微雨中游戏。若是你不叫醒我，我还要往下梦哪。"

妻子也拥着她的绒被坐起来说："我也有梦。"

"快说给我听。"

"我梦见把你丢了。我自己一人在这山中遍处找寻你，怎么也找不着。我越过山后，只见一个美丽的女郎挽着一篮珠子向各树的花叶上头乱撒。我上前去向她问你的下落，她笑着问我：'他是谁，找他干什么？'我当然回答，他是我的丈夫，——"

"原来你在梦中也记得他！"他笑着说这话，那双眼睛还显出很滑稽的样子。

妻子不喜欢了。她转过脸背着丈夫说："你说什么话！你老是要挑剔人家的话语，我不往下说了。"她推开绒被，随即呼唤丫头预备脸水。

丈夫速把她揪住，央求说："好人，我再不敢了。你往下说吧。以后若再饶舌，情愿挨罚。"

"谁希罕罚你？"妻子把这次的和平画押了。她往下说，"那女人对我说，你在山前柚花林里藏着。我那时又像把你忘了。……"

"哦，你又……不，我应许过不再说什么的，不然，我就要挨罚了。你到底找着我没有？"

"我没有向前走，只站在一边看她撒珠子。说来也很奇怪：那些珠子黏在各花叶上都变成五彩的零露，连我的身体也沾满了。我忍不住，就问那女郎。女郎说：'东西还是一样，没有变化，因为你的心思前后不同，所以觉得变了。你认为珠子，是在我撒手之前，因为你想我这篮子决不能盛得露水。你认为露珠时，在我撒手之后，因为你想那些花叶不能留住珠子。我告诉你：你所认的不在东西，乃在使用东西的人和时间；你所爱的不在体质，乃在体质所表的情。你怎样爱月呢？是爱那悬在空中已经老死的暗球么？你怎样爱雪呢？是爱它那种砭人肌骨的凛冽么？。”

“她一说到雪，我打了一个寒噤，便醒了。”

丈夫说：“到底没有找着我。”

妻子一把抓住他的头发，笑说：“这不是找着了吗？……我说，这梦怎样？”

“凡你所梦都是好的。那女郎的话也是不错。我们最愉快的时候岂不是在接吻后，彼此的凝视吗？”他向妻子痴笑，妻子把绒被拿起来，盖在他头上，说：“恶鬼！这会可不让你有第二次的凝视了。”

荼蘼

我常得着男子送给我的东西，总没有当它们做宝贝看。我的朋友师松却不如此，因为她从不曾受过男子的赠与。

自鸣钟敲过四下以后，山上礼拜寺的聚会就完了。男男女女像出圈的羊，争着要下到山坡觅食一般。那边有一个男学生跟着我们走，他的真名字我忘记了。我只记得人家都叫他做“宗之”。他手里拿着一枝荼蘼，且行且嗅。荼蘼本不是香花，他嗅着，不过是一种无聊举动罢了。

“松姑娘，这枝荼蘼送给你。”他在我们后面嚷着。松姑娘回头看见他满脸堆着笑容递着那花，就速速伸手去接。她接着说：“多谢，多谢。”宗之只笑着点点头，随即从西边的山径转回家去。

“他给我这个，是什么意思？”

“你想他有什么意思，他就有什么意思。”我这样回答她。走不多远，我们也分途各自家去了。

她自下午到晚上摆弄那枝荼蘼。那花像有极大的魔力，不让她撒手一样。她要放下时，总觉得花儿对她说：“为什么离开我？我不是从宗之手里递给你，交你照管的吗？”

呀，宗之的眼、鼻、口、齿、手、足、动作，没有一件不在花心跳跃着，没有一件不在她眼前的花枝显现出来！她心里说：“你这美男子，为甚缘故送给我这花儿？”她又想起那天经坛上的讲章，就自己回答说：“因为他顾念他使女的卑微，从今而后，万代要称我为有福。”

这是她爱荼蘼花，还是宗之爱她呢？我也说不清，只记得有一天我和宗之正坐在榕树根谈话的时候，他家的人跑来对他说：“松姑娘吃了一朵什么花，说是你给她的。现在病了。她家的人要找你去问话咧。”

他吓了一跳，也摸不着头脑，只说：“我哪时节给她东西吃？这真是……！”

我说：“你细想一想。”他怎么也想不起来。我才提醒他说：“你前个月在斜道上不是给了她一朵荼蘼吗？”

“对呀，可不是给了她一朵荼蘼！可是我哪里教她吃了呢？”

“为什么你单给她，不给别人？”我这样问他。

他很直截地说：“我并没有什么意思，不过随手摘下，随手送给别人就是了。我平素送了许多东西给人，也没有什么事；怎么一朵小小的荼蘼就可使她着了魔？”

他还坐在那里沉吟，我便催促他说：“你还能在这里坐着么？不管她是误会，你是有意，你既然给了她，现在就得去看一看她才是。”

“我哪有什么意思？”

我说：“你且去看看吧。蚌蛤何尝立志要生珠子呢？也不过是外间的沙粒偶然渗入它的壳里，它就不得不用尽工夫分泌些黏液把那小沙裹起来罢了。你虽无心，可是你的花一到她手里，管保她不因花而爱起你来吗？你敢保她不把那花当做你所赐给爱的标识，就纳入她的怀中，用心里无限的情思把它围绕得非常严密吗？也许她本无心，但因你那美意的沙无意中掉在她爱的贝壳里，使她不得不如此。不用踌躇了，且去看看吧。”

宗之这才站起来，皱一皱他那双冷竣的眉头，跟着来人从林菁的深处走出去了。

银翎的使命

黄先生约我到狮子山麓阴湿的地方去找捕蝇草。那时刚过梅雨之期，远地青山还被烟霞蒸着，惟有几朵山花在我们眼前淡定地看那在溪涧里逆行的鱼儿喋着它们的残瓣。

我们沿着溪涧走。正在寻找的时候，就看见一朵大白花从上游顺流而下。我说："这时候，哪有偌大的白荷花流着呢？"

我的朋友说："你这近视鬼！你准看出那是白荷花么？我看那是……"

说时迟，来时快，那白的东西已经流到我们跟前。黄先生急忙把采集网拦住水面，那时，我才看出是一只鸽子。他从网里把那死的飞禽取出来，诧异说："是谁那么不仔细，把人家的传书鸽打死了！"他说时，从鸽翼下取出一封长的小信来。那信已被水浸透了，我们慢慢把它展开，披在一块石上。

"我们先看看这是从哪里来的，要寄到哪里去的，然后给它寄去，如何？"我一面说，一面看着，但那上头不但地址没有，甚至上下的款识也没有。

黄先生说："我们先看看里头写的是什么，不必讲私德了。"

我笑着说："是，没有名字的信就是公的，所以我们也可以披阅一遍。"

于是我们一同念着：

你教崑儿带银翎、翠翼来，吩咐我，若是它们空着回去，就是我还平安的意思。我恐怕他知道，把这两只小宝贝寄在霞妹那里，谁知道前天她开笼搁饲料的时候，不提防把翠翼放走了！

嗳，爱者，你看翠翼没有带信回去，定然很安心，以为还平安无事。我也很盼望你常想着我的精神和去年一样。不过，现在不能不对你说的，就是过几天人就要把我接去了！我不得不叫你速速来和他计较。你一来，什么事都好办了。因为他怕的是你和他讲理。

嗳，爱者，你见信以后，必得前来，不然，就见我不着，以后只能在累累荒冢中读我的名字了，这不是我不等你，时间不让我等你哟！

我盼望银翎平平安安地带着它的使命回去。

我们念完，黄先生说："这是怎么一回事？"

"谁能猜呢？反正是不幸的事罢了。现在要紧的，就是怎样处置这封信。我想把它贴在树上，也许有知道这事的人经过这里，可以把它带去。”我摇着头，且轻轻地把信揭起。

黄先生说：“不如拿到村里去打听一下，或者容易找到一点线索。”

我们商量之下，就另抄一张起来，仍把原信系在鸽翼底下。黄先生用采掘锹子在溪边挖了一个小坑，把鸽子葬在里头，回头为它立了一座小碑，且从水中淘出几块美丽的小石压在墓上。那墓就在山花盛开的地方，我一翻身，就把些花瓣摇下来，也落在这使者的墓上。

美的牢狱

嬿求正在镜台边理她的晨妆，见她的丈夫从远地回来，就把头拢住，问道："我所需要的你都给带回来了没有？"

"对不起！你虽是一个建筑师或泥水匠，能为你自己建筑一座'美的牢狱'，我却不是一个转运者，不能为你搬运等等材料。"

"你念书不是念得越糊涂，便是越高深了！怎么你的话，我一点也听不懂？"

丈夫含笑说："不懂么？我知道你开口爱美，闭口爱美，多方地要求我给你带某某装饰回来；我想那些东西都围绕在你的体外，合起来，岂不是成为一座监禁你的牢狱吗？"

她静默了许久，也不做声。她的丈夫往下说："妻呀，我想你还不明白我的意思。我想所有美丽的东西，只能让它们散布在各处，我们只能在它们的出处爱它们；若是把它们聚拢起来，搁在一处，或在身上，那就不美了。……"

她睁着那双柔媚的眼，摇着头说："你说得不对，你说得不对。若不剖蚌，怎能得着珠玑呢？若不开山，怎能得着金刚、玉石、玛瑙等等宝物呢？而且那些东西，本来不美，必得人把它们琢磨出来，加以装饰，才能显得美丽咧。若说我要装饰，就是建筑一所美的牢狱，且把自己监在里头，且问谁不被监在这种牢狱里头呢？如果世间真有美的牢狱，像你所说，那么，我们不过是造成那牢狱的一沙一石罢了。"

"我的意思就是听其自然，连这一沙一石也毋须留存。孔雀何为自己修饰羽毛呢？芰荷何尝把它的花染红了呢？"

"所以说它们没有美感！我告诉你，你自己也早已把你的牢狱建筑好了。"

"胡说！我何曾？"

"你心中不是有许多好的想象；不是要照你的好理想去行事么？你所有的，是不是从古人曾经建筑过的牢狱里捡出其中的残片？或是在自己的世界取出来的材料呢？自然要加上一点人为才能有意思。若是我的形状和荒古时候的人一样，你还爱我吗？我敢说，你若不好好地住在你的牢狱里头，且不时时把牢狱的墙垣垒得高高的，我也不能爱你。"

刚愎的男子，你何尝佩服女子的话？你不过会说："就是你会说话！等我思想一会儿，再与你决战。"

补破衣的老妇人

她坐在檐前，微微的雨丝飘摇下来，多半聚在她脸庞的皱纹上头。她一点也不理会，尽管收拾她的筐子。

在她的筐子里有很美丽的零剪绸缎；也有很粗陋的麻头、布尾。她从没有理会雨丝在她头、面、身体之上乱扑，只提防着筐里那些好看的材料沾湿了。

那边来了两个小弟兄，也许他们是学校回来。小弟弟管叫她做“衣服的外科医生”，现在见她坐在檐前，就叫了一声。

她抬起头来，望着这两个孩子笑了一笑。那脸上的皱纹虽皱得更厉害，然而生的痛苦可以从那里挤出许多，更能表明她是一个享乐天年的老婆子。

小弟弟说：“医生，你只用筐里的材料在别人的衣服上，怎么自己的衣服却不管了？你看你肩膀补的那一块又该掉下来了。”

老婆子摩一摩自己的肩膀，果然随手取下一块小方布来。她笑着对小弟弟说：“你的眼睛实在精明！我这块原没有用线缝住，因为早晨忙着要出来，只用浆子暂时糊着，盼望晚上回去弥补，不提防雨丝替我揭起来了！……这揭得也不错。我，既如你所说，是一个衣服的外科医生，那么，我是不怕自己的衣服害病的。”

她仍整理筐里的零剪绸缎，没理会雨丝零落在她身上。

哥哥说：“我看爸爸的手册里夹着许多的零剪文件，他也是像你一样：不时地翻来翻去。他……”

弟弟插嘴说：“他也是另一样的外科医生。”

老婆子把眼光射在他们身上，说：“哥儿们，你们说得对了。你们的爸爸爱惜小册里的零碎文件，也和我爱惜筐里的零剪绸缎一般。他凑合多少地方的好意思，等用得着时，就把他们编连起来，成为一种新的理解。所不同的，就是他用的头脑；我用的只是指头便了。你们叫他做……”

说到这里，父亲从里面出来，问起事由，便点头说：“老婆子，你的话很中肯。我们所为，原就和你一样，东搜西罗，无非是些绸头、布尾，只配用来补补破衲袄罢了。”

父亲说完，就下了石阶，要在微雨中到葡萄园里，看看他的葡萄长芽了没有。这里孩子们还和老婆子争论着要号他们的爸爸做什么样医生。

光的死

光离开他的母亲去到无量无边一切生命的世界上。因为他走的时候脸上常带着很忧郁的容貌，所以一切能思维、能造作的灵体也和他表同情，一见他，都低着头容他走过去，甚至带着泪眼避开他。

光因此更烦闷了。他走得越远，力量越不足，最后，他躺下了。他躺下的地方，正在这块大地。在他旁边有几位聪明的天文家互相议论说："太阳的光，快要无所附丽了，因为他冷死的时期一天近似一天了。"

光垂着头，低声诉说："唉，诸大智者，你们为何净在我母亲和我身上担忧？你们岂不明白我是为饶益你们而来么？你们从没有在我面前做过我曾为你们做的事。你们没有接纳我，也没有……"

他母亲在很远的地方，见他躺在那里叹息，就叫他回去说："我的命儿，我所爱的，你回来吧。我一天一天任你自由地离开我，原是为众生的益处，他们既不承受，你何妨回来？"

光回答说："母亲，我不能回去了。因为我走遍了一切世界，遇见一切能思维、能造作的灵体，到现在还没有一句话能够对你回报的。不但如此，这里还有人正咒诅我们哪！我哪有面目回去呢？我就安息在这里吧。"

他的母亲听见这话，一种幽沉的颜色早已现在脸上。他从地上慢慢走到海边，带着自己的身体、威力，一分一厘地浸入水里。母亲也跟着晕过去了。

再　会

靠窗棂坐着那位老人家是一位航海者，刚从海外归来的。他和萧老太太是少年时代的朋友，彼此虽别离了那么些年，然而他们会面时，直像忘了当中经过的日子。现在他们正谈起少年时代的旧话。

“蔚明哥，你不是二十岁的时候出海的么？”她屈着自己的指头，数了一数，才用那双被阅历染浊了的眼睛看着她的朋友说，“呀，四十五年就像我现在数着指头一样地过去了！”

老人家把手捋一捋胡子，很得意地说：“可不是！……记得我到你家辞行那一天，你正在园里饲你那只小鹿，我站在你身边一棵正开着花的枇杷树下，花香和你头上的油香杂窜入我的鼻中。当时，我的别绪也不晓得要从哪里说起，但你只低头抚着小鹿。我想你那时也不能多说什么，你竟然先问一句‘要等到什么时候我们再能相见呢’？我就慢答道：‘毋须多少时候。’那时，你……”

老太太接着说：“那时候的光景我也记得很清楚。当你说这句的时候，我不是说‘要等再相见时，除非是黑墨有洗得白的时节’。哈哈！你去时，那缕漆黑的头发现在岂不是已被海水洗白了么？”

老人家摩摩自己的头顶，说：“对啦！这也算应验哪！可惜我见不着芳哥，他过去多少年了？”

“唉，久了！你看我已经抱过四个孙儿了。”她说时，看着窗外几个孩子在瓜棚下玩，就指着那最高的孩子说，“你看鼎儿已经十二岁了，他公公就在他弥月后去世的。”

他们谈话时，丫头端了一盘牡蛎煎饼来。老太太举手让着蔚明哥说：“我定知道你的嗜好还没有改变，所以特地为你做这东西。”

“你记得我们少时，你母亲有一天做这样的饼给我们吃。你拿一块，吃完了才嫌饼里的牡蛎少，助料也不及我的多，闹着要把我的饼抢去。当时，你母亲说了一句话，教我常常忆起，就是‘好孩子，算了罢。助料都是搁在一起渗匀的。做的时候，谁有工夫把分量细细去分配呢？这自然是免不了有些多，有些少的，只要饼的气味好就够了。你所吃的原不定就是为你做的，可是你已经吃过，就不能再要了。’蔚明哥，你说末了这话多么感动我呢！拿这个来比我们的境遇罢：境遇虽然一个一个排列在面前，容我们有机会选择，有人选得好，有人选得歹，可是选定以后，就不能再选了。”

老人家拿起饼来吃，慢慢地说："对啦！你看我这一生净在海面生活，生活极其简单，不像你这么繁复，然而我还是像当时吃那饼一样——也就饱了。"

"我想我老是多得便宜。我的'境遇的饼'虽然多一些助料，也许好吃一些，但是我的饱足是和你一样的。"

谈旧事是多么开心的事！看这光景，他们像要把少年时代的事迹一一回溯一遍似地。但外面的孩子们不晓得因什么事闹起来，老太太先出去做判官；这里留着一位矍铄的航海者静静地坐着吃他的饼。

桥　边

我们住的地方就在桃溪溪畔。夹岸遍是桃林，桃实、桃叶映入水中，更显出溪边的静谧。真想不出仓皇出走的人还能享受这明媚的景色！我们日日在林下游玩。有时踱过溪桥，到朋友的蔗园里找新生的甘蔗吃。

这一天，我们又要到蔗园去，刚踱过桥，便见阿芳——蔗园的小主人——很忧郁地坐在桥下。

"阿芳哥，起来领我们到你园里去。"他举起头来，望了我们一眼，也没有说什么。

我哥哥说："阿芳，你不是说你一到水边就把一切的烦闷都洗掉了吗？你不是说你是水边的蜻蜓么？你看歇在水荭花上那只蜻蜓比你怎样？"

"不错。然而今天就是我第一次的忧闷。"

我们都下到岸边，围绕住他，要打听这回事。他说："方才红儿掉在水里了！"红儿是他的腹婚妻，天天都和他在一块儿玩的。我们听了他这话，都惊讶得很。哥哥说："那么，你还能在这里闷坐着吗？还不赶紧去叫人来？"

"我一回去，我妈心里的忧郁怕也要一颗一颗地结出来，像桃实一样了。我宁可独自在此忧伤，不忍使我妈妈知道。"

我的哥哥不等说完，一股气就跑到红儿家里。这里阿芳还在皱着眉头，我也眼巴巴地望着他，一声也不响。

"谁掉在水里啦？"

我一听，是红儿的声音，速回头一望，果然哥哥携着红儿来了！她笑眯眯地走到芳哥跟前，芳哥很惊讶地望着她。很久，他才出声说："你的话不灵了么？方才我贪着要到水边看看我的影儿，把它搁在树桠上，不留神轻风一摇，把它摇落水里。它随着流水往下流去；我回头要抱它，它已不在了。"

红儿才知道掉在水里的是她所赠与的小囝。她曾对阿芳说那小囝也叫红儿，若是把它丢了，便是丢了她。所以芳哥这么谨慎看护着。

芳哥实在以红儿所说的话是千真万确的，看今天的光景，可就教他怀疑了。他说："哦，你的话也是不准的！我这时才知道丢了你的东西不算丢了你，真把你丢了才算。"

我哥哥对红儿说："无意的话倒能教人深信：芳哥对你的信念，头一次就在无意中给你打破了。”

红儿也不着急，只优游地说：“信念算什么？要真相知才有用哪。……也好，我借着这个就知道他了。我们还是到蔗园去吧。”

我们一同到蔗园去，芳哥方才的忧郁也和糖汁一同吞下去了。

头　发

这村里的大道今天忽然点缀了许多好看的树叶，一直达到村外的麻栗林边。村里的人，男男女女都穿得很整齐，像举行什么大节期一样，但六月间没有重要的节期，婚礼也用不着这么张罗，到底是为甚事？

那边的男子们都唱着他们的歌，女子也都和着。我只静静地站在一边看。

一队兵押着一个壮年的比丘从大道那头进前，村里的人见他来了，歌唱得更大声。妇人们都把头发披下来，争着跪在道旁，把头发铺在道中。从远处一望，真像整匹的黑缎摊在那里。那位比丘从容地从众女人的头发上走过。后面的男子们都嚷着："可赞美的孔雀旗呀！"

他们这一嚷就把我提醒了。这不提倡自治的孟法师入狱的日子吗？我心里这样猜，等到他离村里的大道远了，才转过篱笆的西边。刚一拐弯，便遇着一个少女摩着自己的头发，很懊恼地站在那里。我问她说："小姑娘，你站在此地，为你们的大师伤心么？"

"固然。但是我还咒诅我的头发为什么偏生短了，不能摊在地上，教大师脚下的尘土留下些在上头。你说今日村里的众女子，哪一个不比我荣幸呢？"

"这有什么荣幸？若你有心恭敬你的国土和你的大师就够了。"

"咦！光藏在心里的恭敬是不够的。"

"那么，等他出狱的时候，你的头发就够长了。"

女孩子听了，非常喜欢，至于跳起来说："得先生这一祝福，我的头发在那时定能比别人长些。多谢了！"

她跳着从篱笆对面的流连子园去了。我从西边一直走，到那麻栗林边。那里的土很湿，大师的脚印和兵士的鞋印在上头印得很分明。

疲倦的母亲

那边一个孩子靠近车窗坐着，远山，近水，一幅一幅，次第嵌入窗户，射到他的眼中。他手画着，口中还咿咿哑哑地唱些没字曲。

在他身边坐着一个中年妇人，低着头瞌睡。孩子转过脸来，摇了她几下，说："妈妈，你看看，外面那座山很像我家门前的呢。"

母亲举起头来，把眼略睁一睁，没有出声，又支着颌睡去。

过一会，孩子又摇她，说："妈妈，不要睡吧，看睡出病来了。你且睁一睁眼看看外面八哥和牛打架呢。"

母亲把眼略略睁开，轻轻打了孩子一下，没有做声，支着头又睡去。

孩子鼓着腮，很不高兴。但过一会，他又唱起来了。

"妈妈，听我唱歌吧。"孩子对着她说，又摇她几下。

母亲带着不喜欢的样子说："你闹什么？我都见过，都听过，都知道了。你不知道我很疲乏，不容我歇一下么？"

孩子说："我们是一起出来的，怎么我还顶精神，你就疲乏起来？难道大人不如孩子么？"

车还在深林平畴之间穿行着。车中的人，除那孩子和一二个旅客以外，少有不像他母亲那么酣睡的。

处女的恐怖

深沉院落，静到极地。虽然我的脚步走在细草之上，还能惊动那伏在绿丛里的蜻蜓。我每次来到庭前，不是听见投壶的音响，便是闻得四弦的颤动；今天，连窗上铁马的轻撞声也没有了！

我心里想着这时候小坡必定在里头和人下围棋，于是轻轻走着，也不声张，就进入屋里。出乎主人的意想，跑去站在他后头，等他蓦然发觉，岂不是很有趣？但我轻揭帘子进去时，并不见小坡，只见他的妹子伏在书案上假寐。我更不好声张，还从原处蹑出来。

走不远，方才被惊的蜻蜓就用那碧玉琢成的一千只眼瞧着我。一见我来，它又鼓起云母的翅膀飞得飒飒作响。可是破沉寂的，还是屋里大踏大步的声音。我心知道小坡的妹子醒了，看见院里有客，紧紧要回避，所以不敢回头观望，让她安然走入内衙。

“四爷，四爷，我们太爷请你进来坐。”我听得是玉笙的声音，回头便说：“我已经进去了，太爷不在屋里。”

“太爷随即出来，请到屋里一候。”她揭开帘子让我进去。果然她的妹子不在了！丫头刚走到衙内院子的光景，便有一股柔和而带笑的声音送到我耳边说：“外面伺候的人一个也没有，好在是西衙的四爷，若是生客，教人怎样进退？”

“来的无论生熟，都是朋友，又怕什么？”我认得这是玉笙回答她小姐的话语。

“女子怎能不怕男人，敢独自一人和他们应酬么？”

“我又何尝不是女子？你不怕，也就没有什么。”

我才知道她并不曾睡去，不过回避不及，装成那样的。我走近案边，看见一把画未成的纨扇搁在上头。正要坐下，小坡便进来了。

“老四，失迎了。金妹跑进去，才知道你来。”

“岂敢，岂敢。请原谅我的莽撞。”我拿起纨扇问道，“这是令妹写的？”

“是。她方才就在这里写画。笔法有什么缺点，还求指教。”

“指教倒不敢，总之，这把扇是我捡得的，是没有主的，我要带它回去。”我摇着扇子这样说。

“这不是我的东西，不干我事。我叫她出来与你当面交涉。”小坡笑着向帘子那边叫，“九妹，老四要把你的扇子拿去了！”

他妹子从里面出来：我忙趋着几步——陪笑，行礼。我说："请饶恕我方才的唐突。"她没做声，尽管笑着。我接着说："令兄应许把这扇送给我了。"

小坡抢着说："不！我只说你们可以直接交涉。"

她还是笑着，没有做声。

我说："请九姑娘就案一挥，把这画完成了，我好立刻带走。"

但她仍不做声。她哥哥不耐烦，促她说："到底是允许人家是不允许，尽管说，害什么怕？"妹妹扫了他一眼，说："人家就是这么害怕。"她对我说："这是不成东西的，若是要，我改天再奉上。"

我速速说："够了，我不要更好的了。你既然应许，就将这一把赐给我罢。"于是她仍旧坐在案边，用丹青来染那纨扇。我们都在一边看她运笔。小坡笑着对妹子说："现在可怕人了。"

"当然。"她含笑对着哥哥。自这声音发出以后，屋里、庭外都非常沉寂；窗前也没有铁马的轻撞声。所能听见的只有画笔在笔洗里拨水的微声，和颜色在扇上的运行声。

我 想

我想什么？

我心里本有一条达到极乐园地的路，从前被那女人走过的。现在那人不在了，这条路不但是荒芜，并且被野草、闲花、棘枝、绕藤占据得找不出来了！

我许久就想着这条路，不单是开给她走的，她不在，我岂不能独自来往？

但是野草、闲花这样美丽、香甜，我怎舍得把它们去掉呢？棘枝、绕藤又那样横逆、蔓延，我手里又没有器械，怎敢惹它们呢？我想独自在那路上徘徊，总没有实行的日子。

日子一久，我连那条路的方向也忘了。我只能日日跑到路口那个小池的岸边静坐，在那里怅望和沉思那草掩藤封的道途。

狂风一吹，野花乱坠，池中锦鱼道是好饵来了，争着上来唼喋。我所想的，也浮在水面被鱼喋入口里，复幻成泡沫吐出来，仍旧浮回空中。

鱼还是活活泼泼地游；路又不肯自己开了；我更不能把所想的撇在一边。呀！

我定睛望着上下游泳的锦鱼，我的回想也随着上下游荡。

呀，女人！你现在成为我"记忆的池"中的锦鱼了。你有时浮上来，使我得以看见你；有时沉下去，使我费神猜想你是在某片落叶下，或某块沙石之间。

但是那条路的方向我早忘了，我只能每日坐在池边，盼望你能从水中浮上来。

落花生

我们屋后有半亩隙地。母亲说："让它荒芜着怪可惜，既然你们那么爱吃花生，就辟来做花生园吧。"我们几姊弟和几个小丫头都很喜欢——买种的买种，动土的动土，灌园的灌园。过不了几个月，居然收获了！

妈妈说："今晚我们可以做一个收获节，也请你们爹爹来尝尝我们的新花生，如何？"我们都答应了。母亲把花生做成好几样的食品，还吩咐这节期要在园里的茅亭举行。

那晚上的天色不大好，可是爹爹也到来，实在很难得！爹爹说："你们爱吃花生么？"

我们都争着答应："爱！"

"谁能把花生的好处说出来？"

姊姊说："花生的气味很美。"

哥哥说："花生可以制油。"

我说："无论何等人都可以用贱价买它来吃，都喜欢吃它。这就是它的好处。"

爹爹说："花生的用处固然很多，但有一样是很可贵的。这小小的豆不像那好看的苹果、桃子、石榴，把它们的果实悬在枝上，鲜红嫩绿的颜色，令人一望而发生羡慕的心。它只把果子埋在地的，等到成熟，才容人把它挖出来。你们偶然看见一棵花生瑟缩地长在地上，不能立刻辨出它有没有果实，非得等到你接触它才能知道。"

我们都说："是的。"母亲也点点头。爹爹接下去说："所以你们要像花生，因为它是有用的，不是伟大、好看的东西。"我说："那么，人要做有用的人，不要做伟大、体面的人了。"爹爹说："这是我对于你们的希望。"

我们谈到夜阑才散，所有花生食品虽然没有了，然而父亲的话现在还印在我心版上。

别话

素辉病得很重，离她停息的时候不过十二个时辰了。她丈夫坐在一边，一手支颐，一手把着病人的手臂，宁静而恳挚的眼光都注在他妻子的面上。

黄昏的微光一分一分地消失，幸而房里都是白的东西，眼睛不至于失了它们的辨别力。屋里的静默，早已布满了死的气色，看护妇又不进来，她的脚步声只在门外轻轻地跳过去，好像告诉屋里的人说："生命的步履不望这里来，离这里渐次远了。"

强烈的电光忽然从玻璃泡里的金丝发出来。光的浪把那病人的眼睑冲开。丈夫见她这样，就回复他的希望，恳挚地说："你——你醒过来了！"

素辉好像没有听见这话，眼望着他，只说别的。她说："嗳，珠儿的父亲，在这时候，你为什么不带她来见见我？"

"明天带她来。"

屋里又沉默了许久。

"珠儿的父亲哪，因为我身体软弱、多病的缘故，教你牺牲许多光阴来看顾我，还阻碍你许多比服侍我更要紧的事。我实在对你不起。我的身体实不容我……。"

"不要紧的，服侍你也是我应当做的事。"

她笑，但白的被窝中所显出来的笑容并不是欢乐的标识。她说："我很对不住你，因为我不曾为我们生下一个男儿。"

"哪里的话！女孩子更好。我爱女的。"

凄凉中的喜悦把素辉身中预备要走的魂拥回来。她的精神似乎比前强些，一听丈夫那么说，就接着道："女的本不足爱：你看许多人——连你——为女人惹下多少烦恼！……不过是——人要懂得怎样爱女人，才能懂得怎样爱智慧。不会爱或拒绝爱女人的，纵然他没有烦恼，他是万灵中最愚蠢的人。珠儿的父亲，珠儿的父亲哪，你佩服这话么？"

这时，就是我们——旁边的人——也不能为珠儿的父亲想出一句答辞。

"我离开你以后，切不要因为我就一辈子过那鳏夫的生活。你不要为我的缘故，依我方才的话爱别的女人。"她说到这里把那只几乎动不得的右手举起来，向枕边摸索。

"你要什么？我替你找。"

"戒指。"

丈夫把她的手扶下来，轻轻在她枕边摸出一支玉戒指来递给她。

“珠儿的父亲，这戒指虽不是我们订婚用的，却是你给我的。你可以存起来，以后再给珠儿的母亲，表明我和她的连属。除此以外，不要把我的东西给她，恐怕你要当她是我；不要把我们的旧话说给她听，恐怕她要因你的话就生出差别心，说你爱死的妇人甚于爱生的妻子。”她把戒指轻轻地套在丈夫左手的无名指上。丈夫随着扶她的手与他的唇边略一接触。妻子对于这番厚意，只用微微睁开的眼睛看着他。除掉这样的回报，她实在不能表现什么。

丈夫说：“我应当为你做的事，都对你说过了。我再说一句，无论如何，我永久爱你。”

“咦，再过几时，你就要把我的尸体扔在荒野中了！虽然我不常住在我的身体内，可是人一离开，再等到什么时候，在什么地方才能互通我们恋爱的消息呢？若说我们将要住在天堂的话，我想我也永无再遇见你的日子，因为我们的天堂不一样。你所要住的，必不是我现在要去的。何况我还不配住在天堂？我虽不信你的神，我可信你所信的真理。纵然真理有能力，也不为我们这小小的缘故就永远把我们结在一块。珍重罢，不要爱我于离别之后。”

丈夫既不能说什么话，屋里只可让死的静寂占有了。楼底下恍惚敲了七下自鸣钟。他为尊重医院的规则，就立起来，握着素辉的手说：“我的命，再见罢，七点钟了。”

“你不要走，我还和你谈话。”

“明天我早一点来，你累了，歇歇罢。”

“你总不听我的话。”她把眼睛闭了，显出很不愿意的样子。丈夫无奈，又停住片时，但她实在累了，只管躺着，也没有什么话说。

丈夫轻轻蹑出去。一到楼口，那脚步又退后走，不肯下去。他又蹑回来，悄悄到素辉床边，见她显着昏睡的形态。枯涩的泪点滴不下来，只挂在眼睑之间。

爱流汐涨

月儿的步履已踏过嵇家的东墙了。孩子在院里已等了许久，一看见上半弧的光刚射过墙头，便忙忙跑到屋里叫道："爹爹，月儿上来了，出来给我燃香罢。"

屋里坐着一个中年的男子，他的心负了无量的愁闷。外面的月亮虽然还像去年那么圆满，那么光明，可是他对于月亮的情绪就大不如去年了。当孩子进来叫他的时候，他就起来，勉强回答说："宝璜，今晚上不必拜月，我们到院里对着月光吃些果品，回头再出去看看别人的热闹。"

孩子一听见要出去看热闹，更喜得了不得。他说："为什么今晚上不拈香呢？记得从前是妈妈点给我的。"

父亲没有回答他。但孩子的话很多，问得父亲越发伤心了。他对着孩子不甚说话。只有向月不歇地叹息。

"爸爸今晚上不舒服么？为何气喘得那么厉害？"

父亲说："是，我今晚上病了。你不是要出去看热闹么？可以教素云姐带你去，我不能去了。"

素云是一个年长的丫头。主人的心思、性地，她本十分明白，所以家里无论大小事几乎是她一人主持。她带宝璜出门，到河边看看船上和岸上各样的灯色，便中就告诉孩子说："你爹爹今晚不舒服了，我们得早一点回去才是。"

孩子说："爹爹白天还好好地，为何晚上就害起病来？"

"唉，你记不得后天是妈妈的百日吗？"

"什么是妈妈的百日？"

"妈妈死掉，到后天是一百天的工夫。"

孩子实在不能理会那"一百日"的深层意思。素云只得说："夜深了，咱们回家去罢。"

素云和孩子回来的时候，父亲已经躺在床上，见他们回来，就说："你们回来了。"她跑到床前回答说："二爷，我们回来了，晚上大哥儿可以和我同睡，我招呼他，好不好？"

父亲说："不必。你还是睡你的罢。你把他安置好，就可以去歇息，这里没有什么事。"

这个七岁的孩子就睡在离父亲不远的一张小床上。外头的鼓乐声，和树梢的月影，把孩子嬲得不能睡觉。在睡眠的时候，父亲本有命令，不许说话，所以孩子只得默听着，不敢发出什么声音。

乐声远了，在近处的杂响中，最刺激孩子的，就是从父亲那里发出来的啜泣声。在孩子的思想里，大人是不会哭的，所以他很诧异地问："爹爹，你怕黑么？大猫要来咬你么？你哭什么？"他说着就要起来，因为他也怕大猫。

父亲阻止他，说："爹爹今晚上不舒服，没有别的事。不许起来。"

"咦，爹爹明明哭了！我每哭的时候，爹爹说我的声音像河里水声潺潺地响，现在爹爹的声音也和那个一样。呀，爹爹，别哭了，爹爹一哭，教宝璜怎能睡觉呢？"

孩子越说越多，弄得父亲的心绪更乱。他不能用什么话来对付孩子，只说："璜儿，我不是说过，在睡觉时不许说话么？你再说时，爹爹就不疼你了。好好地睡罢。"

孩子只复说了一句："爹爹要哭，教人怎样睡得着呢？"以后他就静默了。

这晚上的催眠歌，就是父亲的抽噎声。不久，孩子也因着这声就发出微细的鼾息，屋里只有些杂响伴着父亲发出哀音。

我的童年

序　言

每当茶余饭后，或是在天棚纳凉的时候，亲爱的父亲常常揽着我们讲故事，说笑话，回想起来不尽的愉快。更想到我们有时彼此追逐为戏，妈妈当母鸡，我们兄妹两个当小鸡，爸爸当老鹰，常常被爸爸捉住抱起来打屁股。间或我同小妹跳飞机、造房子玩，意见冲突的时候，爸爸总是跑过来做种种滑稽的跳法，引得大家大笑为止。我同爸爸着棋的时候也很多，爸爸几时都是兴趣浓厚，不以为是同小孩子玩而马糊让步，因此我常常输棋，输了再来，或是一笑结局。爸爸拍着我说："小苓子，有器量。"我们的小朋友来了，爸爸得闲的时候，最喜欢领导着我们玩，记得祖父在时，曾说过："地山就是一个孩子头儿。"

爸爸几时都是满面春风，从不见他有不愉之色，尤其对于穷苦的人们，温和备至。自抗战以来，难民到我们家门口，或是到大学的中文学院找爸爸帮助的，络绎不绝，爸爸总是尽力替他们设法，送钱，找事，或是送入救济所。记得有一次，我们在中文学院门口等爸爸一同回家，看见他搀扶着一个衣裳褴褛的老者，从石阶一步一步的下来，原来也是一个贫病求助的。事情并不稀奇，但是感动了我，指示了我应当怎样做人。

爸爸每日极忙，早晨八点去大学，一点回家午膳，两点再去，直到六点或七点才回家。在学校除教课及办校务外，总看见他在读书，写卡片，预备写书的材料。所以他写小说一类的文章，是在清早四点到六点之间，写一个段落又回到床上去睡，七点再起来。

爸爸为我们讲他小时候的故事，很多有趣的。但是段段落落没有连贯，我要求他把它写出来。他说："好，你们听话，我有空闲的时候就写。"哪知道写不到两三段，我那最可爱可敬的父亲，竟舍弃我们而去。想他不见，叫也不应，他是永远不回到我们身边来了。但是他的形影精神，深刻在我们的脑里，永世不会消灭的。

云姊姊来安慰我们，她说小朋友们都记念着爸爸，要我将爸爸所写的《童年》交她刊在《新儿童》上，虽然是没有完的文章，也可以聊慰记念着爸爸的小朋友。凡是爸爸从前向我们讲过的，尽我的记忆所能，我要把它续写在后面，使小朋友不至于太失望。爸爸有知，也许在含笑向着我们点头。

苓仲泣书　一九四一年

延平郡王祠边

小时候的事情是很值得自己回想的。父母的爱固然是一件永远不能再得的宝贝，但自己的幼年的幻想与情绪也像叆叇的孤云随着旭日升起以后，飞到天顶，便渐次地消失了。现在所留的不过是强烈的后象，以相反的色调在心头映射着。

出世后几年间是无知的时期，所能记的只是从家长们处听得关于自己的零碎事情，虽然没什么趣味，却不妨记记实；在公元一八九三年二月十四日，正当光绪十九年十二月二十八的上午丑时，我生于台湾台南府城延平郡王祠边的窥园里。这园是我祖父置的。出门不远，有一座马伏波祠，本地人称为马公庙，称我们的家为马公庙许厝。我的乳母求官是一个佃户的妻子，她很小心地照顾我。据母亲说，她老不肯放我下地，一直到我会在桌上走两步的时候，她才惊讶地嚷出来："丑官会走了！"叔丑是我的小名，因为我是丑时生的。母亲姓吴，兄弟们都称她叫"妪"，是我们几弟兄跟着大哥这样叫的，乡人称母亲为"阿姐"，"阿姨"，"乃娘"，却没有称"妪"的，家里叔伯兄弟们称呼他们的母亲，也不是这样，所以"妪"是我们几兄弟对母亲所用的专名。

妪生我的时候是三十多岁，她说我小的时候，皮肤白得像那刚蜕皮的小螳螂一般。这也许不是赞我，或者是由乳母不让我出外晒太阳的原故。老家的光景，我一点印象也没有。在我还不到一周岁的时候，中日战争便起来了。台湾的割让，迫着我全家在一八九六年□日（原文空掉日子）离开乡里。妪在我幼年时常对我说当时出走的情形，我现在只记得几件有点意思的，一件是她在要安平上船以前，到关帝庙去求签，问问台湾要到几时才归中国、签诗大意回答她的大意说，中国是像一株枯杨。要等到它的根上再发新芽的时候才有希望，深信着台湾若不归还中国，她定是不能再见到家门的。但她永远不了解枯树上发新枝是指什么，这谜到她去世时还在猜着。她自逃出来以后就没有回去过。第二件可纪念的事，是她在猪圈里养了一只"天公猪"，临出门的时候，她到栏外去看它，流着泪对它说："公猪，你没有福分上天公坛了，再见吧。"那猪也像流着泪，用那断藕般的鼻子嗅着她的手，低声呜呜地叫着。台湾的风俗男子生到十三四岁的年纪，家人必得为他抱一只小公猪来养着，等到十六岁上元日，把它宰来祭上帝。所以管它叫"天公猪"，公猪由主妇亲自豢养的，三四年之中，不能叫它生气、吃惊、害病等。食料得用好的，绝不能把污秽的东西给它吃，也不能放它出去游荡像平常的猪一般。更不能容它与母猪在一起。换句话，它是一只预备做牺牲的圣畜。我们家那只公猪是为大哥养的。他那年已过了十三岁。她每天亲自养它，已经快到一年了。公猪看见她到栏外格外显出亲切的情谊。她说的话，也许它能理会几分。我们到汕头三个月以后，得着看家的来信，说那头猪自从她去后，就不大肯吃东西，渐渐地瘦了，不到半年公猪竟然死了。她到十年以后还在想念着它。她叹息公猪没福分上天公坛，大哥没福分用一只自豢的圣畜。故乡的风俗男子生后三日剃胎发，必在囟门上留一撮，名叫"囟鬃"。长了许剪不许剃，必得到了十六岁的上元日设坛散礼玉皇上帝及天宫，在神前剃下来。用红线包起，放在香炉前和公猪一起供着，这是古代冠礼的遗意。还有一件是妪养的一只绒毛鸡。广东叫做竹丝鸡，很能下蛋。她打了一双金耳环带在它的碧色的小耳

朵上。临出门的时候，她叫看家好好地保护它。到了汕头之后，又听见家里出来的人说，父亲常骑的那匹马被日本人牵去了。日本人把它上了铁蹄。它受不了，不久也死了。父亲没与我们同走。他带着国防兵在山里，刘永福又要他去守安平。那时民主国的大势已去，在台南的刘永福，也没有什么办法，只好预备走。但他又不许人多带金银，在城门口有他的兵搜查“走反”的人民。乡人对于任何变化都叫做“反”。反朱一贯，反载万生，反法兰西，都曾大规模逃走到别处去。乙未年的“走日本反”恐怕是最大的“走”了。妪说我们出城时也受过严密的检查。因为走得太仓猝，现银预备不出来。所带的只有十几条纹银，那还是到大姑母的金铺现兑的。全家人到城门口，已是拥挤得很。当日出城的有大伯父一支五口，四婶一支四口，妪和我们姊弟六口，还有杨表哥一家，和我们几兄弟的乳母及家丁等七八口，一共二十多人。先坐牛车到南门外自己的田地里过一宿，第二天才出安平乘竹筏上轮船到汕头去。妪说我当时只穿着一套夏布衣服；家里的人穿的都是夏天衣服，所以一到汕头不久，很费了事为大家做衣服。我到现在还仿佛地记忆着我是被人抱着在街上走，看见满街上人拥挤得很，这是我最初印在我脑子里的经验。自然当时不知道是什么，依通常计算虽叫做三岁，其实只有十八个月左右。一切都是很模糊的。

我家原是从揭阳移居于台湾的。因为年代远久，族谱里的世系对不上，一时不能归宗。爹的行止还没一定，所以暂时寄住在本家的祠堂里。主人是许子荣先生与子明先生二位昆季，我们称呼子荣为太公，子明为三爷。他们二位是爹的早年的盟兄弟。祠堂在桃都底的围村，地方很宽敞。我们一家都住得很舒适。太公的二少爷是个秀才，我们称他为杞南兄，大少爷在广州经商，我们称他做梅坡哥。祠堂的右边是杞南兄住着，我们住在左边的一段。妪与我们几兄弟住在一间房。对面是四婶和她的子女住。隔一个天井，是大伯父一家住。大哥与伯父的儿子们辛哥住伯父的对面房。当中各隔着一间厅。大伯的姨太清姨和逊姨住左厢房，杨表哥住外厢房，其余乳母工人都在厅上打铺睡。这样算是在一个小小的地方安顿了一家子。

祠堂前头有一条溪，溪边有蔗园一大区，我们几个小弟兄常常跑到园里去捉迷藏；可是大人们怕里头有蛇，常常不许我们去。离蔗园不远的地方还有一区果园，我还记得袖子树很多。到开花的时候，一阵阵的清香教人闻到觉得非常愉快；这气味好像现在还有留着。那也许是我第一次自觉在树林里遨游。在花香与蜂闹的树下，在地上玩泥土，玩了大半天才被人叫回家去。

妪是不喜欢我们到祠堂外去的，她不许我们到水边玩，怕掉在水里；不许到果园里去，怕糟蹋人家的花果；又不许到蔗园去，怕被蛇咬了。离祠堂不远通到村市的那道桥，非有人领着，是绝对不许去的。若犯了她的命令，除掉打一顿之外，就得受缔佛的刑罚。缔佛是从乡人迎神赛会时把偶像缔结在神舆上以防倾倒的意义得来的，我与叔庚被缔的时候次数最多，几乎没有一天不“缔”整个下午。

上景山

无论哪一季，登景山最合宜的时间是在清早或下午三点以后。晴天，眼界可以望朦胧处；雨天，可以赏雨脚的长度和电光的迅射；雪天，可以令人咀嚼着无色界的滋味。

在万春亭上坐着，定神看北上门后的马路（从前路在门前，如今路在门后）尽是行人和车马，路边的梓树都已掉了叶子。不错，已经立冬了。今年天气可有点怪，到现在还没有冻冰。多谢芰荷的业主把残茎都去掉，教我们能看见紫禁城外护城河的水光还在闪烁着。

神武门上是关闭得严严地。最讨厌的是楼前那枝很长的旗竿，侮辱了全个建筑的庄严。门楼两旁树它一对，不成吗？禁城上时时有人在走着，恐怕都是外国的旅人。

皇宫一所一所排列着非常整齐。怎么一个那么不讲纪律的民族，会建筑这么严整的宫廷？我对着一片黄瓦这样想着。不，说不讲纪律未免有点过火，我们可以说这民族是把旧的纪律忘掉，正在找一个新的咧。新的找不着，终究还要回来的。北京房子，皇宫也算在里头，主要的建筑都是向南的，谁也没有这样强迫过建筑者，说非这样修不可。但纪律因为利益所在，在不言中被遵守了夏天受着解愠的薰风，冬天接着可爱的暖日，只要守着盖房子的法则，这利益是不用争而自来的。所以我们要问在我们的政治社会里有这样的薰风和暖日吗？

最初在崖壁上写大字铭功的是强盗的老师，我眼睛看着神武门上的几个大字，心里想着李斯。皇帝也是强盗的一种，是个白痴强盗。他抢了天下把自己监禁在宫中，把一切宝物聚在身边，以为他是富有天下。这样一代过一代，到头来还是被他的糊涂奴仆，或贪婪臣宰，讨、瞒、偷、换，到连性命也不定保得住。这岂不是个白痴强盗？在白痴强盗底下才会产出大盗和小偷来。一个小偷，多少总要有一点跳女墙钻狗洞的本领，有他的禁忌，有他的信仰和道德。大盗只会利用他的奴性去请托攀缘，自赞赞他，禁忌固然没有，道德更不必提。谁也不能不承认盗贼是寄生人类的一种，但最可杀的是那班为大盗之一的斯文贼。他们不像小偷为延命去营鼠雀的生活；也不像一般的大盗，凭着自己的勇敢去抢天下。所以明火打劫的强盗最恨的是斯文贼。这里我又联想到张献忠。有一次他开科取士檄，檄诸州举贡生员，后至者妻女充院，本犯剥皮，有司教官斩，连坐十家。诸生到时，他要他们在一丈见方的大黄旗上写个帅字，字画要像斗的粗大，还要一笔写成。一个生员王志道缚草为笔，用大缸贮墨汁将草笔泡在缸里，三天，再取出来写，果然一笔写成了。他以为可以讨献忠的喜欢，谁知献忠说："他日图我必定是你。"立即把他杀来祭旗。献忠对待念书人是多么痛快。他知道他们是寄生的寄生，他的使命是来杀他们。

东城西城的天空中，时见一群一群旋飞的鸽子。除去打麻雀，逛窑子，上酒楼以外，这也是一种古典的娱乐。这种娱乐也来得群众化一点。它能在空中发出和悦的响声，翩翩地飞绕着，教人觉得在一个灰白色的冷天，满天乱飞乱叫的老鸹的讨厌。然而在刮大风的时候，若是你有勇气上景山的最高处，看看天安门楼屋脊上的鸦群，噪叫的声音是听不见，它们随风飞扬，直像从什么大树飘下来的败叶，凌乱得有意思。

万春亭周围被挖得东一沟，西一窟，据说是管宫的当局挖来试看煤山是不是个大煤堆，像历来的传说所传的，我心里暗笑信这说的人们。是不是因为北宋亡国的时候，都人在城被围时，拆毁艮岳的建筑木材去充柴火，所以计划建筑北京的人预先堆起一大堆煤，万一都城被围时，人民可以不拆宫殿。这是笨想头。若是我来计划，最好来一个米山。米在万急的时候，也可以生吃，煤可无论如何吃不得。又有人说景山是太行的最终一峰。这也是瞎说。从西山往东几十里平原，可怎么不偏不颇在北京城当中出了一座景山？若说北京的建设就是对着景山的子午，为什么不对北海的琼岛？我想景山明是开紫金城外的护河所积的土，琼岛也是垒积从北海挖出来的土而成的。

从亭后的树缝里远远看见鼓楼。地安门前后的大街，人马默默地走，城市的喧嚣声，一点也听不见。鼓楼是不让正阳门那样雄壮地挺着。它的名字，改了又改，一会是明耻楼，一会又是齐政楼，现在大概又是明耻楼吧。明耻不难，雪耻得努力。只怕市民能明白那耻的还不多，想来是多么可怜。记得前几年"三民主义"、"帝国主义"这套名词随着北伐军到北平的时候，市民看些篆字标语，好像都明白各人蒙着无上的耻辱，而这耻辱是由于帝国主义的压迫。所以大家也随声附和唱着打倒和推翻。

从山上下来，崇祯殉国的地方依然是那么半死的槐树。据说树上原有一条链子锁着，庚子联军入京以后就不见了，现在那枯槁的部分，还有一个大洞，当时的链痕还隐约可以看见。义和团运动的结果，从解放这棵树发展到解放这民族。这是一件多么可以发人深思的对象呢？山后的柏树发出幽恬的香气，好像是对于这地方的永远供物。

寿皇殿锁闭得严严地，因为谁也不愿意努尔哈赤的种类再做白痴的梦。每年的祭祀不举行了，庄严的神乐再也不能听见，只有从乡间进城来唱秧歌的孩子们，在墙外打的锣鼓，有时还可以送到殿前。

到景山门，回头仰望顶上方才所坐的地方，人都下来了。树上几只很面熟却不认得的鸟在叫着。亭里残破的古佛还坐在那结没人能懂的手印。

先农坛

曾经一度繁华过的香厂，现在剩下些破烂不堪的房子，偶尔经过，只见大兵们在广场上练国技。往南再走，排地摊的犹如往日，只是好东西越来越少，到处都看见外国来的空酒瓶，香水樽，胭脂盒，乃至簇新的东洋瓷器，估衣摊上的不入时的衣服，“一块八”，“两块四”叫卖的伙计连翻带地兜揽，买主没有，看主却是很多。

在一条凹凸得格别的马路上走，不觉进了先农坛的地界。从前在坛里唯一新建筑，“四面钟”，如今只剩一座空洞的高台，四围的柏树早已变成富人们的棺材或家私了。东边一座礼拜寺是新的。球场上还有人在那里练习。绵羊三五群，遍地披着枯黄的草根。风稍微一动，尘土便随着飞起，可惜颜色太坏，若是雪白或朱红，岂不是很好的国货化妆材料？

到坛北门，照例买票进去。古柏依旧，茶座全空。大兵们住在大殿里，很好看的门窗，都被拆作柴火烧了。希望北平市游览区划定以后，可以有一笔大款来修理。北平的旧建筑，渐次少了，房主不断地卖折货。像最近的定王府，原是明朝胡大海的府邸，论起建筑的年代足有五百多年。假若政府有心保存北平古物，决不至于让市民随意拆毁。拆一间是少一间。现在坛里，大兵拆起公有建筑来了。爱国得先从爱惜公共的产业做起，得先从爱惜历史的陈迹做起。

观耕台上坐着一男一女，正在密谈，心情的热真能抵御环境的冷。桃树柳树都脱掉叶衣，做三冬的长眠，风摇鸟唤，都不听见。雩坛边的鹿，伶俐的眼睛瞭望着过路的人。游客本来有三两个，它们见了格外相亲。在那么空旷的园囿，本不必拦着它们，只要四围开上七八尺深的沟，斜削沟的里壁，使当中成一个圆丘，鹿放在当中，虽没遮栏也跳不上来。这样，园景必定优美得多。星云坛比岳渎坛更破烂不堪。干蒿败艾，满布在砖缝瓦罅之间，拂人衣裙，便发出一种清越的香味。老松在夕阳底下默然站着。人说它像盘旋的虬龙，我说它像开屏的孔雀，一颗一颗的松球，衬着暗绿的针叶，远望着更像得很。松是中国人的理想性格，画家没有不喜欢画它。孔子说它后凋还是屈了它，应当说它不凋才对。英国人对于橡树的情感就和中国对于松树的一样。中国人爱松并不尽是因为它长寿，乃是因它当飘风飞雪的时节能够站得住，生机不断，可发荣的时间一到，便又青绿起来。人对着松树是不会失望的，它能给人一种兴奋，虽然树上留着许多枯枝丫，看来越发增加它的壮美。就是枯死，也不像别的树木等闲地倒下来。千年百年是那么立着，藤萝缠它，薜荔粘它，都不怕，反而使它更优越更秀丽。古人说松籁好听得像龙吟。龙吟我们没有听过，可是它所发出的逸韵，真能使人忘掉名利，动出尘的想头。可是要记得这样的声音，决不是一寸一尺的小松所能发出，非要经得百千年的磨练，受过风霜或者吃过斧斤的亏，能够立得定以后，是做不到的。所以当年壮的时候，应学松柏的抵抗力，忍耐力，和增进力；到年衰的时候，也不妨送出清越的籁。

对着松树坐了半天。金黄色的霞光已经收了，不免离开雩坛直出大门。门外前几年挖的战壕，还没填满。羊群领着我向着归路。道边放着一担菊花，卖花人站在一家门口与那淡妆的女郎讲价，不提防担里的黄花教羊吃了几棵。那人索性将两棵带泥丸的菊花向羊群猛掷过去，口里骂“你等死的羊孙子！”可也没奈何。吃剩的花散布在道上，也教车轮辗碎了。

忆卢沟桥

记得离北平以前，最后到卢沟桥，是在二十二年的春天。我与同事刘兆蕙先生在一个清早由广安门顺着大道步行，经过大井村，已是十点多钟。参拜了义井庵的千手观音，就在大悲阁外小憩。那菩萨像有三丈多高，是金铜铸成的，体相还好，不过屋宇倾颓，香烟零落，也许是因为求愿的人们发生了求财赔本求子丧妻的事情吧。这次的出游本是为访求另一尊铜佛而来的。我听见从宛平城来的人告诉我那城附近有所古庙塌了，其中许多金铜佛像，年代都是很古的。为知识上的兴趣，不得不去采访一下。大井村的千手观音是有著录的，所以也顺便去看看。

出大井村，在官道上，巍然立着一座牌坊，是乾隆四十年建的。坊东面额书“经环同轨”，西面是“荡平归极”。建坊的原意不得而知，将来能够用来做凯旋门那就最合宜不过了。

春天的燕郊，若没有大风，就很可以使人流连。树干上或土墙边蜗牛在画着银色的涎路。它们慢慢移动，像不知道它们的小介壳以外还有什么宇宙似的。柳塘边的雏鸭披着淡黄色的毳毛，映着嫩绿的新叶；游泳时，微波随蹼翻起，泛成一弯一弯动着的曲纹，这都是生趣的示现。走乏了，且在路边的墓园少住一回。刘先生站在一座很美丽的窣堵波上，要我给他拍照。在榆树荫覆之下，我们没感到路上太阳的酷烈。寂静的墓园里，虽没有什么名花，野卉倒也长得顶得意地。忙碌的蜜蜂，两只小腿粘着些少花粉，还在采集着。蚂蚁为争一条烂残的蚱蜢腿，在枯藤的根本上争斗着。落网的小蝶，一片翅膀已失掉效用，还在挣扎着。这也是生趣的示现，不过意味有点不同罢了。

闲谈着，已见日丽中天，前面宛平城也在域之内了。宛平城在卢沟桥北，建于明崇祯十年，名叫“拱北城”，周围不及二里，只有两个城门，北门是顺治门，南门是永昌门。清改拱北为拱极，永昌门为威严门。南门外便是卢沟桥。拱北城本来不是县城，前几年因为北平改市，县衙才移到那里去，所以规模极其简陋。从前它是个卫城，有武官常驻镇守着，一直到现在，还是一个很重要的军事地点。我们随着骆驼队进了顺治门，在前面不远，便见了永昌门。大街一条，两边多是荒地。我们到预定的地点去探访，果见一个庞大的铜佛头和一些铜像残体横陈在县立学校里的地上。拱北城内原有观音庵与兴隆寺，兴隆寺内还有许多已无可考的广慈寺的遗物，那些铜像究竟是属于哪寺的也无从知道。我们摩挲了一回，才到卢沟桥头的一家饭店午膳。

自从宛平县署移到拱北城，卢沟桥便成为县城的繁要街市。桥北的商店民居很多，还保存着从前中原数省入京孔道的规模。桥上的碑亭虽然朽坏，还矗立着。自从历年的内战，卢沟桥更成为戎马往来的要冲，加上长辛店战役的印象，使附近的居民都知道近代战争的大概情形，连小孩也知道飞机、大炮、机关枪都是做什么用的。到处墙上虽然有标语贴着的痕迹。而在色与量上可不能与卖药的广告相比。推开窗户，看着永定河的浊水穿过疏林，向东南流去，想起陈高的诗："卢沟桥西车马多，山头白日照清波。毡卢亦有江南妇，愁听金人出塞歌。"清波不见，浑水成潮，是记述与事实的相差，抑昔日与今时的不同，就不得而知了。但想象当日桥下雅集亭的风景，以及金人所掠江南妇女，经过此地的情形，感慨便不能不触发了。

从卢沟桥上经过的可悲可恨可歌可泣的事迹，岂止被金人所掠的江南妇女那一件？可惜桥栏上蹲着的石狮子个个只会张牙裂眦结舌无言，以致许多可以稍留印迹的史实，若不随蹄尘飞散，也教轮辐压碎了。我又想着天下最有功德的是桥梁。它把天然的阻隔连络起来，它从这岸度引人们到那岸。在桥上走过的是好是歹，于它本来无关，何况在上面走的不过是长途中的一小段，它哪能知道何者是可悲可恨可泣呢？它不必记历史，反而是历史记着它。卢沟桥本名广利桥，是金大定二十七年始建，至明昌二年（公元一一八九至一一九二）修成的。它拥有世界的声名是因为曾入马可博罗的记述。马可博罗记作"普利桑干"，而欧洲人都称它做"马可博罗桥"，倒失掉记者赞叹桑干河上一道大桥的原意了。中国人是擅于修造石桥的，在建筑上只有桥与塔可以保留得较为长久。中国的大石桥每能使人叹为鬼役神工，卢沟桥的伟大与那有名的泉州洛阳桥和漳州虎渡桥有点不同。论工程，它没有这两道桥的宏伟，然而在史迹上，它是多次系着民族安危。纵使你把桥拆掉，卢沟桥的神影是永不会被中国人忘记的。这个在"七七"事件发生以后，更使人觉得是如此。当时我只想着日军许会从古北口入北平，由北平越过这道名桥侵入中原，决想不到火头就会在我那时所站的地方发出来。

在饭店里，随便吃些烧饼，就出来，在桥上张望。铁路桥在远处平行地架着。驮煤的骆驼队随着铃铛的音节整齐地在桥上迈步。小商人与农民在雕栏下作交易上很有礼貌的计较。妇女们在桥下浣衣，乐融融地交谈。人们虽不理会国势的严重，可是从军队里宣传员口里也知道强敌已在门口。我们本不为做间谍去的，因为在桥上向路人多问了些话，便教警官注意起来，我们也自好笑。我是为当事官吏的注意而高兴，觉得他们时刻在提防着，警备着。过了桥，便望见实柘山，苍翠的山色，指示着日斜多了几度，在砾原上流连片时，暂觉晚风拂衣，若不回转，就得住店了。"卢沟晓月"是有名的。为领略这美景，到店里住一宿，本来也值得，不过我对于晓风残月一类的景物素来不大喜爱。我爱月在黑夜里所显的光明。晓月只有垂死的光，想来是很凄凉的。还是回家吧。

我们不从原路去，就在拱北城外分道。刘先生沿着旧河床，向北回海甸去。我捡了几块石头，向着八里庄那条路走。进到阜城门，望见北海的白塔已经成为一个剪影贴在洒银的暗蓝纸上。

一封公开的信

中国晚报主笔先生及张春风先生：

八月一日贵报登出“出卖肉麻”一文，讥评×××女士造像义展，眼光卓越，佩服之至。这篇“启文”，我始终未读过，因为我曾签名赞成此事，所以一读张先生大文之后便希望原作者能够再向大众申明一下，可惜等了这许多天毫无动静，不得已得向二位先生说明几句。

我现在把签名的经过与我对于这事的意见叙述一番，如有不对之处，还求指教。

一个月前，在全国文艺界抗战协会留港会员开会的一个晚上，会员们约了些漫画家，音乐家，电影家来凑热闹，×××女士当晚也被邀到会唱歌，同时有一二位会员拿出一个卷子请在座诸君赞助×××女士造像义展会。据说是她要将自己的各种照片展览出卖，以所得款项献给国家，特要我做赞助人。我当时觉得义不容辞，便签了名，可没看见有“怀江山而及丽质，睹香草而思美人”那篇文章。若是见了当然也是不合我的脾胃，我必会建议修改的。

我很喜欢张先生指出传统的滥调，如江山，丽质，香草，美人一类的词句，是肉麻的。这个证明作者写不出所要办的事情的真意，反而引起许多恶劣的反感。但在作者未必是有意说肉麻的话，他或者只知道那是用来描写美人的最好成语。所以修辞不得法，滥用典故成语，常会吃这样的亏。

不过我以为文章拙劣，当与所要办的事分开来看。张先生讥评那篇启文是可以的，至于斥造像义展为不然，我却有一点不同的意见。此地我要声明我并不是捧什么伶人，颂什么女优。此女士也是当晚才见过的，根本上不能说有什么交情，也没想要得着捧颂的便宜。我的意见与张先生不同之处，如下所述。

唱戏，演电影，像我们当教员当主笔的一样，也是正当的职业。我一向是信从职业平等的。我对于执任何事业的都相当尊重他们。看优伶为贱民，为身家不清白，正是封建意识的表现。须知今日所谓身家不清白，所谓贱，乃是那班贪官污吏，棍徒赌鬼，而非倡优隶卒之流。如果一个伶人为国家民族愿意做他所能做的，我们便当赋同情于他。捧与颂只在人怎样看，并不是人人都存着这样的心。在张先生的大文里以为替伤兵缝棉衣，在国破家亡的时候，是每个男女国民所当负的责任，试问我国有多少男女真正负过这类或相等的责任？现在在中国的夫人小姐们不如倡优之处很多，想张先生也同我一样看得到。塘西歌姬的义唱，净利全数献给国家。某某妇女团体组织义演，人款万余元，食用报销掉好几千！某某文化团体“七七”卖花，至今账目吐不出来。这些事，想张先生也知道吧。我们不能轻看优伶，他们简单的情感，虽然附着多少虚荣心，却能干出值得人们注意的事。

一个演电影的女优，她的色是否与她的艺一样重要？（依我的标准，×××女士并不美。此地只是泛说。）若是我们承认这个前提，那么“色相”于她，当等于学识于我们，一样是职业上的一种重要的工具，能显出所期的作用的。假如我们义卖文章，使国家得到实益，当然不妨做做。同样地，申论下去，一个女优义卖她的照片，只要有人买，她得到干净的钱来献给国家，我们便不能说她与抗战和民族国家无关，更不能说会令人肉麻。如果我们还没看见她要展卖的都是什么，便断定是“肉麻”，那就是侮辱她的人格，也侮辱了她的职业。

×××女士的“造像”我一幅也没见过，据说是她的戏装和电影剧装居多。我想总不会有什么肉麻的裸体像。纵然会有，也未必能引青年去“看像手淫”。张先生若是这样想，就未免太看不起近代的青年了。色欲重的人就是没有像，对着任何人的像，甚至于神圣的观音菩萨，也可以手淫的。张先生你说对不对？她卖“造像”×××××××××，人们的亵行与可能的诱惑，与她所卖的照片并没关系。当知她卖自己的造像是手段，得钱献给国家是目的。假如一个女人或男人生得貌美而可以用本人的照片去换钱的话，只要有人要，未尝不可作为义展的理由。我们只能羡慕他或她得天独厚，多一道生利之门罢了。某人某人的造像卖给人做商标，卖给人做小囡模型，租给人做画稿，做雕刻模型，种种等等，在现代的国家里并没人看这些是肉麻或下贱无耻。

捧戏子，颂女优，如果意识是不干净的，当然是无聊文人的丑迹。但如彼优彼伶所期望办理的事是值得赞助的话，我们便当尊重他们，看他们和我们一样是有人格的，不能以其为优伶，便侮辱他们。我们当存君子之心，莫动小人之念，才不会失掉我们所批评的话的价值。我以为对于他人所要做的事情，如见其不可，批评是应该有的，不过要想到在这缺乏判断力的群众中间，措词不当，就很容易发生一犬吠影百犬吠声的事，于其他的事业，或者也会得到不良的影响。

谢谢二位先生费神读这封长信。我并不是为做启文的人辩护，只是对于以卖自己的照片为无耻的意思提出一点私见来。先生们若是高兴指教的话，我愿意就这事的本身，再作更详尽的客观的讨论。

许地山谨白。

七七感言

欧洲有些自然科学家，以为战争是大自然的镰刀，用来修削人类中的枯枝败叶的。我不知道这话的真实程度有多高，我所知的是在人类还未达到“真人类”的阶段，战争是不能避免的。这所谓“真人类”，并非古生物学的，而是文化的。文化的真人是与物无贪求，于人无争持的。因为生物的人还没进化到文化的人，所以他的行为，有时还离不开畜道。在畜道上才有战争，在人道与畜道相遇时也有战争。畜生们为争一只腐鼠，也可以互相残啮到膏滴血流，同样地，它们也可以侵犯人。它们是不可以理喻的。在人道的立脚点上说，凡用非理的暴力来侵害他人的，如理论道绝的期候，当以暴力去制止它，使畜道不能在光天化日之下猖獗起来。

说了一大套好像不着边际的话，作者到底是何所感而言呢！他觉得许多动物虽名为人，而具有牛头马面狼心狗肺的太多，严格说起来还不能算是人，因此联想到畜道在人间的传染。童话里的“熊人”，“虎姑”，“狐狸精”，不过是“畜人”。至于“人狼”，“人狗”，“人猫”，“人马”，这简直是“人畜”。这两周年的御日工作也许会成为将来很好的童话资料。我们理会暴日虽戴着“王道”的面具，在表演时却具足了畜道的特征。我们不可不知在我们中间也有许多堕在畜道上。此中最多的是“狗”和“猫”。我们中间的“人狗”，“人猫”，最可恶的有吠家狗引盗狗，饕餮猫与懒惰猫。两年间的御日工作可以说对得住人，对得住祖宗天地。但是对于打狗轰猫这种清理家内的工作却令人有点不满意。

在御×工作吃紧的期间，忽然从最神圣的中枢里发出类乎向×乞怜的狺声，或不站在自己的岗位，而去指东摘西的，是吠家狗。甘心引狼入宅，吞噬家人的是引盗狗。我们若看见海港里运来一切御×耐期所不需的货物，尤其是从“××船”来的，与大批的原料运到东洋大海去，便知道那是不顾群众利益，只求个人富裕的饕餮猫的所行。用公款做投机事业，对于国家购入的品物抽取回扣，或以劣替优，以贱充贵，也是饕餮猫的行径。具有特殊才干，在国家需要他的时候，却闭着眼，抚着耳，远远地躲在安全地带，那就是懒惰猫。这些人狗，人猫，多如牛毛，我们若不把它们除掉就不能脱离畜道在家里横行，虽有英勇的国士在疆场上与狼奋斗着，也不能令人不起功微事繁的感想。所以我们要加紧做打狗轰猫的工作。

又有些人以为民众知识缺乏，所以很容易变成迷途的羔羊，而为猫狗甚至为狼所利用。

可是知识是不能绝对克服意志的，我们所怕的是意志薄弱易陷于悲观的迷途的牧者。在危难期间，没有迷途的羔羊，有的是迷途的牧者。我的意思不是鼓励舍弃知识，乃是要指出意志要放在知识之上，无论成败如何，当以正义的扶持为准绳，以人道的出现为极则。人人应成为超越的男女，而非卑劣的羔羊。人人在力量上能自救，在知识上能自存，在意志上能自决，然后配称为轩辕的子孙。这样我们还得做许多积极工作。一方面要摧毁败群的猫狗，一方面要扶植有为的男女，使他们成为优越的人类。非得如此，不能自卫，也不能救人；不配自卫，也不配救人。所以此后我们一部分的精神应贯注在整理内部，使我们的威力更加充实。那么，即使那些比狼百倍厉害的野兽来侵犯我们，我们也可以应付得来。为人道努力的人们，我们应当在各方面加紧工作，才不辜负两年来为这共同理想而牺牲的将士和民众。

今 天

陈眉公先生曾说过:“天地有一大账簿:古史,旧账簿也,今史,新账簿也。”他的历史账簿观,我觉得很有见解。记账的目的不但是为审察过去的盈亏来指示将来的行止,并且要清理未了的账。在我们的“新账簿”里头,核记的账实在是太多了。血账是页页都有,而最大的一笔是从三年前的七月七日起到现在被掠去的生命,财产,土地,难以计算。我们要擦掉这笔账还得用血,用铁,用坚定的意志来抗战到底。要达到这目的,不能不仗着我们的“经理们”与他们手下的伙计的坚定意志,超越智慧,与我们股东的充足的知识、技术和等等的物质供给。再进一步,当要把各部分的机构组织到更严密,更有高度的效率。

“文官不爱钱,武将不惜死”的名言是我们听熟了的。自军兴以来,我们的武士已经表现他们不惜生命以卫国的大牺牲与大忠勇的精神。但我们文官的中间,尤其是掌理财政的一部分人,还不能全然走到“不爱钱”的阶段,甚至有不爱国币而爱美金的。这个,许多人以为是政治还不上轨道的现象,但我们仍要认清这是许多官人的道德败坏,学问低劣,临事苟办,临财苟取的结果。要擦掉这笔“七七”的血账,非得把这样的坏伙计先行革降不可。不但如此,在这抵抗侵略的圣战期间,不爱钱、不惜死之上还要加上勤快和谨慎。我们不但不爱钱,并且要勤快办事,不但不惜死,并且要谨慎作战。那么,日人的凶焰虽然高到万丈,当会到了被扑灭的一天。

在知识与技术的贡献方面,几年来不能说是没有,尤其是在生产的技术方面,我们的科学家已经有了许多发明与发现(请参看卓芬先生的近年生产技术的改进。香港大公报二十九年七月五日特论)。我们希望当局供给他们些安定的实验所和充足的资料,因为物力财力是国家的命脉所寄,没有这些生命素,什么都谈不到。意志力是寄托在理智力上头的,这年头还有许多意志力薄弱的叛徒与国贼民贼的原因,我想就是由于理智的低劣。理智低劣的人,没有科学知识,没有深邃见解,没有清晰理想,所以会颓废,会投机,会生起无须要的悲观。这类的人对于任何事情都用赌博的态度来对付,遍国中这类赌博的人当不在少数。抗战如果胜利,在他们看来,不过是运气好,并非我们的能力争取得来的。这样,哪里成呢?所以我们要消灭这种对于神圣抗战的赌博精神。知识与理想的栽培当然是我们动笔管的人们的本分。有科学知识当然不会迷信占卜扶觇、看相算命一类的事,赌博精神当然就会消灭了。迷信是剥削民族意志力的毒刃,我们从今日起,要立志扫除它。

物质的浪费是削弱民族威力的第二把恶斧。我们都知道我们是用外货的国家，但我们都忽略了怎样减少滥用与浪费的方法。国民的日用饮食，应该以“非不得已不用外物”为宗旨。烟酒脂粉等等消耗，谋国者固然应该设法制止，而在国民个人也须减到最低限度。大家还要做成一种群众意见，使浪费者受着被人鄙弃的不安。这样，我们每天便能在无形中节省了许多有用的物资，来做抗建的用处。

我们很满意在这过去的三年间，我们的精神并没曾被人击毁，反而增加更坚定的信念，以为民治主义的卫护，是我们正在与世界的民主国家共同肩负着的重任。我们的命运固然与欧美的民主国家有密切的联系，但我们的抗建还是我们自己的，稍存依赖的心，也许就会摔到万丈的黑崖底下。破坏秩序者不配说建设新秩序，新秩序是能保卫原有的好秩序者的职责。站在盲目蛮力所建的盟坛上的自封自奉的民主，除掉自己仆下来、盟坛被拆掉以外，没有第二条路可走，因为那盟坛是用不整齐、没秩序和腐败的砖土所砌成的。我们若要注销这笔“七七”的血账，须常联合世界的民主工匠来毁灭这违理背义的盟坛。一方面还要加倍努力于发展能力的各部门，使自己能够达到长期自给、威力累增的地步。

祝自第四个“七七”以后的层叠胜利，希望这笔血账不久会从我们的新账簿擦除掉。

阴阳思想

在《淮南子》里可以看为道家新出的思想便是阴阳五行说。卫生保身是生活的问题，而阴阳五行为宇宙问题。在战国末年道家都信阴阳五行之说。“阴阳”这名词初见于《老子》，其次为《易系辞传》，《荀子》，《庄子》，《韩非子》，《吕氏春秋》，凡战国末年所出的书没有不见这两字的。《荀子·王制篇》：“相阴阳，占祲兆，钻龟陈卦，主禳择五卜，知其吉凶妖祥，伛巫跛击之事也。”在那时的巫觋已能采用阴阳说，足见此说流布的广。《史记·孟子荀卿传》说邹衍说阴阳，衍为西纪元前三世纪的人物，在《孟子》里未见‘阴阳’这辞，可知在孟子时代，这说还不流通，到荀子时代便大行了。后来的儒家甚至也多采用阴阳说。在战国末或汉初所成的《易说卦传》有“立天之道，曰阴与阳；立地之道，曰柔与刚；立人之道，曰仁与义。”及“分阴分阳，迭用柔刚”的文句，是以仁义配阴阳。或者孟子还尊孔子的不问闻天道，故单说仁义，但在一般的儒家在宇宙论上已采用了阴阳说，如《礼记乐记》与《乡饮酒义》都以阴阳配仁义。汉代于仁义礼智四端加入信的一端，以配五行，于是阴阳与五行二说结合起来。但儒书里也有单采五行说的。如《洪范》庶徵中说五行而不说阴阳是一个例。《洪范》的体裁很像战国末年的作品，为《尚书》中最新的一部，大概这书也是注重人生方面，所以忽略了宇宙论的阴阳说罢。自战国末至汉初，阴阳说渐流行，甚至用来配卦占筮。对于礼的解释也采用阴阳说《礼记》中附会阴阳的如《郊特牲礼器》，《祭统》，《儒行》，《乡饮酒义》等，都是。《大戴记》及《韩诗外传》亦多见阴阳说，董仲舒的思想也是阴阳化的政治论，此外《墨子》，《管子》，《韩非》都有为后学所加的阴阳说；道家的著作中说阴阳越多的，年代越后。《庄子》的《德充符》，《在宥》，《天地》，《天道》，《天运》等，多半受阴阳说的影响。《庄子》里越晚的篇章，阴阳这两字越多见。《淮南》里头，阴阳思想更属重要。我们可以说阴阳说流行始于西历纪元前约三世纪之初，而盛于汉代。《吕氏春秋》十二月纪的二，三，七，八月，《仲夏纪》的《大乐篇》，《季夏纪》的《音律篇》，等，都有‘阳气’‘阴气’的名辞。阴阳是属于气的，《庄子·则阳》有“大地者，形之大者也；阴阳者，气之大者也”的话，《淮南天文训》“天地之袭精为阴阳，阴阳之专精为四时，”高诱注“袭合也，精气也。”《庄子·大宗师》。《淮南子·叔真训》《傣族训》等篇有‘阴阳之气’的语，通常学说‘阴阳’便够了。宇宙是形质或精气所成，故《吕氏春秋·有始》说，“阴阳材物之精”，《易》，《系辞传》也有‘精气为物’的文句。气有阴阳，而此阴阳与物质的关系如何就不很明了。在宇宙里，有明暗，昼夜，男女，等等相对的差别，从经验上说，别为阴阳，本无何等标准，但到后来一切生与无生物都有了阴阳的差别。有时以积极和消极的现象为判别阴阳的标准，例如《天文训》说："积阳之热气生火，火气之精者为日，积阴之寒气为水，水气之精者为月。"

气，从超越阴阳的现象说，为万象的根元。这气也名为精，是万物所共具，在《吕氏春秋·正月纪》，《十月纪》，《十一月纪》里有"天气"，"地气"，《二月纪》有"寒气"，"暖气"，《义赏篇》有"春气"，"秋气"，《应同篇》有五行之气，这都是超越性质的气。万物得这气才能把各个的精彩或特点显示出来。《吕氏春秋·季春纪尽数》说："精气之集也，必有入也。集于羽鸟，与为飞扬；集于走兽，与为流行；集于珠玉，与为精朗；集于树木，与为茂长；集于圣人，与为象明。"气在物体里头，无论是生物或无生物，都能发挥其机能或能力，故一切各有其特殊的气。从性质说，气有阴阳的分别。但这分别毫不含有伦理的或宗教的意义。鬼神，男女，善恶，生死，等等，虽有阴阳的差异，在起头并没有什么轻重。在《淮南子》时代，对于宇宙生成的神话好像有两种，一是天地剖判说，一是二神混生说。前一说是混沌初开，气轻清者为天，气重浊者为地的见解，《诠言训》说："洞同无地，混沌为朴，未造而成物，谓之太一，同出于一，所为各异。有鸟，有鱼，有兽，谓之分物。方以类别，物以群分，性命不同，皆形于有，隔而不通，分而为万物，莫能及宗。"宇宙一切的事物都从太一剖判出来，故阴阳是从太一或太极分出的。《吕氏春秋·仲夏纪大乐》说："太一出两仪，两仪出阴阳；"又说："万物所出，造于太一，化于阴阳；"《易·系辞传》也说，"易有太极，是生两仪"。《礼记》《礼运》说，"夫礼本于太一，分而为大地，转而为阴阳，变而为四时，列而为鬼神"。这虽是解释《荀子》里的话，却也源于道家的名词。这'一'字是道家所常用，有浑沌的意思。《天文训》说："大地未形，冯冯翼翼，洞洞灟灟，故曰太昭。道始于虚霩，虚霩生宇宙，宇宙生气，气有涯垠，清阳者薄靡而为天，重浊者凝滞而为地。清妙之合专易，重浊之凝竭难，故天先成而地后定。天地之袭精力阴阳，阴阳之专精为四时；四时之散精为万物。积阳之热气生火，火气之精者为日，积阴之寒气为水，水气之精者为月。日月之淫为精者为星辰。天受日月星辰；地受水潦尘埃。"二神混生说，如《精神训》说，"古未有天地之时惟像无形，窈窈冥冥，芒艾漠闵，项蒙鸿洞，莫知其门。有二神混生，经天营地，孔乎莫知其所终极，滔乎莫知其所止息，于是乃别为阴阳，离为八极，刚柔相成，万物乃形。烦气为虫，精气为人。是故精神，天之有也；而骨骸者，地之有也。精神入其门，而骨骸反其根，我尚何存？是故圣人法天顺情，不拘于俗，不诱于人，以天为父，以地为母，阴阳为纲，四时为纪。天静以清，地定以宁，万物失之者死，法之者生。"高诱注，"二神，阴阳之神也，混生，俱生也。"这是阴阳二气，至于男女两性，在《淮南》别篇里还有一个化生者。《说林训》说："黄帝生阴阳；上骈生耳目，桑林生臂手；此女娲所以七十化也。"女娲七十化不详。黄帝，高诱注说，"古天神也。始造人之时，化生阴阳。上骈，桑林皆神名。"相传女娲也搏土为人，依这里的说法，两性是黄帝所化生。个人身中也有阴阳，最主要的便是魂魄。《主术训》说，"天气为魂，地气为魄，反之元房，各处其宅。守而勿失，上通太一。太一之精，通于天道。天道元默，无容无则，大不可极，深不可测，尚与人化，知不能得。"《彖系辞传》，"一阴一阳之谓道"，也是一样的意思。

阴阳在创物的事功上有同等的地位。一切事物都具有这二气，故《荀子·礼论》说，"天地合而万物生，阴阳接而变化起。”《易》的八卦互合而为六十四卦也是本着这个原则而来。阴阳相互的关系有并存的与继起的两种。并存说是从生物上两性接合的事情体会出来，如上头所引《礼论》的文句，便是这个意思。《吕氏春秋正月纪》，《易》泰卦《象传》，《淮南本经训》等，都有天气下降，地气上腾，天地和合而后万物化生的见解。阴阳的感应有同类相引，异类相合的现象。《吕氏春秋·审分览》《君守》说，“以阳召阳，以阴召阴，”《览冥训》说，“阴阳同气相动”，是相引的现象。《览冥训》又说，“至阴飗飗，至阳赫赫，两者交接成和而万物生焉。众雄而无雌，又何化之所能造乎？”这是异类相合的说法。继起说以阴阳性质相反恰如男女，故时常规出调和与争斗的现象。阴阳二气有这现象，才有生出万物，若二气配合则极平等，万物便没有特别的性质，一切都成一样了。《韩非解老》说，“凡物不并盛，阴阳是也。”这恐怕是汉初的说法。又，阴阳有动静开闭的现象，如《庄子·天道》及《刻意》说，“静与阴同德，动与阳同波。”《原道训》也说，“与阴俱闭，与阳俱开。”故动是阳的，静是阴的，开是阳的，闭是阴的。动静开闭不能并存，故有继起，与相胜的现象。《吕氏春秋·仲春纪》说仲春行冬令则阳气不胜。注说因为阴气乘阳，故阳气不胜。阴阳在四时的次序上有一定的配置，时令不依次序则阴阳气必因错乱而相争斗。仲夏与仲冬是阴阳相争的月分，一年之中二气的强弱都从这两个月分出来。昼夜的循环，寒暑的更迭，便是阴阳继起的关系。这也可以名为阴阳消长说。《月令》与《吕氏春秋·十二月纪》便是本著这观念而立的说法。在《荀子·天论》里已有消长的观念，如“列星随旋，日月递照，四时代御，阴阳大化，风雨博施，万物各得其和以生，各得其养以成”，便是这说法。这思想是战国末年成立的思想。阴阳消长与时间变化的关系，大概是由于生物现象由发生以至老死的观念所暗示。动的，生的，属于阳。静的，死的，属于阴，故生物在时间上有阴阳的分别。《吕氏春秋·季春》《纪圆道》说：“物动则萌，萌则生，生则长，长则大，大而成，成乃衰，衰乃杀，杀乃藏，圆道也。”显明表示生物在时间上有动静的现象。《恃君览·知分篇》说得更明白：“夫人物者，阴阳之化

也。阴阳者，造乎天而成者也。天固有衰廉废伏，有盛盈贫息，人亦有困穷屈匮，有充实达遂。此皆天之容物理也，而不得不然之数也。”

阴阳说本与道家思想不很调和，道家把它与自然无为连结起来，成为本派的宇宙观。《庄子·知北游》说，“阴阳四时，运行各得其序”与《天运》的“调理四时，太和万物，四时迭起，万物循生，一盛一衰，文武经纶，一清一浊，阴阳调和”都是与无为结合起来的说法。《原道训》的“和阴阳，节四时，而调五行”，也是从无为的观点说。四时的运行是因阴阳的变化，如《庄子·则阳》说，“阴阳相照，相盖，相治；四时相代，相生，相杀”，都是道的表现。道家承认事物变化的现象，但对于变化的理由与历程自派却没有说明，只采阴阳说来充数。《椒真训》起首说阳阴未分的境地，与《诠言训》所说的太一，究竟是将阴阳化生万物的说法附在道上头。《本经训》说：“帝者体太一，王者法阴阳，霸者则四时，君者用六律。秉太一者，牢宠天地，弹压山川，含吐阴阳，伸曳四时，纪纲八极，经纬六合，覆露照导，普汜无私，揸飞蠕动，莫不仰德而生。阴阳者承天地之和，形万殊之体，含气化物，以成埒类，赢缩卷舒，沦于不测，终始虚满，转于无原。四时者春生，夏长，秋收，冬藏；取予有节，出入有时；开阖张歙，不失其叙；喜怒刚柔，不离其理。六律者，生之与杀也，赏之与罚也，予之与夺也，非此无道也，故谨于权衡准绳，审乎轻重，足以治其境内矣。是故体太一者；明于天地之情；通于道德之伦；聪明耀于日月；精神通于万物；动静调于阴阳；喜怒和于四时；德泽施于方外；名声传于后世。法阴阳者：德与天地参；明与日月并；精与鬼神总；戴圆履方，抱表怀绳；内能治身，外能得人；发号施令，天下莫不从风。则四时者，柔而不脆，刚而不擞斓，宽而不肆，肃而不悖，优柔委从，以养群类，其德含愚而容不肖无所私爱。用六律者：伐乱禁暴；进贤而退不肖；扶拔以为正；坏险以为平；矫枉以为直；明于禁舍开闭之道，乘时因势，以服役人心也。”这又是把太一，阴阳，四时，六律，顺序配合帝王霸君统治下的四等政治，显然是太一高于阴阳，阴阳高于四时，四时高于六律的意思。六律或者包括礼乐在内。从生的程序看来，万物皆从一而生。被疑为后来补入的《老子》四十二章的“道生一，一生二，二生三，三生万物”和“万物负阴而抱阳，冲气以为和”，在《天文训》里解说，“道始于一，一而不生，故分而为阴阳，阴阳和合而万物生。故曰，一生二，二生三，三生万物”。《淮南子》里也未解明为什么是这样生法。

在阴阳说上，道家采用来说明性情的是属于阴静的一点，万物变化为无思无虑无欲无为的自然历程，故应守以虚静。《说林》说，“圣人处于阴，众人处于阳。”阳是活动，活动是有所作为，故圣人不处。此外与养生说也有关系。生所以能和顺是因阴阳的调和。《傣族训》说，“阴阳和而万物生”，《俶真训》说，“圣人呼吸阴阳之气，而群生莫不锞锞然仰其德以和顺”。嗜欲情感不要过度。因为这和自然现象里的四时不调和一样足以伤身害生。四时不调，必有灾异；情欲不和，必有疾病；这都是阴，阳不调和所致。阴阳现象本无何等善恶的关系，后人以善属于阳，恶属于阴，是不合道家思想的。

猫乘

猫不入六畜之数，大概因为古人要所豢养的禽兽的肉可以供祭祀及蒸享的用处，并且可以成群繁殖起来的才算家畜。在古人眼里，猫是一种神秘而有威力的动物。它的眼睛能因时变化，走路疾速而无声，升屋上树非常自在等等，都可以教人去想它是非凡的。事实上，猫在农业文化的社会的地位正如狗在游牧文化的社会里一样。古人先会养狗是当然的。汉以前人家居然知道养猫，可是没听过到市里去买猫。当时养的大都是半野的狸，猎人获到，取数十钱的代价，卖给人家。《韩非子》里，有"将狸攻鼠"，"令狸执鼠"的话。《说苑》"使麒骥捕鼠，不如百钱之狸。"和《盐铁论》里"鼠穷啮狸"，都可以说明当时只有半野的狸，没有纯豢的猫。后世人虽有"家猫为猫，野猫为狸"的说法，其实上面所说的狸都是已经被养熟了的。字书说狸是里居的兽，所以狸字从里；名为猫是因"鼠善害苗，而猫能捕之，去苗之害，故字从苗"。这两说固然可以讲得过去，但对于猫字似乎还是象声为多，所以《本草纲目》说"猫有苗茅二音，其名自呼"。我们不要想猫字比狸字晚，《诗经大雅韩奕》有"有猫有虎"的一句，《郊特牲》也有"迎猫为其食鼠"的话。看来称猫，是有些尊重的意思，不然，不能用一个很恭敬的迎字。也许当时在一定的节期从田野间迎接到家里来供养的称为猫，平常养的才称为狸，后来猫的名称用开了，狸的名字也就渐渐给忘了。现在对于黑斑猫还叫做"铁狸"，也可以说猫狸两字在某一阶段也是同意义的。

农业文化的社会尊重猫，因为它能毁灭那残害禾稼的田鼠和仓廪里、家室里的家鼠。以猫为神，最早的是埃及。古埃及人知道猫在第十一朝时代，据说是从纽比亚(Nubia)传进去的。自那时代以后，埃及才有猫首人身的神像。猫神名伊路鲁士(AElurus)。人当猫为神圣，甚至做成猫的木乃伊；杀猫者受死刑。他以为猫是月女神，因为它的眼睛可以像月一样有圆缺。中国古时迎猫的礼仪不可详知，从八蜡的祭礼看来，它与先啬、司啬等神同列，可见得它是相当地被尊重。祭猫的礼大概在周秦以后已经不行，所以人们不像往昔那么尊重它。黄汉《猫苑》(卷上)说"丁雨生云，安南有猫将军庙，其神猫首人身，甚著灵异。中国人往者，必祈祷，决休咎。"这位猫神到底管什么事，不得而知，若依作者的附说，此猫字即毛字之讹，因为明朝毛尚书曾平安南，猫将军即毛尚书。这样看来，他与猫神就没什么关系了。铸画猫形来镇压老鼠的事却有些那个。《夷门广牍记》，"刻木为猫，用黄鼠狼尿，调五色画之，鼠见则避。"《猫苑》的作者弓邓椿画猫云："僧道宏每往人家画猫则无鼠。"作者又说:“山阴童树善画墨猫,凡画于端午午时者,皆可避鼠,然不轻画也。余友张韵泉(凯)家,藏有一幅。尝谓悬此,鼠耗果靖。”(卷上形相章)又记,“吴小亭家藏王忘庵所画乌猫图,自题十六字云,‘日危,宿危,炽尔杀机。乌圆炯炯,鼠辈何知?’余按家香铁待诏,重午画钟馗,诗云:‘画猫日主金危危’,则知危日值危宿,画猫有灵。必兼金日者,金为白虎之神,忘庵句盖本乎此。”又记:“朱赤霞上舍(城)云,凡端午日取枫瘿刻为猫枕,可辟鼠,兼可僻邪恶。”由辟鼠的功效进而可以辟盗贼。《猫苑》(卷上)有一个例。作者说:“刘月农巡尹(荫棠)云:番禺县属之沙湾茭塘界上有老鼠山。其地向为盗薮。前督李制府瑚患之,于山顶铸大铁猫以镇之。猫则张口撑爪,形制高巨。予曾缉捕至此,亲登以观。而游人往往以食物巾扇等投入猫口,谓果其腹,不知何故。”

养蚕人家也怕老鼠食蚕,故杭州人每于五月初一日看竞渡后,必向娘娘庙买泥猫回家,不专为给孩子玩,并且可以攘鼠。

以上所举的事例都含有巫术意味,并非当猫做神。清代天津船厂有铁猫将军,受敕封,每年例由天津道躬诣祭祀一次。金陵城北铁猫场有铁猫长四尺许,横卧水泊中,相传抚弄它,可以得子。每年中秋夜,士女都到那里去。这与猫没关系,乃是船锭。船又叫铁猫,是何取义,不敢强解,现在猫写作锚,也许离开本义更远了。

神怪的猫

猫与其他动物一样。活得日子长久了就会变精。袁枚《子不语》(卷二十四)记靖江张氏因为通水沟,黑气随竹竿上,化作绿眼人乘暗淫他的婢女。张求术士来作法,那黑气上坛舔道士,所舔处,皮肉如刀割。道士奔去,想渡江求救于张天师,刚到江心,看见天上黑气四起,就庆贺主人说:那妖已经被雷劈死了!张回家,看见屋角震死一只猫,有驴那么大。

猫变人的传说在欧洲也一样地很多。在术语上,猫变人叫猫人;人变猫就叫人猫。欧洲的人猫似乎是比猫人多些。韩美(F. Hamel)在“人兽”(Human Animals)第十二章里说了下面的一个故事:1719年2月8日,陀素(Thurso)的牧师威廉因士(William Junes)在开陀尼士(Caithncss)审问一个女人马嘉列·连基伯(Margaret Nin—Gilbert)。那妇人承认,有一晚上,她在道上走,遇见一个魔鬼现出人形,要她与他同行同住。从那时起,她与那魔鬼就很相熟,有时它在她面前现出一匹大黑马的形状,有时骑在马上,有时像一朵黑云,有时像一只黑母鸡。这妇女显然是从一个巫师学来的巫术,所以会这样。有一个瓦匠名叫威廉孟哥麻里(William Montgomery),他的房子被许多猫侵入,以致他的妻与女仆不能再住在那里。有一晚上,威廉回家,看见五只猫在火炉边,仆人对他说:它们在那里谈话咧。在十一月二十八日,一只怪猫爬进一个贮箱的圆洞里。威廉就守在那里,若是看见有脑袋伸出来,便用刀斫下去。他果然把刀斫到那怪物的脖子上,可没逮着。一会,他打开那箱,他的仆人用斧子砍那怪猫的背后,连斧子砍在箱板上。至终那怪猫带着斧子逃脱掉。但是他连续地追,又砍了好些下,至终把它砍死。威廉亲自把那死猫扔出去,可是等二天早晨,起来一看,那猫已不见了。隔了四五晚,仆人又嚷说那猫再来了。威廉用方格绒围住它,把斧子斫在它身上,到它被斧子钉在地上,又用斧背打击它的头,一直打到死,又把它扔掉。第二天早晨起来看,又不见了。很奇怪的是当斫那怪猫的时候,一滴血也没有。他一共斫了几只,都没有一只是邻人的。于是他断定那一定是巫师做的事。二月十二,住在威廉家半英里的妇人马嘉列·连基伯被告发了,她的邻人看见她掉了一条腿在她自己的门口。她那一只腿是黑的而且腐烂了。那人疑心她是女巫,就捡起来送到州官那里,州官立刻把那妇人逮捕入狱。那妇人承认她变猫走进威廉家里,被威廉砍断了一条腿,还有另外一个妇人名马嘉列·奥尔逊(Margaret Olsone)也是变了猫一同进去的。别的女巫,人看不见,因为魔鬼用黑雾遮掩着她们。

韩美又说:"在法国基奥达(Giotat)附近的西里斯特村 (Ceyreste)住着一个女人,她的孩子们常常有病,这个好了,那个又病起来。她不晓得要怎办。有一天,她的邻人对她说,她的婆婆也许是个巫婆,孩子们的病当与那老太太有关系。于是她对丈夫说了。两个人仔细查察孩子们的病,看看有没有巫术的影响。有一晚上,他们看见一只黑猫走近那个小婴孩的摇篮边,轻寂地走动,丈夫立刻拿起一根棍子想去打死它。他没打着那猫的身体,只中了它的爪子。那猫拼命逃走了。孩子们的祖母是每天要来看他们,问孩儿们的康健的。自从打了黑猫以后,老太太就好几天不上门来。

邻人对那丈夫说,她一定是有什么事,不肯给人知道的,可以去看看她。丈夫于是去看她的妈。一进门就看见她的一只手包起来,对着他发脾气。他假装做看不见她的伤处,只用平常很安静的话问她为什么好几天没到家去看孙子们。

那老太太回答说:"我为什么要到你家去呢?看看我的手指头。假如我的手指头是给斧子砍着,不是给棍子打着,我的指头就被切断,所剩的只是残废的肢体罢了。"

中国的猫人故事比较多,因为我们没有像基督教国家的魔鬼信仰,只信物老成精的说法,所以猫也和狐狸、熊、老虎等一样会变人。人每以猫善媚人,以致如江浙人中有信它是妓女所变成,这又是轮回信仰,与猫人无涉。但是,不必变人而能加害于人的猫,在中国也

有。例如《猫苑》卷上《毛色》所记："孙赤文云，道光丙午(1846)夏、秋间，浙中杭、绍、宁、台一带传有鬼祟，称为三脚猫者，每傍晚，有腥风一阵，辄觉有物入人家室以魅人，举国皇然。于是各家悬锣钲于室，每伺风至，奋力鸣击。鬼物畏锣声，辄遁去。如是者数月始绝。是亦物妖也。"

又据清道光时代人慵讷居士著的《咫闻录》(卷一)记：

> 甘肃凉州界，民间崇祀猫鬼神，即北史所载高氏祀猫鬼之类也。其怪用猫缢死，斋醮七七、即能通灵。后易木牌，立于门后，猫主敬祀之，旁以布袋，约五寸长，备待猫用，每窃人物。至四更许，鸡未鸣时，袋忽不见，少顷，悬于屋角。用梯取下，释袋口，倾注柜中，或米或豆，可获二石。盖妖邪所致，少可容多，祀者往往富可立致。有郡守某生辰，同僚馈干面十余石，贮于大桶。数日后，守遣人分贮，见桶上面悬结如竹纸隔，下规则空空然！惊曰诸守，命役访治。时府廨后有祀此猫者，役搜得其像。当堂重责木牌四一，并笞其民，笑而遣之。后闻牌责之后，神不验矣。

又猫可以给人寄寓灵魂在它身体里头。富莱沙在《金枝集》里说了一段非洲的故事。

南非洲巴兰牙(Ba—Ranga)人中，从前有一族的人们寄他们的灵魂在一只猫身上。这猫族有一个少女低低散(Titishan)当嫁时强要那只猫随行。她到夫家，就把那猫藏在密室，连丈夫也没见过它，也不知道她带了一只猫来。有一天，她到地里工作，猫逃出来，走入茅寮，把丈夫的战斗装饰品着起来歌唱舞蹈。孩子们听见，进去看见一只猫在那里装着怪样子。他们很骇异猫在戏弄他们，就去告诉丈夫说，有一只猫在他屋里舞蹈，还侮辱了他们。主人说，别说，我不要你们撒谎。他们于是回家，看见那猫还在那里，就把他打死。那时，他妻子立刻倒在地上，临死时，说："我在家被人杀死了！"她丈夫回来，她还可以说话，就教他快去告诉她家人。她的家族众人一听见这事，个个都立刻死了。从此这猫族绝了种。

这寄生命在别的物体上的故事，在民间传说里很多，大概与图腾有多少关系罢。

人事的猫

所谓人事的猫，是人们对于猫的行为与态度。古代罗马人以猫为自由的象征。罗马自由女神的形像是一手持杯，一手持折断的王节，脚下睡着一只猫。除去古埃及以外，以猫为神圣的恐怕要数到古罗马了。欧洲许多地方以猫为土谷神，富莱沙的名著《金枝集》里举出许多有趣的风俗，试在这里引录出来：

(一)在法国窦菲涅(Dauphine)的白里安逊(Briancen)地方，当麦熟时，农人用花带和麦穗饰猫，教它做球皮猫(Le Chatde Peau de Salle)，假如刈麦者受伤，就用那球皮猫来舔伤口。收获完了，更把它装饰起来，大家围着它舞蹈。舞完，诸女子才慎重地把它的装饰卸除掉。

(二)在波兰西勒西亚(Silesia)的格鲁尼堡(Gruneberg)地方，农人不用真猫，叫那收割田的最后一穗的农夫做多马猫(Tom Cat)。别人把墨麦秆与绿枝条围绕着他；又打一条很长的辫子系在他身上，当做他的尾巴。有时把另一个人打扮得和他一样，叫做猫，是当做女性的。多马猫与猫的工作是用一根长棍子追人来打。

（三）南洋诸岛人，有些也信猫与田禾有关，求雨时常用得着它。在南西里伯岛(Celebes)，农人求雨，把猫缚在肩舆上，扛着绕行干燥的田边，同时用竹管引水。猫叫时，他们就说，主呀求你把雨降给我们。爪哇农人求雨最常用的方法是洗猫。洗猫有时是一只，有时是一对，用鼓乐在前引导。巴达维亚城，孩子们常为求雨洗猫，方法是把猫扔在水里，由它自己爬到过岸。苏门答剌有些村子在求雨时，村妇着衣服涉入水中，戽水相溅，然后扔一只黑猫进水，容它在水里泅些时候，才由它泅上岸去。妇女们戽着水随在它后头。

自从猫与魔鬼合在一起，做土谷神的猫在好些地方是要被杀的。法国有些地方。杀猫或捉猫便是到田里收获的别名。有些地方，打谷打到最后一把，农夫就将一只猫放在一起，用连枷来打死它。到最近的星期日，把它烧熟了当圣物吃。法国亚美安(Amiens)农人若说他们去杀猫便是收获完工的意思。收获的工作完毕，他们就在田里杀死一只猫。波希米亚人把猫杀死埋在田中，为的是教禾稼不受损害。这都是土谷神的悲惨命运。

欧洲许多地方虽然还以杀猫为不吉利，但在节期当它做魔鬼或巫师的变形来处治的事也不少。

法国古时在仲夏月、复活节、忏悔日，和纪念耶稣在旷野四旬的春斋期，每在巴黎格里弗场(place de greve)举喜火。通常是把活猫放在一个篮子里，或琵琶桶里，或口袋里，悬在火中一根竿子上头。有时他们也烧狐狸。烧完，人民收拾火灰与烬余物回家，相信可以得到好运气。法国王常亲自举火。最末一次是一六四八年，路易十四举的。他戴着玫瑰花冠，手里也捧着一束玫瑰，举火以后，还围着火堆与大众舞蹈，舞完到市公所举行大宴会。

法国亚尔丹尼士省(Ardennes)人当春斋的第一个星期日烧猫。在火熄后，牧人把牛羊赶来，教它们越过灰烬，以为可以免除灾害。举火者必是年中最后结婚的新人，有时用男，有时用女，新人举火后，大众围着火堆舞蹈，求来丰年。

在婚礼上，有些地方也杀猫。德国爱菲尔(Eifel)地方，结婚人家在婚后几个星期举行猫击礼(Katzenschlag)，法国克鲁士(Creuse)人于结婚日带一只猫到礼拜堂去，用它来打贺喜的亲友。一直把它打到死，才把它煮熟了给新郎新娘吃。波兰风俗，假如新郎是个鳏夫，在家里须要打破玻璃门，把猫扔进去。新娘才随着扔猫的地方进入洞房。

猫肉本来不是常时的食品，但有许多地方的人很喜欢吃它。富莱沙告诉我们，在纽几内亚北边的俾斯麦群岛，土人爱吃猫，常常到邻村去偷别人的猫来吃。但那里的人信猫身体的一部分如未被吃，就可以作法教那吃的人生病。他们的方法是把猫尾巴剁掉收藏起来。若是猫不见了，一定是贼人偷去吃。猫主可以把所失的猫被剁下来的尾巴取出，同符咒一齐埋在隐秘地方。那贼就会生病。在那里的猫都是没尾巴的，因为必要如此，才没人敢偷。

中国人除去药用以外，吃猫也是由于特别的嗜好，如广州人春天所嗜的龙虎羹，便是蛇与猫的时食。从一般的习惯说，猫不是正常的食品。有些地方还以为猫是杀不得的，因为一只猫管七条命，如人杀死一只猫，他得偿还七世的生命。

因为猫的形态颜色有种种不同，所以讲究养猫的都加意选择。选择的指导书是世传的

《相猫经》。现在把主要的相法列举几条在下：

（一）头面要圆。面长会食鸡，所以说，"面长鸡种绝"。

（二）耳要小而薄。这样就不怕冷，所以说，"耳薄毛毡不畏寒"。头与耳都不怕长。所谓猫贵五长，是说头、尾、身、足、耳都要长，不然，便是五秃。但发微历正通书大全又说："猫儿身短最为良。眼用金钱尾用长，面似虎威声振喊。老鼠闻之立便亡。"又说，"腰长会走家"。看来身长是不好的相。二说，不知谁是。

（三）眼要具金钱的颜色。最忌带泪和眼中有黑痕，所以说，"金眼夜明灯"。眼有黑痕的是懒相。

（四）鼻要平直。鼻钩及高耸是野性未除的相。这样的猫爱吃鸡鸭，所以说，"面长鼻梁钩，鸡鸭一网收"。

（五）须要硬而色纯。经说，"须劲虎成多"。又说，"猫儿黑白须，疴屎满神炉"。无须的会食鸡鸭。

（六）腰要短。腰长就会过家。

（七）后脚要高。后脚低就无威。

（八）爪要深藏而有油泽。露爪就会翻瓦。

（九）尾要长细而尖，尾节要短，且要常摆动。尾大主猫懒，常摆便有威，所以说，"尾长节短多伶俐"，"坐立尾常摆，虽睡鼠亦亡"。

（十）声要响亮。声音响亮是威猛的征象。

（十一）口要有坎。经说："上颚生九坎，周年断鼠声。七坎捉三季。坎少养不成。"

（十二）顶要有拦截纹。拦截纹是顶下横纹。相畜余编记，猫有拦截纹，主威猛。有寿纹，则加八字，或加八卦，或如重弓、重山，都好。没这些纹，就懒阘无寿。

（十三）身上要无旋毛。胸口如有旋毛，主猫不寿。左旋犯狗；右旋水伤。通身有旋，凶折多殃。所以说，"耳小头圆尾又尖，胸膛无旋值千钱"。

（十四）肛要无毛。经说："毛生屎屈，疴屎满屋。"

（十五）睡要蟠而圆，要藏头掉尾。

至于毛色，以纯黄为上，所谓"金丝猫"的就是。其次纯白的，名"雪猫"，但广东人不喜欢，叫它做"孝猫"，主不祥。再次是纯黑的，叫"铁猫"。纯色的猫通名为"四时好"。褐黄黑相兼，名为"金丝褐"。黄白黑相兼，名"玳瑁斑"。黑背白肢，白腹，名为"乌云盖雪"。四爪白，名"踏雪寻梅"。白身黑尾，最吉，名为"雪里拖枪"。通身黑而尾尖一点色名为"垂珠"。白身黑尾，额上一刚黑色的，名为"挂印拖枪"，又名"印星"，主贵，而白身黑尾，背上一团黑色的，名为"负印拖枪"。黑身白尾，名为"银枪拖铁瓶"，又名"昆仑妲己"。白身而嘴边有衔花纹，名为"衔蚁奴"。通身白而有黄点，名为"绣虎"。身黑而有白点，名为"梅花豹"，又名"金钱梅花"。黄身白腹，名为"金聚银床"。白身黄尾，名为"金簪插银瓶"，又名"金索挂银瓶"。白身或黑身，而背上有一点黄的，名为"将军挂印"。身尾及四足俱有花斑，名为"缠得过"。这些都是入格的猫，至于黄斑，黑斑，都是狸的常形，不算希奇。此外如"狸奴"、"虎舅"、"天子妃"、"白老"、"女奴"等，是猫的别名。爱猫的也带给猫许多好名字。最雅的如唐贯休有猫名"焚虎"，宋林灵素字"金吼鲸"，明嘉靖大内的"霜眉"，清吴世蹯的"锦衣娘"、"银睡姑"、"啸碧烟"，都好。其他名字可参看《猫苑》（卷下）名物，此地不能尽录出来。

自然的猫

人与猫相处，觉得猫有许多生理上及心理上的特性。如独生猫，每为人所喜爱。中国

各处有相同的口诀，说，“一龙，二虎，三太保，四老鼠。”意思是独生的猫如龙，孪生的猫似虎。一胎三只以上就不大好了。闽南人的口诀是，“一龙，二虎，三偷食，四背祖。”所以生三只，四只，不是懒怯，就是不认主人。但这都是人们对于猫的见解，究竟如何，也不能断定。在《贤奕》里引出一段龙猫、虎猫的笑话。

齐奄家畜一猫，自奇之，号于人曰虎猫。客说之曰，虎诚猛，不如龙之神也。请更名曰，龙猫。又客说之曰，龙固神于虎也。龙升天，须浮云。云其尚于龙乎？不如名曰云。又客说之曰，云霭蔽天，风倏散之。云固不敌风也。请名曰风。又客说之曰，大风飚起，维屏与墙，斯足蔽矣。风其如墙何？名之曰墙猫。又客说之曰，维墙虽固，维鼠穴之，墙斯记矣，墙又如鼠何？即名曰鼠猫。东里丈人嗤之曰，猫即猫耳，胡为自失其本真哉？

这可以见得名龙，名虎，乃属主观的，不必限于独生或孪生的关系。又人对猫的观察常有错误。如说，猫捕食老鼠以后，它的耳朵必定有缺。像老虎的耳朵在吃人以后的锯缺一样。大概缺的原因是由于偶然的损伤，决非因吃了一个人或一只鼠就缺一块。

有一件事最显然的是猫常有吃掉自己的小猫的情形。这情形，在狗和别的动物中间也常见，不过人没注意到罢了。中国人的解释是猫当乳哺时期，属虎的人不能去看它，若是看见了，母猫必要徙窠，甚至把小猫都吃掉。空同子说：“猫见寅人，则衔其儿走徙其窠。”《黄氏日抄》说：“猫初生，见寅肖人，而自食其子。”但有些地方以为给属鼠的人见到，母猫就会把小猫吃掉。又李元《蠕范》说：“猫食鼠，上旬食头，中旬食腹，下旬食足。”这也未见得是正确的观察，其实要看鼠的大小，及猫的性格而定。有些猫只会捕鼠，把鼠咬死就算，一口也不吃，有些只会捕鸟，看见老鼠都懒得去追。

欧洲人以为一只猫有九条命，因为它很难致死。这话在文学上用得很多。德国的谚语甚至有“一只猫有九条命；一个女人有九只猫的命”。表示女人的命比猫还要多几倍。从动物学的观点说，猫的命是有许多生理上的特长来保护着它。最惹人注意的是，凡猫从高处摔下，无论如何，四条腿总是先落在地上，不会摔伤。这现象固然是由于猫的祖先升树的习性所形成，但主要的还是它能利用身体的均衡运动，脊椎动物的耳里有半圆管司身体的均衡作用。这半圆管的动用在耳目听觉以前便有了。听觉是动物进化后才显出的作用，在此以前，身体的均衡比较重要。猫还保持着它灵敏的均衡作用，所以无论人怎样扔它，它很容易地翻过身来，使四只脚先到地。而且它的脚像安着弹簧一样，受全身的重力，一点也没伤害。如果一只猫不会这样，那就是因为它太被豢养惯了。

猫的触须很长，这也是哺乳动物所常有的，即如鲸的上唇也有。不过在猫族中，触须特别发达，因为它们要走在黑暗地方，这须于感觉的帮助很大。猫还有特灵的嗅觉和听觉。家猫与野猫都可以辨别极细微的声音。从这些声音，它们可以认识是从什么地方，什么东西发出的，但是它们所认的不是音的高低，乃是声的大小，它们能听人的说话，并不像狗那样真能懂得，只是由声的大小供给它们的联想而已。

猫可以在夜间看见东西。这是因为猫类多半是夜猎的兽，非到昏暗不出来，它们能利用微暗的光来看东西。它们的瞳子，因为须要光度的大小，而形成伸缩作用。所谓猫眼知时，乃是受光的强弱所生现象。关于依猫眼测时间的歌诀很多，最常见的是："子午线，卯酉圆，寅申巳亥银杏样，辰戌丑未侧如钱。"这在平常的时候，固然可以，如果在天阴、暗室里，就不一定准了。在越黑暗的地方，猫的瞳子放得越大。眼的网膜有一层光滑如镜的薄面，这也是帮助它能在暗处见物的一件法宝。因为它有这样的网膜，所以人每见它在暗处两眼发光。但在无光的地方如物理实验的暗房里，猫眼也不能被看见，因为所有的眼都不能自发光辉。所有的猫都是色盲的。它们住在一个灰色的世界里。它们虽然能够分辨红白，但也不是从色素，只是由光的刺激的大小分别出来。我们可以说猫不只是音聋和色盲，并且于听视二觉都有缺陷。它本是夜猎的兽类，所以对于声音与颜色只须能够辨别大小远近就够了。

俗语说："猫认屋，狗认人。"猫有本领认识它所住的地方，虽然把它送到很远，若不隔着水和高墙，它总会寻道回来。这个本领在林栖的动物中常有，尤其是在乳哺期间，母兽必有寻道还窠的能力，不然，小兽就会有危险。

中国书上常说，猫的鼻端常冷，唯夏至一日暖。这是因为它的鼻常湿，为要增加嗅觉作用，与阴阳气无关。

猫的感情作用，最显然的是见到狗或恐怖时，全身的毛竖立起来。不过这不必每只猫都是一样，有的与狗做朋友，见了一点也不害怕。毛竖的现象，在人类与其他哺乳动物都有，在肾脏的前头有一个小小的器官，名叫"肾上腺"，它是对付一切非常境遇的器官。从这腺分泌肾上腺础（Adrena-Iin）游离于血液中间，分布到全身。这种分泌物，现在叫做"兴奋体"（Hormones）。它们是"化学的传信者"，常为保持身体的利益而分泌到身上各部分。肾上腺础，一分泌出来，就可以增加血液的压力，紧张肌肉，增加心动等；还可以激动毛发下的小肌肉使毛发竖立起来。身体有强烈的情绪就是神经受了大刺激，如系属于恐怖的，肾上腺础立时要分泌出来，使血液里的糖分增加散布到各部分，它的主要功用，可以振奋精神，如受伤出血时，可以使血在伤口凝结得快些。所以猫和人一样，在预备争斗或恐怖的时候，血里都满布着肾上腺础。这兴奋体是近代的发现，医药家每取肾上腺础来做止血药及提神药，大概所有的药房都可以买得到。

猫一竖毛，同时便发出吼声，身体四肢作备斗的姿势，它的生理上的变化也和人类一样。第一步是愤怒，由愤怒刺激肾上腺，肾上腺急激地制造肾上腺础，分泌出来随着血液传达到全身。身体于是完成争斗的预备而示现争斗的姿势。若是争斗起来，此肾上腺础一方面激起兴奋作用；受伤时，就显止血作用，若是斗不起来，情绪便渐渐松弛，身体姿势也就渐次复元了。

猫是最美丽最优雅的小动物，从来养它的人们不一定是为捕鼠，多是当它做家里的小伴侣。普通的家猫可分为二类，一是长毛种，一是短毛种，前者比较贵重，后者比较常见。长毛猫不是中国种，最有名的是"金奇罗"（Chinchilia），它的眼睛，绿得很可爱。其次是"师莫克"（Smoke），它有琥珀样的眼睛。这两种长毛猫在欧洲的名品很多，毛色多带灰蓝，但其他色泽也有。还有一种名"达比士"（Tabbies），也很可贵。所有长毛猫都是一个原种变化出来的。中国的长毛猫古时多从波斯输入，所以也称为波斯猫或狮猫。短毛猫各国都有。讲究养猫的，都知道此中的优种是亚比亚尼亚种、俄罗斯种、暹罗种。亚比亚尼亚猫很像埃及种，大概是古埃及的遗种。这种猫身尾脚耳都很长，颜色多为黑，褐，很少白的。俄罗斯猫眼带绿色，毛细而密，为北方优种。暹罗猫多乳白色，头脚尾褐色，宝蓝眼，从前只饲于宫中，近来才流出各处。此外，如英国的人岛猫，属于短毛类，它的奇特处是没有尾巴，像兔子一样。中国的特种猫，据《猫苑》说，有闽粤交界的南澳岛所产的歧尾猫，这种猫的尾巴是卷曲的，名叫麒麟尾，或如意尾，很会捕鼠。又四川简州有一种四耳猫，耳中另有小耳，擅于捕鼠，州官每用来充作方物贡送寅僚，《四川通志》和袁枚《续子不语》(卷四)都记载这话，但不知道所谓四耳，究竟是怎样的。

以上关于猫的话，不过是略述猫的神话、人事与自然三方面。因为它对于人的关系那么久远，养它的人不一定是为治鼠，才把它留在家里。它也是家庭的好伴侣，若将它与狗来比，它是静的和女性的，狗正与它相反。作者一向爱猫，故此不惮烦地写了这一大篇给同爱的读者。

1940 年

老鸦嘴

无论什么艺术作品，选材最难。许多人不明白写文章与绘画一样，擅于描写禽虫的不一定能画山水，擅于描写人物的不一定能写花卉，即如同在山水画的范围内，设色，取景，布局，要各有各的心胸才能显出各的长处，文章也是如此。有许多事情，在甲以为是描写的好材料，在乙便以为不足道，在甲以为能写得非常动情，在乙写来，只是淡淡无奇，这是作者性格所使然，是一个作家首应理会的。

穷苦的生活用颜色来描比用文字来写更难，近人许多兴到农村去画甚么饥荒，兵灾，看来总觉得他们的艺术手段不够，不能引起观者的同感，有些只顾在色的渲染，有些只顾在画面堆上种种触目惊心的形状，不是失于不美，便是失于过美。过美的，使人觉得那不过是一幅画，不美的便不能引起人的快感，哪能成为艺术作品呢？所以“流民图”一类的作品只是宣传画的一种，不能算为纯正艺术作品。

近日上海几位以洋画名家而自诩为擅汉画的大画师，教授，每好作什么英雄独立图，醒狮图，骏马图。“雄鸡一声天下白”之类，借重名流如蔡先生褚先生等，替他们吹嘘，展览会从亚洲开到欧洲，到处招摇，直失画家风格。我在展览会见过的马腿，都很像古时世拉夫的鸡脚，都像鹤膝，光与体的描画每多错误，不晓得一般高明的鉴赏家何以单单称赏那些，他们画马，画鹰，画公鸡给军人看，借此鼓励鼓动他们，倒也算是画家为国服务的一法，如果说“沙龙”的人都赞为得未曾有的东方画，那就失礼了。

当众挥毫不是很高尚的事，这是走江湖人的伎俩。要人信他的艺术高超，所以得在人前表演一下。打拳卖膏药的在人众围观的时节，所演的从第一代祖师以来都是那一套。我看过许多“当众挥毫会”，深知某师必画鸟，某师必画鱼，某师必画鸦，样式不过三四，尺寸也不过五六，因为画熟了，几撇几点，一题，便成杰作，那样，要好画，真如煮沙欲其成饭了，古人雅集，兴到偶尔，就现成纸帛一两挥，本不为传，不为博人称赏，故只字点墨，都堪宝贵，今人当众大批制画，伧气满纸，其术或佳，其艺则渺。

画面题识，能免则免，因为字与画无论如何是两样东西，借几句文词来烘托画意，便见作者对于自己艺术未能信赖，要告诉人他画的都是什么，有些自大自满的画家还在纸上题些不相干的话，更是傻头。古代杰作，都无题识，甚至作者的名字都没有。有的也在画面上不相干的地方，如树边石罅，枝下等处淡淡地写个名字，记个年月而已。今人用大字题名题诗词，记跋，用大图章，甚至题占画面十分之七八，我要问观者是来读书还是读画？有题记瘾的画家，不忍将纸分为两部分，一部作画，一部题字，界限分明，才可以保持画面的完整。

近人写文喜用“三部曲”为题，这也是洋八股。为什么一定要“三部”？作者或者也莫名其妙，像“憧憬”是什么意思，我问过许多作者，除了懂日本文的以外，多数不懂，只因人家用开，顺其大意，他们也跟着用起来，用“三部曲”为题的恐怕也是如此。

1939 年 8 月

慕

爱德华路的尽头已离村庄不远，那里都是富人的别墅。路东那间聚石旧馆便是名女士吴素霄的住家。馆前的藤花从短墙蔓延在路边的乌柏和邻居的篱笆上，把便道装饰得更华丽。

一个夫役拉着垃圾车来到门口，按按铃子，随即有个中年女佣捧着一畚箕的废物出来。

夫役接过畚箕来就倒入车里，一面问："陵妈，为什么今天的废纸格外多？又有人寄东西来送你姑娘吗？"

"哪里？这些纸不过是早晨来的一封信。……"她回头看看后面，才接着说："我们姑娘的脾气非常奇怪。看这封信的光景，恐怕要闹出人命来。"

"怎么？"他注视车中的废纸，用手拨了几拨，他说："这里头没有什么，我且说到的是怎么一回事。"

"在我们姑娘的朋友中，我真没见过有一位比陈先生好的。我以前不是说过他的事情吗？"

"是，你说过他的才情、相貌和举止都不像平常人。许是你们姑娘羡慕他，喜欢他，他不愿意？"

"哪里？你说的正相反哪。有一天，陈先生寄一封信和一颗很大的金刚石来，她还没有看信，说把那宝贝从窗户扔出去……"

"那不太可惜吗？"

"自然是很可惜。那金刚石现在还沉在池底的污泥中呢！"

"太可惜了！太可惜了！你们为何不把它淘起来？"

"呆子，你说得太容易了！那么大的池，往哪里淘去？况且是姑娘故意扔下去的，谁敢犯她？"

"那么，信里说的是什么？"

"那封信，她没看就搓了，交给我拿去烧毁。我私下把信摊起来看，可惜我认得的字不多，只能半猜半认地念。我看见那信，教我好几天坐卧不安。……"

"你且说下去。"

"陈先生在信里说，金刚石是他父亲留下来给他的。他除了这宝贝以外没有别的财产。因为羡慕我们姑娘的缘故，愿意取出，送给她佩带。"

"陈先生真呆呀！"

“谁能这样说？我只怪我们的姑娘……”她说到这里，又回头望。那条路本是很清静，不妨站在一边长谈，所以她又往下说。

“又有一次，陈先生又送一幅画来给她，画后面贴着一张条子。说，那是他生平最得意的画儿，曾在什么会里得过什么金牌的。因为羡慕她，所以要用自己最宝重的东西奉送。谁知我们姑娘哼了一声，随把画儿撕得稀烂！”

“你们姑娘连金刚石都不要了，一幅画儿值得什么？他岂不是轻看你们姑娘吗？若是我做你们姑娘，我也要生气的。你说陈先生聪明，他到底比我笨。他应当拿些比金刚石更贵的东西来孝敬你们姑娘。”

“不，不然，你还不……”

“我说，陈先生何苦要这样做？若是要娶妻子，将那金刚石去换钱，一百个也娶得来，何必定要你们姑娘！”

“陈先生始终没说要我们姑娘，他只说羡慕我们姑娘。”

“那么，以后怎样呢？”

“寄画儿，不过是前十几天的事。最后来的，就是这封信了。”

“哦，这封信。”他把车里的纸捡起来，扬了一扬，翻着看，说：“这纯是白纸，没有字呀！”

“可不是。这封信奇怪极了。早晨来的时候，我就看见信面写着‘若是尊重我，就请费神拆开这信，否则请用火毁掉。’我们姑娘还是不看，教我拿去毁掉。我总是要看里头到底是什么，就把信拆开了。我拆来拆去，全是一张张的白纸。我不耐烦就想拿去投入火里，回头一望，又舍不得，于是一直拆下去。到末了是他自己画的一张小照。”她顺手伸入车里把那小照翻出来，指给夫役看。她说：“你看，多么俊美的男子！”

“这脸上黑一块，白一块的有什么俊美？”

“你真不懂得，……你看旁边的字……”

“我不认得字，还是你说给我听罢。”

陵妈用指头指着念：“尊贵的女友：我所有的都给你了，我所给你的，都被你拒绝了。现在我只剩下这一条命，可以给你，作为我最后的礼物。……”

“谁问他要命呢？你说他聪明，他简直是一条糊涂虫！”

陵妈没有回答，直往下念：“我知道你是喜欢的。但在我归去以前，我要送你这……”

“陵妈，陵妈，姑娘叫你呢。”这声音从园里的台阶上嚷出来，把他们的喁语冲破。陵妈把小照放入车中说：“我得进去……”

“这人命的事，你得对姑娘说。”

“谁敢？她不但没教我拆开这信，且命我拿去烧毁。若是我对她说，岂不是赶蚂蚁上身！我嫌费身，没把它烧了。你速速推走罢，待一会，她知道了就不方便。”她说完，匆匆忙忙，就把疏阑的铁门关上。

那夫役引着垃圾车子往别家去了。方才那张小照被无意的风刮到地上，随着落花，任人践踏。然而这还算是那小照的幸运。流落在道上，也许会给往来的士女们捡去供养；就使给无知的孩子捡去，摆弄完，才把它撕破，也胜过让夫役运去，葬在垃圾冈里。

法　眼

“前几个月这城曾经关闭过十几天，听说是反革命军与正革命军开仗的缘故。两军的旗号是一样的，实力是一样的，宗旨是一样的，甚至党纲也是一样的。不过，为什么打起来？双方都说是为国，为民，为人道，为正义，为和平……为种种说不出来的美善理想，所以打仗的目的也是一样！但是，依据什么思想家的考察，说是‘红马’和‘白狗’在里头作怪。思想家说，‘马’是‘马克思’，或是马克思主义的走马；‘红’就是我们所知道的‘红’；‘狗’自然是‘狗必多’，或是什么资本，帝国主义的走狗；‘白’也是我们所常知道的‘白’。”

“白狗和红马打起来，可苦了城里头的‘灰猫’！灰猫者谁？不在前线的谁都不是！常人好像三条腿的灰猫，色彩不分明，身体又残缺，生活自然不顺，幸而遇见瞎眼耗子，他们还可以饱一顿天赐之粮，不幸而遇见那红马与白狗在他们的住宅里抛炸弹，在他们的田地里开壕沟，弄得他们欲生不能，求死不得，只能向天嚷着说：‘真命什么时候下来啊！’”

“这是谁说的呢？”

“这一段话好像是谁说过的，一下子记不清楚了。现在先不管它到底是哪一方的革命是具有真正的目的，据说在革命时代，凡能指挥兵士，或指导民众，或利用民众的暴力财力及其它等等的人们的行为都是正的，对的，因为愚随智和弱随强是天演的公例。民众既是三条腿的灰猫，物力心力自然不如红马和白狗，所以也得由着他们驱东便东，逐西便西，敢有一言，便是‘反革命’。像我便是担了反革命的罪名到这里来的，其实我也不知道所反的是哪一种革命，不过我为不主张那毁家灭宅的民死主义而写了一篇论文罢了。”

这是在一个离城不远的新式监狱里两个青年囚犯当着狱卒不在面前的时候隔着铁门的对话。看他们的样子，好像是新近被宣告有反动行为判处徒刑的两个大学生。罪本不重，人又很斯文，所以狱卒也不很严厉地监视他们。但依法，他们是不许谈话的。他们日间的劳工只是抄写，所以比其余的囚徒较为安适。在回监的时候，他们常偷偷地低谈。狱卒看见了，有时也干涉了下，但不像对待别的囚徒用法权来制止他们。他们的囚号一个是九五四，一个是九五一。

“你方才说这城关闭了十几天是从哪里得来的消息？我有亲戚在城里，不晓得他们现在怎样？”他说时，现出很忧虑的样子。

九五四回答说，“今天狱吏叫我到病监里去替一个进监不久却病得很沉重的囚犯记录些给亲属的遗言，这消息是从他那听来的。”

“那是一个什么人？”九五一问。

“一个平常的农人罢。”

“犯了什么事？”

九五四摇摇头说：“还不是经济问题？在监里除掉一两个像我们犯的糊涂罪名以外，谁不都是为饮食和男女吗？说来他的事情也很有趣。我且把从他和从别的狱卒听来的事情慢慢地说给你听吧。”

“这城关了十几天，城里的粮食已经不够三天的用度，于是司令官不得不偷偷地把西门开了一会，放些难民出城，不然城里不用外攻，便要内讧了。据他说，那天开城是在天未亮的时候，出城的人不许多带东西，也不许声张，更不许打着灯笼。城里的人得着开城的消息，在前一晚上，已经有人抱着孩子，背着包袱，站在城门洞等着。好容易三更盼到四更，四更盼到五更，城门才开了半扇，这一开，不说脚步的声音，就是喘气的声音也足以赛过飞机。不许声张，成吗？”

“天已经快亮了。天一亮，城门就要再关闭的。再一关闭，什么时候会再开，天也不知道。因为有这样的顾虑，那班灰猫真得拼命地挤。他现在名字是‘九九九’，我就管他叫‘九九九’吧。原来‘九九九’也是一只逃难的灰猫，他也跟着人家挤。他胸前是一个女人，双手高举着一个包袱。他背后又是黑压压的一大群。谁也看不清是谁，谁也听不清谁的声音。为丢东西而哭的，更不能遵守那静默的命令，所以在黑暗中，只听见许多悲惨的嚷声。”

“他前头那女人忽然回头把包袱递给他说，‘大嫂，你先给我拿着吧，我的孩子教人挤下去了。’他好容易伸出手来，接着包袱，只听见那女人连哭带嚷说，‘别挤啦！挤死人啦！我的孩子在底下哪！别挤啦！踩死人啦！’人们还是没见，照样地向前挤，挤来挤去，那女人的哭声也没有了，她的影儿也不见了。九九九顶着两个包袱，自己的脚不自由地向着抵抗力最弱的前方进步，好容易才出了城。”

“他手里提着一个别人的和一个自己的包袱，站在桥头众人必经之地守望着。但交给谁呢？他又不认得。等到天亮，至终没有女人来问他要哪个包袱。”

“城门依然关闭了，作战的形势忽然紧张起来，飞机的声音震动远近。他慢慢走，直到看见飞机的炸弹远远掉在城里的党旗台上爆炸了，才不得不拼命地逃。他在歧途上，四顾茫茫，耳目所触都是炮烟弹响，也不晓得要往哪里去。还是照着原先的主意回本村去吧。他说他也三四年没回家，家里也三四年没信了。”

“他背着别人的包袱像是自己的一样，惟恐兵或匪要来充主人硬领回去。一路上小心，走了一天多才到家。但他的村连年闹的都是兵来匪去，匪来兵去这一套‘出将入相’的戏文。家呢？只是一片瓦砾场，认不出来了。田地呢？一沟一沟的水，由战壕一变而为运粮河了。妻子呢。不见了！可是村里还剩下断垣裂壁的三两家和枯枝零落几棵树，连老鸦也不在上头歇了。他正在张望徘徊的时候，一个好些年没见面的老婆婆从一间破房子出来。老婆婆是他的堂大妈，对他说他女人前年把田地卖了几百块钱带着孩子往城里找他去了。据他大妈说卖田地是他媳妇接到他的信说要在城里开小买卖，教她卖了，全家搬到城里住。

他这才知道他妻子两年来也许就与他同住在一个城里。心里只诧异着，因为他并没写信回来教卖田，其中必定另有原故。他盘究了一两句，老婆婆也说不清，于是他便找一个僻静的地方，打开包袱一看，三件女衣两条裤子，四五身孩子衣服，还有一本小褶子两百块现洋，和一包银票同包在一条小手巾里面。‘有钱！天赐的呀！’他这样想。但他想起前几天晚间在城门洞接到包袱时候的光景，又想着这恐怕是孤儿寡妇的钱吗。占为己有，恐怕有点不对，但若不占为己有，又当交给谁呢？想来想去，拿起小摺子翻开一看，一个字也认不得。村里两三家人都没有一个人认得字。他想那定是天赐的了，也许是因为妻子把他的产业和孩子带走，跟着别的男人过活去了，天才赐这一注横财来帮补帮补。‘得，我未负人，人却负我’，他心里自然会这样想。他想着他许老天爷为怜悯他，再送一份财礼给他，教他另娶吧。他在村里住了几天，听人说城里已经平复，便想着再回到城里去。”

“城已经被攻破了，前半个月那种恐慌渐渐地被人忘却。九九九本来是在一个公馆里当园丁，这次回来，主人已经回籍，目前不能找到相当的事，便在一家小客栈住下。”

“惯于无中生有的便衣侦探最注意的是小客栈，下处，酒楼等等地方。他们不管好歹，凡是住栈房的在无论什么时候，都有盘查的必要，九九九在自己屋里把包袱里的小手巾打开，拿出摺子来翻翻，还是看不懂。放下摺子，拿起现洋和钞票一五一十这样地数着，一共数了一千二百多块钱。这个他可认识，不由得心里高兴，几乎要嚷出来。他的钱都是进一个出一个的，那里禁得起发这一注横财。他挝了一把银子和一叠钞票往口袋里塞，想着先到街上吃一顿好馆子。有一千多块钱，还舍不得吃吗？得，吃饱了再说。反正有钱，就是妻子跟人跑了也不要紧。他想着大吃一顿可以消灭他过去的忧郁，可以发扬他新得的高兴。他正在把银子包在包袱里预备出门的时候，可巧被那眼睛比苍蝇还多的便衣侦探瞥见了。他开始被人注意，自己却不知道。”

“九九九先到估衣铺，买了一件很漂亮的青布大衫罩在他的破棉袄上头。他平时听人说同心楼是城里顶阔的饭庄，连外国人也常到那里去吃饭，不用细想，自然是到那里去吃一顿饱，也可以借此见见世面。他雇一辆车到同心楼去，他问伙计顶贵的菜是什么。伙计以为他是打哈哈，信口便说十八块的燕窝，十四块的鱼翅，二十块的熊掌，十六块的鲍鱼，……说得天花乱坠。他只懂得燕窝鱼翅是贵菜，所以对伙计说，‘不管是燕窝，是鱼翅，是鲍鱼，是银耳，你只给做四盘一汤顶贵的菜来下酒。’‘顶贵的菜，现时得不了，您哪，您要，先放下

定钱，今晚上来吃罢。现在随便吃吃得啦。’伙计这样说。‘好罢。你要多少定钱？’他一面说一面把一叠钞票掏出来。伙计给他一算，说‘要吃顶好的四盘一汤合算起来就得花五十二块，您哪。多少位？’他说一句‘只我一个人！’便拿了六张十圆钞票交给伙计，另外点了些菜吃。那头一顿就吃了十几块钱，已经撑得他饱饱地。肚子里一向少吃油腻，加以多吃，自是不好过。回到客栈，躺了好几点钟，肚子里头怪难受，想着晚上不去吃罢，钱又已经付了，五十三块可不是少数，还是去罢。”

“吃了两顿贵菜，可一连泻了好几天。他吃病了。最初舍不得花钱，找那个大夫也没把他治好。后来进了一个小医院，在那里头又住了四五天。他正躺在床上后悔，门便被人推开了。进来两个巡警，一个问‘你是汪绶吗？’‘是。’他毫不惊惶地回答。一个巡警说：‘就是他，不错，把他带走再说吧。’他们不由分说，七手八脚，给那病人一个五花大绑，好像要押赴刑场似的，旁人都不晓得是怎么一回事，也不便打听，看着他们把他扶上车一直地去了。”

“由发横财的汪绶一变而为现在的九九九的关键就在最后的那一番。他已经在不同的衙门被审过好几次，最后连贼带证被送到地方法院刑庭里。在判他有罪的最后一庭，推事问他钱是不是他的，或是他抢来的。他还说是他的。推事问‘既是你的，一共有多少钱？’他回答一共有一千多。又问‘怎样得的那么些钱？你不过是个种园子的？’”

“‘种地的钱积下来的。’他这样回答。推事问‘这摺子是你的吗？’他见又问起那摺子，再也不能撒谎了，他只静默着。推事说：‘凭这招子就可以断定不是你的钱，摺子是姓汪的倒不错，可不是叫汪绶。你老实说罢。’他不能再瞒了，他本来不晓得欺瞒，因为他觉得他并没抢人，也没骗人，不过叫最初审的问官给他打怕了，他只能定是他自己的，或是抢人家的，若说是拣的或人家给的话，当然还要挨打。他曾一度自认是抢来的。幸而官厅没把他马上就枪毙，也许是因为没有事主出来证明罢。推事也疑惑他不是抢来的，所以还不用强烈的话来逼迫他。后来倒是他自己说了真话。推事说‘你受人的寄托，纵使物主不来问你要，也不能算为你自己的。’‘那么我当交给谁呢？放在路边吗？交给别人吗？物主只有一个，他既不来取回去，我自然得拿着。钱在我手里那么久，既然没有人来要，岂不是一注天财吗？’推事说，‘你应当交给巡警。’他沉思了一会，便回答说，‘为什么要交给巡警呢？巡警也不是物主呀。’”

九五一点头说:“可不是!他又没受过公民教育,也不知道什么叫法律。现在的法律是仿效罗马法为基础的西洋法律,用来治我们这班久经浸润于人情世道的中国人,那岂不是顶滑稽的事吗?依我们的人情和道理说来,拾金不昧固然是美德,然而要一个衣食不丰,生活不裕,知识不足的常人来做,到的很勉强。郭巨掘地得金,并没看见他去报官,除袁子才以外,人都赞他是行孝之报。九九九并不是没等,等到不得不离开那城的时候才离开,已算是贤而又贤的人了,何况他回家又遇见那家散人亡的惨事。手里所有的钱财自然可以使他因安慰而想到是天所赏赐。也许他曾想过这老天爷借着那妇人的手交给他的。”

九五四说,“他自是这样想。但是他还没理会‘窃钩者诛,窃国者侯’这句格言在革命时代有时还可以应用得着。在无论什么时候,凡有统治与被治两种阶级的社会,就许大掠不许小掠,许大窃不许小窃,许大取不许小取。他没能力行大取,却来一下小取,可就活该了。推事判他一个侵占罪,因为情有可原,处他三年零六个月的徒刑,贼物牌示候领。这就是九九九到这里来的原委。”

九五一问,“他来多久了?”

“有两个星期了罢。刚来的时候,还没病得这么厉害。管他的狱卒以为他偷懒,强迫他做苦工。不到一个星期就不成了,不得已才把他送到病监去。”

九五一发出同情的声音低低地说,“咳,他们每以为初进监的囚犯都是偷懒装病的,这次可办错了。难道他们办错事,就没有罪吗?哼!”

九五四还要往下说,蓦然看见狱卒的影儿,便低声说,“再谈罢,狱卒来了。”他们各人坐在囚床上,各自装做看善书的样子。一会,封了门,他们都得依法安睡。除掉从监外的坟堆送来继续的蟋蟀声音以外,在监里,只见狱里的逻卒走来走去,一切都静默了。

狱中的一个星期像过得很慢,可是九九九已于昨晚上气绝了。九五四在他死这前一天还被派去誊录他入狱后的报告。那早晨狱卒把尸身验完,便移到尸房去预备入殓,正在忙的

时候，一个女人连嚷带哭他说要找汪绶。狱卒说，“汪绶昨晚上刚死掉，不能见了”。女人更哭得厉害，说汪绶是她的丈夫。典狱长恰巧出来，问明情由，便命人带他到办公室去细问她。

她说丈夫汪绶已经出门好几年了。前年家里闹兵闹匪，忽然接到汪绶的信，叫把家产变卖同到城里做小买卖。她于是卖得几百块钱，带着一个两岁的孩子到城里来找他。不料来到城里才知道被人暗算了，是同村的一个坏人想骗她出来，连人带钱骗到关东去。好在她很机灵，到城里一见不是本夫，就要给那人过不去。那人因为骗不过，便逃走了。她在城里，人面生疏怎找也找不着她丈夫。有人说他当兵去了，有人说他死了，坏人才打那主意。因此她很失望地就去给人做针凿活计，洗衣服，慢慢也会用钱去放利息，又曾加入有奖储蓄会，给她得了几百块钱奖，总共算起来连本带利一共有一千三百多块。往来的帐目都用她的孩子汪富儿的名字写在摺子上头。据她说前几个月城里闹什么监元帅和酱元帅打仗，把城里家家的饭锅几乎都砸碎了。城关了好几十天，好容易听见要开城放人。她和同院住的王大嫂于是把钱都收回来，带着孩子跟着人挤，打算先回村里躲躲。不料城门非常拥挤，把孩子挤没了。她急起来，不知把包袱交给了谁，心里只记得是交给王大嫂。至终孩子也没找着，王大嫂和包袱也丢了。城门再关的时候，他还留在门洞里。到逃难的人们全被轰散了，她才看见地下血迹模糊，衣服破碎，那种悲惨情形，实在难以形容。被踹死的不止一个孩子，其余老的幼的还有好些。地面上的巡警又不许人抢东西，到底她的孩子还有没有命虽不得而知，看来多半也被踹死了。她至终留在城里，身边只剩几十块钱。好几个星期过去，一点消息也没有，急得她几乎发狂。有一天，王大嫂回来了。她问要包袱。王大嫂说她们彼此早就挤散了，哪里见她的包袱。两个人争辩了好些时，至终还是到法庭去求解决。法官自然把王大嫂押起来，等候证据充足，才宣告她的罪状。可惜她的案件与汪绶的案件不是同一个法官审理的。她报的钱财数目是一千三百块，把摺子的名字写做汪扶尔。她也不晓得她丈夫已改名叫汪绶，只说他的小名叫大头。这一来，弄得同时审理的两桩异名同事的案子凑不在一起。前天同院子一个在高等法院当小差使的男子把报上的法庭判辞和招领报告告诉她，她才知道当时恰巧抱包袱交给她大夫，她一听见这消息，立刻就到监里。但是那天不是探望囚犯的日子，她怎样央告，守门的狱卒也不理她，他们自然也不晓得这场冤枉事和她丈夫的病态，不通融办理，也是应当的。可惜他永远不知道那是他自己的钱哪！前天若能见着她，也许他就不会死了。

典狱长听她分诉以后，也不禁长叹了一声。说，“你们都是很可怜的。现在他已经死了，你就到法院去把钱领回去吧。法官并没冤枉他。我们办事是依法处理的，就是据情也不会想到是他自己妻子交给他的包袱。你去把钱领回来，除他用了一百几十元以外，有了那么些钱，还怕养你不活吗？”典狱长用很多好话来安慰她，好容易把她劝过来。妇人要去看尸首，便即有人带她去了。

典狱长转过身来，看见公案上放着一封文书。拆开一看，原来是庆祝什么战胜特赦犯人的命令和名单，其中也有九五四和九五一的号头。他伏在案上划押，屋里一时都静默了。砚台上的水光反射在墙上挂着那幅西洋正义的女神的脸。门口站着一个听差的狱卒，也静静地望着那蒙着眼睛一手持剑一手持秤的神像。监外坟堆里偶然又送些断续的虫声到屋里来。

归　途

她坐在厅上一条板凳上头，一手支颐，在那里纳闷。这是一家佣工介绍所。已经过了糖瓜祭灶的日子，所有候工的女人们都已回家了，惟独她在介绍所里借住了二十几天，没有人雇她，反欠下媒婆王姥姥十几吊钱。姥姥从街上回来，她还坐在那里，动也不动一下，好像不理会的样子。

王姥姥走到厅上，把买来的年货放在桌上，一面把她的围脖取下来，然后坐下，喘儿口气。她对那女人说："我说，大嫂，后天就是年初一，个人得打个人的主意了。你打算怎办呢？你可不能在我这儿过年，我想你还是先回老家，等过了元宵再来罢。"

她蓦然听见王姥姥这些话，全身直像被冷水浇过一样，话也说不出来。停了半晌，眼眶一红，才说："我还该你的钱哪。我身边一个大子也没有，怎能回家呢？若不然，谁不想回家？我已经十一二年没回家了。我出门的时候，我的大妞儿才五岁，这么些年没见面，她爹死，她也不知道，论理我早就该回家看看。无奈……"她的喉咙受不了伤心的冲激，至终不能把她的话说完，只把泪和涕来补足她所要表示的意思。

王姥姥虽想撵她，只为十几吊钱的债权关系，怕她一去不回头，所以也不十分压迫她。她到里间，把身子倒在冷炕上头，继续地流她的苦泪。净哭是不成的，她总得想法子。她爬起来，在炕边拿过小包袱来，打开，翻翻那几件破衣服。在前几年，当她随着丈夫在河南一个地方的营盘当差的时候，也曾有过好几件皮袄。自从编遣的命令一下，凡是受编遣的就得为他的职业拼命。她的丈夫在郑州那一仗，也随着那位总指挥亡于阵上。败军的眷属在逃亡的时候自然不能多带行李。她好容易把些少细软带在身边，日子就靠着零当整卖这样过去。现在她什么都没有了，只剩下当日丈夫所用的一把小手枪和两颗枪子。许久她就想着把它卖出去，只是得不到相当的人来买。此外还有丈夫剩下的一件军装大氅和一顶三块瓦式的破皮帽。那大氅也就是她的被窝，在严寒时节，一刻也离不了它。她自然不敢教人看见她有一把小手枪，拿出来看一会，赶快地又藏在那件破大氅的口袋里头。小包袱里只剩下几件破衣服，卖也卖不得，吃也吃不得。她叹了一声，把它们包好，仍旧支着下巴颚纳闷。

黄昏到了，她还坐在那冷屋里头。王姥姥正在明间做晚饭，忽然门外来了一个男人。看他穿的那件镶红边的蓝大褂，可以知道他是附近一所公寓的听差。那人进了屋里，对王姥姥说，"今晚九点左右去一个。"

"谁要呀?"王姥姥问。

"陈科长。"那人回答。

"那么,还是找鸾喜去罢。"

"谁都成,可别误了。"他说着,就出门去了。

她在屋里听见外边要一个人,心里暗喜说,天爷到底不绝人的生路,在这时期还留给她一个吃饭的机会。她走出来,对王姥姥说:"姥姥,让我去罢。"

"你哪儿成呀?"王姥姥冷笑着回答她。

"为什么不成呀?"

"你还不明白吗?人家要上炕的。"

"怎样上炕呢?"

"说是呢!你一点也不明白!"王姥姥笑着在她的耳边如此如彼解释了些话语,然后说:"你就要,也没有好衣服穿呀。就是有好衣服穿,你也得想想你的年纪。"

她很失望地走回屋里。拿起她那缺角的镜子到窗边自己照着。可不是!她的两鬓已显出很多白发,不用说额上的皱纹,就是颧骨也突出来像悬崖一样了。她不过是四十二、三岁人,在外面随军,被风霜磨尽她的容光,黑滑的鬆髻早已剪掉,剩下的只有满头短乱的头发。剪发在这地方只是太太、少奶、小姐们的时装,她虽然也当过使唤人的太太,只是要给人佣工,这样的装扮就很不合适,这也许是她找不着主的缘故罢。

王姥姥吃完晚饭就出门找人去了。姥姥那套咬耳朵的话倒启示了她一个新意见。她拿着那条冻成一片薄板样的布,到明间白炉子上坐着的那盆热水烫了一下。她回到屋里,把自己的脸匀匀地擦了一回,瘦脸果然白净了许多。她打开炕边一个小木匣,拿起一把缺齿的木梳,拢拢头发。粉也没了,只剩下些少填满了匣子的四个犄角。她拿出匣子里的东西,用一根簪子把那些不很白的剩粉剔下来,倒在手上,然后往脸上抹。果然还有三分姿色,她的心略为开了。她出门回去偷偷地把人家刚贴上的春联撕了一块;又到明间把灯罩积着的煤烟刮下来。她醮湿了红纸来涂两腮和嘴唇,用煤烟和着一些头油把两鬓和眼眉都涂黑了。这一来,已有了六七分姿色。心里想着她蛮可以做上炕的活。

王姥姥回来了。她赶紧迎出来,问她,她好看不好看。王姥姥大笑说:"这不是老妖精出现么!"

"难看么?"

"难看倒不难看,可是我得找一个五六十岁的人来配你。哪儿找去?就使有老头儿,多半也是要大姑娘的。我劝你死心罢,你就是倒下去,也没人要。"

她很失望地又回到屋里来,两行热泪直滚出来,滴在炕席上不久就凝结了,没廉耻的事情,若不是为饥寒所迫,谁愿意干呢?若不是年纪大一点,她自然也会做那生殖机能的买卖。

她披着那件破大氅,躺在炕上,左思右想,总得不着一个解决的方法。夜长梦短,她只睁着眼睛等天亮。

二十九那天早晨,她也没吃什么,把她丈夫留下的那顶破皮帽戴上,又穿上那件大氅,乍一看来,可像一个中年男子。她对王姥姥说:"无论如何,我今天总得想个法子得一点钱

来还你。我还有一两件东西可以当当，出去一下就回来。”王姥姥也没盘问她要当的是什么东西，就满口答应了她。

她到大街上一间当铺去，问伙计说：“我有一件军装，您柜上当不当呀？”

“什么军装？”

“新式的小手枪。”她说时从口袋里掏出那把手枪来。掌柜的看见她掏枪，吓得赶紧望柜下躲。她说：“别怕，我是一个女人，这是我丈夫留下的，明天是年初一，我又等钱使，您就当周全我，当几块钱使使罢。”

伙计和掌柜的看她并不象强盗，接过手枪来看看。他们在铁槛里唧唧咕咕地商议了一会。最后由掌柜的把枪交回她，说：“这东西柜上可不敢当。现在四城的军警查得严，万一教他们知道了，我们还要担干系。你拿回去罢。你拿着这个，可得小心。”掌柜的是个好人，才肯这样地告诉她，不然他早已按警铃叫巡警了。无论她怎样求，这买卖柜上总不敢做，她没奈何只得垂着头出来。幸而她旁边没有暗探和别人，所以没有人注意。

她从一条街走过一条街，进过好几家当铺也没有当成。她也有一点害怕了。一件危险的军器藏在口袋里，当又当不出去，万一给人知道，可了不得。但是没钱，怎好意思回到介绍所去见王姥姥呢？她一面走一面想，最后决心一说，不如先回家再说罢。她的村庄只离西直门四十里地，走路半天就可以到。她到西四牌楼，还进过一家当铺，还是当不出去，不由得带着失望出了西直门。

她走到高亮桥上，站了一会。在北京，人都知道有两道桥是穷人的去路，犯法的到天桥去，活腻了的到高亮桥来。那时正午刚过，天本来就阴暗，间中又飘了些雪花，桥底水都冻了。在河当中，流水隐约地在薄冰底下流着。她想着，不站了罢，还是往前走好些。她有了主意，因为她想起那十二年未见面的大妞儿现在已到出门的时候了，不如回家替她找个主儿，一来得些财礼，二来也省得累赘。一身无挂碍，要往前走也方便些。自她丈夫被调到郑州以后，两年来就没有信寄回乡下。家里的光景如何？女儿的前程怎样？她自都不晓得。

可是她自打定了回家嫁女儿的主意以后，好像前途上又为她露出一点光明，她于是带着希望在向着家乡的一条小路走着。

雪下大了。荒凉的小道上，只有她低着头慢慢地走，心里想着她的计划。迎面来了一个青年妇人，好像是赶进城买年货的。她戴着一顶宝蓝色的帽子，帽上还安上一片孔雀翎；穿上一件桃色的长棉袍；脚下穿着时式的红绣鞋。这青年妇女从她身边闪过去，招得她回头直望着她。她心里想，多么漂亮的衣服呢，若是她的大妞儿有这样一套衣服，那就是她的嫁妆了。然而她哪里有钱去买这样时样的衣服呢？她心里自己问着，眼睛直盯在那女人的身上。那女人已经离开她四五十步远近，再拐一个弯就要看不见了。她看四围一个人也没有，想着不如抢了她的，带回家给大妞儿做头面。这个念头一起来，使她不由回头追上前去，用粗厉的声音喝着："大姑娘，站住，你那件衣服借我使使罢。"那女人回头看见她手里拿着枪，恍惚是个军人，早已害怕得话都说不出来，想要跑，腿又不听使，她只得站住，问："你要什么？"

"我什么都不要。快把衣服，帽子，鞋，都脱下来。身上有钱都得交出来，手镯、戒指、耳环，都得交我。不然，我就打死你。快快，你若是嚷出来，我可不饶你。"

那女人看见四围一个人也没有，嚷出来又怕那强盗真个把她打死，不得已便照她所要求的一样一样交出来。她把衣服和财物一起卷起来，取下大氅的腰带束上，往北飞跑。

那女人所有的一切东西都给剥光了，身上只剩下一套单衣裤。她坐在树根上直打抖擞，差不多过了二十分钟才有一个骑驴的人从那道上经过。女人见有人来，这才嚷救命。驴儿停止了。那人下驴，看见她穿着一身单衣裤。问明因由，便仗着义气说："大嫂，你别伤心，我替你去把东西追回来。"他把自己披着的老羊皮筒脱下来扔给她，"你先披着这个罢，我骑着驴去追她，一会儿就回来。那兔强盗一定走得不很远，我一会就回来，你放心吧。"他说着，鞭着小驴便往前跑。

她已经过了大钟寺，气喘喘地冒着雪在小道上窜。后面有人追来，直嚷："站住，站住。"她回头看看，理会是来追她的人，心里想着不得了，非与他拼命不可。她于是拿出小手枪来，指着他说："别来，看我打死你。"她实在也不晓得要怎办，姑且把枪比仿着。驴上的人本来是赶脚的，他的年纪才二十一二岁，血气正强，看见她拿出枪来，一点也不害怕，反说："瞧你，我没见过这么小的枪。你是从市场里的玩意铺买来睹蒙人，我才不怕哪。你快把人家的东西交给我罢，不然，我就把你捆上，送司令部，枪毙你。"

她听着一面望后退，但驴上的人节节迫近前，她正在急的时候，手指一攀，无情的枪子正穿过那人的左胸，那人从驴背掉下来，一声不响，软软地摊在地上。这是她第一次开枪，也没瞄准，怎么就打中了！她几乎不信那驴夫是死了，她觉得那枪的响声并不大，真像孩子们所玩的一样，她慌得把枪扔在地上，急急地走进前，摸那驴夫胸口，"呀，了不得！"她惊慌地嚷出来，看着她的手满都是血。

她用那驴夫衣角擦净她的手，赶紧把驴拉过来，把刚才抢得的东西夹上驴背，使劲一鞭，又望北飞跑。

一刻钟又过去了。这里坐在树底下披着老羊皮的少妇直等着那驴夫回来。一个剃头匠挑着担子来到跟前。他也是从城里来，要回家过年去。一看见路边坐着的那个女人，便问:“你不是刘家的新娘子么!怎么大雪天坐在这里?”女人对他说刚才在这里遇着强盗。把那强盗穿的什么衣服,什么样子,一一地告诉了他。她又告诉他本是要到新街口去买些年货,身边有五块现洋,都给抢走了。

这剃头匠本是她邻村的人,知道她新近才做新娘子。她的婆婆欺负她外家没人,过门不久便虐待她到不堪的地步。因为要过新年,才许她穿戴上那套做新娘时的衣帽,交给她五块钱,叫她进城买东西。她把钱丢了,自然交不了差,所以剃头匠便也仗着义气,允许上前追盗去。他说:“你别着急,我去看看到底是怎么一回事。”他说着,把担放在女人身边,飞跑着望北去了。

剃头匠走到刚才驴夫丧命的地方,看见地下躺着一个人。他俯着身子,摇一摇那尸体,惊惶地嚷着:“打死人了!闹人命了!”他还是望前追,从田间的便道上赶上来一个巡警。郊外的巡警本来就很少见,这一次可碰巧了。巡警下了斜坡,看见地下死一个人,心里断定是前头跑着的那人干的事。他于是大声喝着:“站住,往哪里跑呢,你?”

他蓦然听见有人在后面叫,回头看是个巡警,就住了脚,巡警说:“你打死人,还望哪里跑?”

“不是我打死的,我是追强盗的。”

“你就是强盗,还追谁呀?得,跟我到派出所回话去。”巡警要把他带走。他多方地分辩也不能教巡警相信他。

他说:“南边还有一个大嫂在树底下等着呢,我是剃头匠,我的担子还撩在那里呢,你不信,跟我去看看。”

巡警不同他去追贼,反把他揪住,说:“你别废话啦,你就是现行犯,我亲眼看着,你还赖什么?跟我走吧。”他一定要把剃头的带走。剃头匠便求他说,“难道我空手就能打死人吗?您当官明理,也可以知道我不是凶手。我又不抢他的东西,我为什么打死他呀?”

“哼,你空手?你不会把枪扔掉吗?我知道你们有什么冤仇呢?反正你得到所里分会去。”巡警忽然看见离尸体不远处有一把浮现在雪上的小手枪,于是进前去,用法绳把它拴起来,回头向那人说:“这不就是你的枪吗?还有什么可说么?”他不容分诉,便把剃头匠带往西去。

这抢东西的女人,骑在驴上飞跑着,不觉过了清华园三四里地。她想着后面一定会有人来追,于是下了驴,使劲给它一鞭。空驴望北一直地跑,不一会就不见了,她抱着那卷赃物,上了斜坡,穿入那四围满是稠密的杉松的墓田里。在坟堆后面歇着,她慢慢地打开那件桃色的长袍,看看那宝蓝色孔雀翎帽,心里想着若是给大妞儿穿上,必定是很时样。她又拿起手镯和戒指等物来看,虽是银的,可是手工很好,决不是新打的。正在翻弄,忽然象感触到什么一样,她盯着那银镯子,像是以前见过的花样。那不是她的嫁妆吗?她越看越真,果然是她二十多年前出嫁时陪嫁的东西,因为那镯上有一个记号是她从前做下的。但是怎么流落在那女人手上呢?这个疑问很容易使她想那女人莫不就是她的女儿。那东西自来就放在家里,当时随丈夫出门的时候,婆婆不让多带东西,公公喜欢热闹,把大妞儿留在身边。不到几年两位老亲相继去世。大妞儿由她的婶婶抚养着,总有五六年的光景。

她越回想越着急。莫不是就抢了自己的大妞儿？这事她必要根究到底。她想着若带回家去，万一就是她女儿的东西，那又多么难为情。她本是为女儿才做这事来，自不能教女儿知道这段事情。想来想去，不如送回原来抢她的地方。

她又望南，紧紧地走。路上还是行人稀少，走到方才打死的驴夫那里，她的心惊跳得很厉害，那时雪下得很大，几乎把尸首掩没了一半。她想万一有人来，认得她，又怎办呢？想到这里，又要回头望北走。踌躇了很久，至终把她那件男装大氅和皮帽子脱下来一起扔掉，回复她本来的面目，带着那些东西望南迈步。

她原是要把东西放在树下过一夜，希望等到明天，能够遇见原主回来，再假说是从地下捡起来的。不料她刚到树下，就见那青年的妇人还躺在那里，身边放着一件老羊皮，和一挑剃头担子，她不明白是什么意思，只想着这个可给她一个机会去认认那女人是不是她的大妞儿。她不顾一切把东西放在一边，进前几步，去摇那女人。那时天已经黑了，幸而雪光映着，还可以辨别远近。她怎么也不能把那女人摇醒，想着莫不是冻僵了？她捡起羊皮给她盖上。当她的手摸到那女人的脖子的时候，触着一样东西，拿起来看，原来是一把剃刀。这可了不得，怎么就抹了脖子啦！她抱着她的脖子也不顾得害怕，从雪光中看见那副清秀的脸庞，虽然认不得，可有七八分象她初嫁时的模样。她想起大妞儿的左脚有个骈趾，于是把那尸体的袜子除掉，试摸着看。可不是！她放声哭起来，"儿呀"，"命呀"，杂乱地喊着。人已死了，虽然夜里没有行人，也怕人听见她哭，不由得把声音止住。

东村稀落的爆竹断续地响，把这除夕在凄凉的情境中送掉。无声的银雪还是飞满天地，老不停止。

第二天就是元旦，巡警领着检察官从北来。他们验过驴夫的尸，带着那剃头的来到树下。巡警在昨晚上就没把剃头匠放出来，也没来过这里，所以那女人用剃刀抹脖子的事情，他们都不知道。

他们到树底下，看见剃头担子还放在那里，已被雪埋了一二寸。那边一个四十多岁的女人搂着那剃头匠所说被劫的新娘子。雪几乎把她们埋没了。巡警进前摇她们，发现两个人的脖子上都有刀痕。在积雪底下搜出一把剃刀。新娘子的桃色长袍仍旧穿得好好地；宝蓝色孔雀翎帽仍旧戴着；红绣鞋仍旧穿着。在不远地方的雪堆里，捡出一顶破皮帽，一件灰色的破大氅。一班在场的人们都莫明其妙，面面相看，静默了许久。

小说

商人妇

“先生，请用早茶。”这是二等舱的侍者催我起床的声音。我因为昨天上船的时候太过忙碌，身体和精神都十分疲倦，从九点一直睡到早晨七点还没有起床。我一听侍者的招呼，就立刻起来，把早晨应办的事情弄清楚，然后到餐厅去。

那时节餐厅里满坐了旅客。个个在那里喝茶，说闲话：有些预言欧战谁胜谁负的；有些议论袁世凯该不该做皇帝的；有些猜度新加坡印度兵变乱是不是受了印度革命党运动的。那种唧唧咕咕的声音，弄得一个餐厅几乎变成菜市。我不惯听这个，一喝完茶就回到自己的舱里，拿了一本《西青散记》跑到右舷找一个地方坐下，预备和书里的双卿谈心。

我把书打开，正要看时，一位印度妇人携着一个七八岁的孩子来到跟前，和我面对面地坐下。这妇人，我前天在极乐寺放生池边曾见过一次，我也瞧着她上船，在船上也是常常遇见她在左右舷乘凉。我一瞧见她，就动了我的好奇心，因为她的装束虽是印度的，然而行动却不像印度妇人。

我把书搁下，偷眼瞧她，等她回眼过来瞧我的时候，我又装做念书。我好几次是这样办，恐怕她疑我有别的意思，此后就低着头，再也不敢把眼光射在她身上。她在那里信口唱些印度歌给小孩听，那孩子也指东指西问她说话。我听她的回答，无意中又把眼睛射在她脸上。她见我抬起头来，就顾不得和孩子周旋，急急地用闽南土话问我说：“这位老叔，你也是要到新加坡去么？”她的口腔很像海澄的乡人，所问的也带着乡人的口气。在说话之间，一字一字慢慢地拼出来，好像初学说话的一样。我被她这一问，心里的疑团结得更大，就回答说：“我要回厦门去。你曾到过我们那里么？为什么能说我们的话？”“呀！我想你瞧我的装束像印度妇女，所以猜疑我不是唐山（华侨叫祖国做唐山）人。我实在告诉你，我家就在鸿渐。”

那孩子瞧见我们用土话对谈，心里奇怪得很，他摇着妇人的膝头，用印度话问道：“妈妈，你说的是什么话？他是谁？”也许那孩子从来不曾听过她说这样的话，所以觉得希奇。我巴不得快点知道她的底蕴，就接着问她：“这孩子是你养的么？”她先回答了孩子，然后向我叹一口气说：“为什么不是呢！这是我在麻德拉斯养的。”

我们越谈越熟，就把从前的畏缩都除掉。自从她知道我的里居、职业以后，她再也不称我做“老叔”，更转口称我做“先生”。她又把麻德拉斯大概的情形说给我听。我因为她的境

遇很希奇，就请她详详细细地告诉我。她谈得高兴，也就应许了。那时，我才把书收入口袋里，注神听她诉说自己的历史。

我十六岁就嫁给青礁林荫乔为妻。我的丈夫在角尾开糖铺。他回家的时候虽然少，但我们的感情决不因为这样就生疏。我和他过了三四年的日子，从不曾拌过嘴，或闹过什么意见。有一天，他从角尾回来，脸上现出忧闷的容貌。一进门就握着我的手说："惜官（闽俗：长辈称下辈或同辈的男女彼此相称，常加'官'字在名字之后），我的生意已经倒闭，以后我就不到角尾去啦。"我听了这话，不由得问他："为什么呢？是买卖不好吗？"他说："不是，不是，是我自己弄坏的。这几天那里赌局，有些朋友招我同玩，我起先赢了许多，但是后来都输得精光，甚至连店里的生财家伙，也输给人了。……我实在后悔，实在对你不住。"我怔了一会，也想不出什么合适的话来安慰他，更不能想出什么话来责备他。

他见我的泪流下来，忙替我擦掉，接着说："哎！你从来不曾在我面前哭过，现在你向我掉泪，简直像熔融的铁珠一滴一滴地滴在我心坎儿上一样。我的难受，实在比你更大。你且不必担忧，我找些资本再做生意就是了。"

当下我们二人面面相觑，在那里静静地坐着。我心里虽有些规劝的话要对他说，但我每将眼光射在他脸上的时候，就觉得他有一种妖魔的能力，不容我说，早就理会了我的意思。我只说："以后可不要再耍钱，要知道赌钱……"

他在家里闲着，差不多有三个月。我所积的钱财倒还够用，所以家计用不着他十分挂虑。我整日出外借钱做资本，可惜没有人信得过他，以致一文也借不到。他急得无可奈何，就动了过番（闽人说到南洋为过番）的念头。

他要到新加坡去的时候，我为他摒挡一切应用的东西，又拿了一对玉手镯教他到厦门兑来做盘费。他要趁早潮出厦门，所以我们别离的前一夕足足说了一夜的话。第二天早晨，我送他上小船，独自一人走回来，心里非常烦闷，就伏在案上，想着到南洋去的男子多半不想家，不知道他会这样不会。正这样想，蓦然一片急步声达到门前，我认得是他，忙起身开了门，问："是漏了什么东西忘记带去么？"他说："不是，我有一句话忘记告诉你：我到那边的时候，无论做什么事，总得给你来信。若是五六年后我不能回来，你就到那边找我去。"我说："好罢。这也值得你回来叮咛，到时候我必知道应当怎样办的。天不早了，你快上船去罢。"他紧握着我的手，长叹了一声，翻身就出去了。我注目直送到榕荫尽处，瞧他下了长堤，才把小门关上。

我与林荫乔别离那一年，正是二十岁。自他离家以后，只来了两封信，一封说他在新加坡丹让巴葛开杂货店，生意很好。一封说他的事情忙，不能回来。我连年望他回来完聚，只是一年一年的盼望都成虚空了。

邻舍的妇人常劝我到南洋找他去。我一想，我们夫妇离别已经十年，过番找他虽是不便，却强过独自一人在家里挨苦。我把所积的钱财检妥，把房子交给乡里的荣家长管理，就到厦门搭船。

我第一次出洋，自然受不惯风浪的颠簸，好容易到了新加坡。那时节，我心里的喜欢，简直在这辈子里头不曾再遇见。我请人带我到丹让巴葛义和诚去。那时我心里的喜欢更不能用言语来形容。我瞧店里的买卖很热闹，我丈夫这十年间的发达，不用我估量，也就罗列在眼前了。

但是店里的伙计都不认识我，故得对他们说明我是谁和来意。有一位年轻的伙计对我说："头家（闽人称店主为头家）今天没有出来，我领你到住家去罢。"我才知道我丈夫不在店里住，同时我又猜他一定是再娶了，不然，断没有所谓住家的。我在路上就向伙计打听一下，果然不出所料！

人力车转了几个弯，到一所半唐半洋的楼房停住。伙计说："我先进去通知一声。"他撇我在外头，许久才出来对我说："头家早晨出去，到现在还没有回来哪。头家娘请你进去里头等他一会儿，也许他快要回来。"他把我两个包袱——那就是我的行李——拿在手里，我随着他进去。

我瞧见屋里的陈设十分华丽。那所谓头家娘的，是一个马来妇人，她出来，只向我略略点了一个头。她的模样，据我看来很不恭敬，但是南洋的规矩我不懂得，只得陪她一礼。她头上戴的金刚钻和珠子，身上缀的宝石、金、银，衬着那副黑脸孔，越显出丑陋不堪。

她对我说了几句套话，又叫人递一杯咖啡给我，自己在一边吸烟、嚼槟榔，不大和我攀谈。我想是初会生疏的缘故，所以也不敢多问她的话。不一会，得得的马蹄声从大门直到廊前，我早猜着是我丈夫回来了。我瞧他比十年前胖了许多，肚子也大起来了。他口里含着一枝雪茄，手里扶着一根象牙杖，下了车，踏进门来，把帽子挂在架上。见我坐在一边，正要发问，那马来妇人上前向他唧唧咕咕地说了几句。她的话我虽不懂得，但瞧她的神气像有点不对。

我丈夫回头问我说："惜官，你要来的时候，为什么不预先通知一声？是谁叫你来的？"我以为他见我以后，必定要对我说些温存的话，哪里想到反把我诘问起来！当时我把不平的情绪压下，陪笑回答他，说："唉，荫哥，你岂不知道我不会写字么？咱们乡下那位写信的旺师常常给人家写别字，甚至把意思弄错了，因为这样，所以不敢央求他替我写。我又是决意要来找你的,不论迟早总得动身,又何必多费这番工夫呢?你不曾说过五六年后若不回去,我就可以来吗?”我丈夫说:“吓!你自己倒会出主意。”他说完,就横横地走进屋里。

我听他所说的话,简直和十年前是两个人。我也不明白其中的缘故:是嫌我年长色衰呢,我觉得比那马来妇人还俊得多;是嫌我德行不好呢,我嫁他那么多年,事事承顺他,从不曾做过越出范围的事。荫哥给我这个闷葫芦,到现在我还猜不透。

他把我安顿在楼下,七八天的工夫不到我屋里,也不和我说话。那马来妇人倒是很殷勤,走来对我说:“荫哥这几天因为你的事情很不喜欢。你且宽怀,过几天他就不生气了。晚上有人请咱们去赴席,你且把衣服穿好,我和你一块儿去。”

她这种甘美的语言,叫我把从前猜疑她的心思完全打消。我穿的是湖色布衣,和一条大红绉裙,她一见了,不由得笑起来。我觉得自己满身村气,心里也有一点惭愧。她说:“不要紧,请咱们的不是唐山人,定然不注意你穿的是不是时新的样式。咱们就出门罢。”

马车走了许久,穿过一丛椰林,才到那主人的门口。进门是一个很大的花园,我一面张望,一面随着她到客厅去。那里果然有很奇怪的筵席摆设着。一班女客都是马来人和印度人。她们在那里叽哩咕噜地说说笑笑,我丈夫的马来妇人也撇下我去和她们谈话。不一会,她和一位妇人出去,我以为她们逛花园去了,所以不大理会。但过了许久的工夫,她们只是不回来,我心急起来,就向在座的女人说:“和我来的那位妇人往哪里去?”她们虽能会意,然而所回答的话,我一句也懂不得。

我坐在一个软垫上,心头跳动得很厉害。一个仆人拿了一壶水来,向我指着上面的筵席作势。我瞧见别人洗手,知道这是食前的规矩,也就把手洗了。她们让我入席,我也不知道那里是我应当坐的地方,就顺着她们指定给我的坐位坐下。她们祷告以后,才用手向盘

里取自己所要的食品。我头一次掬东西吃，一定是很不自然，她们又教我用指头的方法。我在那里，很怀疑我丈夫的马来妇人不在座，所以无心在筵席上张罗。

筵席撤掉以后，一班客人都笑着向我亲了一下吻就散了。当时我也要跟她们出门，但那主妇叫我等一等。我和那主妇在屋里指手画脚做哑谈，正笑得不可开交，一位五十来岁的印度男子从外头进来。那主妇忙起身向他说了几句话，就和他一同坐下。我在一个生地方遇见生面的男子，自然羞缩到了不得。那男子走到我跟前说："喂，你已是我的人啦。我用钱买你。你住这里好。"他说的虽是唐话，但语格和腔调全是不对的。我听他说把我买过来，不由得恸哭起来。那主妇倒是在身边殷勤地安慰我。那时已是入亥时分，他们教我进里边睡，我只是和衣在厅边坐了一宿，哪里肯依他们的命令！

先生，你听到这里必定要疑我为什么不死。唉！我当时也有这样的思想，但是他们守着我好像囚犯一样，无论什么时候都有人在我身旁。久而久之，我的激烈的情绪过了，不但不愿死，而且要留着这条命往前瞧瞧我的命运到底是怎样的。

买我的人是印度麻德拉斯的回教徒阿户耶。他是一个氆氇商，因为在新加坡发了财，要多娶一个姬妾回乡享福。偏是我的命运不好，趁着这机会就变成他的外国古董。我在新加坡住不上一个月，他就把我带到麻德拉斯去。

阿户耶给我起名叫利亚。他叫我把脚放了，又在我鼻上穿了一个窟窿，带上一只钻石鼻环。他说照他们的风俗，凡是已嫁的女子都得带鼻环，因为那是妇人的记号。他又把很好的"克尔塔"（回妇上衣）、"马拉姆"（胸衣）和"埃撒"（裤）教我穿上。从此以后，我就变成一个回回婆子了。

阿户耶有五个妻子，连我就是六个。那五人之中，我和第三妻的感情最好。其余的我很憎恶她们，因为她们欺负我不会说话，又常常戏弄我。我的小脚在她们当中自然是希罕的，她们虽是不歇地摩挲，我也不怪。最可恨的是她们在阿户耶面前拨弄是非，叫我受委屈。

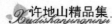

阿噶利马是阿户耶第三妻的名字,就是我被卖时张罗筵席的那个主妇。她很爱我,常劝我用"撒马"来涂眼眶,用指甲花来涂指甲和手心。回教的妇人每日用这两种东西和我们唐人用脂粉一样。她又教我念孟加里文和亚剌伯文。我想起自己因为不能写信的缘故,致使荫哥有所借口,现在才到这样的地步,所以愿意在这举目无亲的时候用功学习些少文字。她虽然没有什么学问,但当我的教师是绰绰有余的。

我从阿噶利马念了一年,居然会写字了!她告诉我他们教里有一本天书,本不轻易给女人看的,但她以后必要拿那本书来教我。她常对我说:"你的命运会那么蹇涩,都是阿拉给你注定的。你不必想家太甚,日后或者有大快乐临到你身上,叫你享受不尽。"这种定命的安慰,在那时节很可以教我的精神活泼一点。

我和阿户耶虽无夫妻的情,却免不了有夫妻的事。哎!我这孩子(她说时把手抚着那孩子的顶上)就是到麻德拉斯的第二年养的。我活了三十多岁才怀孕,那种痛苦为我一生所未经过。幸亏阿噶利马能够体贴我,她常用话安慰我,教我把目前的苦痛忘掉。有一次她瞧我过于难受,就对我说:"呀!利亚,你且忍耐着罢。咱们没有无花果树的福分(《可兰经》载阿丹浩挖被天魔阿扎贼来引诱,吃了阿拉所禁的果子,当时他们二人的天衣都化没了。他们觉得赤身的羞耻,就向乐园里的树借叶子围身。各种树木因为他们犯了阿拉的戒命,都不敢借,惟有无花果树瞧他们二人怪可怜的,就慷慨借些叶子给他们。阿拉嘉许无花果树的行为,就赐它不必经过开花和受蜂蝶搅扰的苦而能结果),所以不能免掉怀孕的苦。你若是感得痛苦的时候,可以默默向阿拉求恩,他可怜你,就赐给你平安。"我在临产的前后期,得着她许多的帮助,到现在还是忘不了她的情意。

自我产后,不上四个月,就有一件失意的事教我心里不舒服:那就是和我的好朋友离别。她虽不是死掉,然而她所去的地方,我至终不能知道。阿噶利马为什么离开我呢?说来话长,多半是我害她的。

我们隔壁有一位十八岁的小寡妇名叫哈那,她四岁就守寡了。她母亲苦待她倒罢了,还要说她前生的罪孽深重,非得叫她辛苦,来生就不能超脱。她所吃所穿的都跟不上别人,常常在后园里偷哭。她家的园子和我们的园子只隔一度竹篱,我一听见她哭,或是听见她在那里,就上前和她谈话,有时安慰她,有时给东西她吃,有时送她些少金钱。

阿噶利马起先瞧见我周济那寡妇,很不以为然。我屡次对她说明,在唐山不论什么人都可以受人家的周济,从不分什么教门。她受我的感化,后来对于那寡妇也就发出哀怜的同情。

有一天,阿噶利马拿些银子正从篱间递给哈那,可巧被阿户耶瞥见。他不声不张,蹑步到阿噶利马后头,给她一掌,顺口骂说:"小母畜,贱生的母猪,你在这里干什么?"他回到屋里,气得满身哆嗦,指着阿噶利马说:"谁教你把钱给那婆罗门妇人?岂不把你自己玷污了吗?你不但玷污了自己,更是玷污我和清真圣典。'马赛拉'(是阿拉禁止的意思)!快把你的'布卡'(面幕)放下来罢。"

我在里头听得清楚,以为骂过就没事。谁知不一会的工夫,阿噶利马珠泪承睫地走进来,对我说:"利亚,我们要分离了!"我听这话吓了一跳,忙问道:"你说的是什么意思,我听不明白。”她说：“你不听见他叫我把‘布卡’放下来罢？那就是休我的意思。此刻我就要回娘家去。你不必悲哀，过两天他气平了，总得叫我回来。”那时我一阵心酸，不晓得要用什么话来安慰她，我们抱头哭了一场就分散了。唉！“杀人放火金腰带；修桥整路长大癞”，这两句话实在是人间生活的常例呀！

自从阿噶利马去后，我的凄凉的历书又从“贺春王正月”翻起。那四个女人是与我素无交情的。阿户耶呢，他那副黝黑的脸，猬毛似的胡子，我一见了就憎厌，巴不得他快离开我。我每天的生活就是乳育孩子，此外没有别的事情。我因为阿噶利马的事，吓得连花园也不敢去逛。

过几个月，我的苦生涯快挨尽了！因为阿户耶借着病回他的乐园去了。我从前听见阿噶利马说过：妇人于丈夫死后一百三十日后就得自由，可以随便改嫁。我本欲等到那规定的日子才出去，无奈她们四个人因为我有孩子，在财产上恐怕给我占便宜，所以多方窘迫我。她们的手段，我也不忍说了。

哈那劝我先逃到她姊姊那里。她教我送一点钱财给她的姊夫，就可以得到他们的容留。她姊姊我曾见过，性情也很不错。我一想，逃走也是好的，她们四个人的心肠鬼蜮到极，若是中了她们的暗算，可就不好。哈那的姊夫在亚可特住。我和她约定了，教她找机会通知我。

一星期后，哈那对我说她的母亲到别处去，要夜深才可以回来，教我由篱笆逾越过去。这事本不容易，因事后须得使哈那不致于吃亏。而且篱上界着一行釠线，实在教我难办。我抬头瞧见篱下那棵波罗蜜树有一桠横过她那边，那树又是斜着长上去的。我就告诉她，叫她等待人静的时候在树下接应。

原来我的住房有一个小门通到园里。那一晚上，天际只有一点星光，我把自己细软的东西藏在一个口袋里，又多穿了两件衣裳，正要出门，瞧见我的孩子睡在那里。我本不愿意带他同行，只怕他醒时瞧不见我要哭起来，所以暂住一下，把他抱在怀里，让他吸乳。他吸的时节，才实在感得我是他的母亲，他父亲虽与我没有精神上的关系，他却是我养的。况且我去后，他不免要受别人的折磨。我想到这里，不由得双泪直流。因为多带一个孩子，会教

我的事情越发难办。我想来想去，还是把他驼起来，低声对他说："你是好孩子，就不要哭，还得乖乖地睡。"幸亏他那时好像理会我的意思，不大作声。我留一封信在床上，说明愿意抛弃我应得的产业和逃走的理由，然后从小门出去。

我一手往后托住孩子，一手拿着口袋，蹑步到波罗蜜树下。我用一条绳子拴住口袋，慢慢地爬上树，到分桠的地方少停一会。那时孩子哼了一两声，我用手轻轻地拍着，又摇他几下，再把口袋扯上来，抛过去给哈那接住。我再爬过去，摸着哈那为我预备的绳子，我就紧握着，让身体慢慢坠下来。我的手耐不得摩擦，早已被绳子锉伤了。

我下来之后，谢过哈那，忙忙出门，离哈那的门口不远就是爱德耶河，哈那和我出去雇船，她把话交代清楚就回去了。那舵工是一个老头子，也许听不明白哈那所说的话。他划到塞德必特车站，又替我去买票。我初次搭车，所以不大明白行车的规矩，他叫我上车，我就上去。车开以后，查票人看我的票才知道我搭错了。

车到一个小站，我赶紧下来，意思是要等别辆车搭回去。那时已经夜半，站里的人说上麻德拉斯的车要到早晨才开。不得已就在候车处坐下。我把"马支拉"(回妇外衣)披好，用手支住袋假寐，约有三四点钟的工夫。偶一抬头，瞧见很远一点灯光由栅栏之间射来，我赶快到月台去，指着那灯问站里的人。他们当中有一个人笑说："这妇人连方向也分不清楚了。她认启明星做车头的探灯哪。"我瞧真了，也不觉得笑起来，说："可不是！我的眼真是花了。"

我对着启明星，又想起阿噶利马的话。她曾告诉我那星是一个擅于迷惑男子的女人变的。我因此想起荫哥和我的感情本来很好，若不是受了番婆的迷惑，决不忍把他最爱的结发妻卖掉。我又想着自已被卖的不是不能全然归在荫哥身上。若是我情愿在唐山过苦日子，无心到新加坡去依赖他，也不会发生这事。我想来想去，反笑自己逃得太过唐突。我自问既然逃得出来，又何必去依赖哈那的姊姊呢？想到这里，仍把孩子抱回候车处，定神解决这问题。我带出来的东西和现银共值三千多卢比，若是在村庄里住，很可以够一辈子的开销，所以我就把独立生活的主意拿定了。

天上的诸星陆续收了它们的光，惟有启明仍在东方闪烁着。当我瞧着它的时候，好像有一种声音从它的光传出来，说："惜官，此后你别再以我为迷惑男子的女人。要知道凡光明的事物都不能迷惑人。在诸星之中，我最先出来，告诉你们黑暗快到了；我最后回去，为的是领你们紧接受着太阳的光亮；我是夜界最光明的星。你可以当我做你心里的殷勤的警醒者。"我朝着它，心花怒开，也形容不出我心里的感谢。此后我一见着它，就有一番特别的感触。

我向人打听客栈所在的地方，都说要到贞葛布德才有。于是我又搭车到那城去。我在客栈住不多的日子，就搬到自己的房子住去。

那房子是我把钻石鼻环兑出去所得的金钱买来的。地方不大，只有二间房和一个小园，四面种些露兜树当做围墙。印度式的房子虽然不好，但我爱它靠近村庄，也就顾不得它的外观和内容了。我雇了一个老婆子帮助料理家务，除养育孩子以外，还可以念些印度书籍。我在寂寞中和这孩子玩弄，才觉得孩子的可爱，比一切的更甚。

每到晚间，就有一种很庄重的歌声送到我耳里。我到园里一望，原来是从对门一个小家庭发出来。起先我也不知道他们唱来干什么，后来我才晓得他们是基督徒。那女主人以利沙伯不久也和我认识，我也常去赴他们的晚祷会。我在贞葛布德最先认识的朋友就算他们那一家。

以利沙伯是一个很可亲的女人，她劝我入学校念书，且应许给我照顾孩子。我想偷闲度日也是没有什么出息，所以在第二年她就介绍我到麻德拉斯一个妇女学校念书。每月回家一次瞧瞧我的孩子，她为我照顾得很好，不必我担忧。

我在校里没有分心的事，所以成绩甚佳。这六七年的工夫，不但学问长进，连从前所有的见地都改变了。我毕业后直到如今就在贞葛布德附近一个村里当教习。这就是我一生经历的大概。若要详细说来，虽用一年的工夫也说不尽。

现在我要到新加坡找我丈夫去，因为我要知道卖我的到底是谁。我很相信荫哥必不忍做这事，纵然是他出的主意，终有一天会悔悟过来。

惜官和我谈了足有两点多钟，她说得很慢，加之孩子时时搅扰她，所以没有把她在学校的生活对我详细地说。我因为她说得工夫太长，恐怕精神过于受累，也就不往下再问，我只对她说："你在那漂流的时节，能够自己找出这条活路，实在可敬。明天到新加坡的时候，若是要我帮助你去找荫哥，我很乐意为你去干。"她说："我哪里有什么聪明，这条路不过是冥冥中指导者替我开的。我在学校里所念的书，最感动我的是《天路历程》和《鲁滨逊漂流记》，这两部书给我许多安慰和模范。我现时简直是一个女鲁滨逊哪。你要帮我去找荫哥，我实在感激。因为新加坡我不大熟悉，明天总得求你和我……"说到这里，那孩子催着她进舱里去拿玩具给他。她就起来，一面续下去说："明天总得求你帮忙。"我起立对她行了一个敬礼，就坐下把方才的会话录在怀中日记里头。

过了二十四点钟，东南方微微露出几个山峰。满船的人都十分忙碌，惜官也顾着检点她的东西，没有出来。船入港的时候，她才携着孩子出来与我坐在一条长凳上头。她对我说："先生，想不到我会再和这个地方相见。岸上的椰树还是舞着它们的叶子；海面的白鸥还是飞来飞去向客人表示欢迎；我的愉快也和九年前初会它们那时一样。如箭的时光，转眼就过了那么多年，但我至终瞧不出从前所见的和现在所见的当中有什么分别。……呀！'光阴如箭'的话，不是指着箭飞得快说，乃是指着箭的本体说。光阴无论飞得多么快，在里头的事物还是没有什么改变，好像附在箭上的东西，箭虽是飞行着，它们却是一点不更改。……我今天所见的和从前所见的虽是一样，但愿荫哥的心肠不要像自然界的现象变更得那么慢；但愿他回心转意地接纳我。"我说："我向你表同情。听说这船要泊在丹让巴葛的码头，我想到时你先在船上候着，我上去打听一下再回来和你同去，这办法好不好呢？"她说："那么，就教你多多受累了。"

我上岸问了好几家都说不认得林荫乔这个人，那义和诚的招牌更是找不着。我非常着急，走了大半天觉得有一点累，就上一家广东茶居歇足，可巧在那里给我查出一点端倪。我问那茶居的掌柜。据他说：林荫乔因为把妻子卖给一个印度人，惹起本埠多数唐人的反对。那时有人说是他出主意卖的，有人说是番婆卖的，究竟不知道是谁做的事。但他的生意因

此受莫大的影响，他瞧着在新加坡站不住，就把店门关起来，全家搬到别处去了。

我回来将所查出的情形告诉惜官，且劝她回唐山去。她说："我是永远不能去的，因为我带着这个棕色孩子，一到家，人必要耻笑我，况且我对于唐文一点也不会，回去岂不要饿死吗？我想在新加坡住几天，细细地访查他的下落。若是访不着时，仍旧回印度去。……唉，现在我已成为印度人了！"

我瞧她的情形，实在想不出什么话可以劝她回乡，只叹一声说："呀！你的命运实在苦！"她听了反笑着对我说："先生啊，人间一切的事情本来没有什么苦乐的分别：你造作时是苦，希望时是乐；临事时是苦，回想时是乐。我换一句话说：眼前所遇的都是困苦；过去、未来的回想和希望都是快乐。昨天我对你诉说自己境遇的时候，你听了觉得很苦，因为我把从前的情形陈说出来，罗列在你眼前，教你感得那是现在的事；若是我自己想起来，久别、被卖、逃亡等等事情都有快乐在内。所以你不必为我叹息，要把眼前的事情看开才好。……我只求你一样，你到唐山时，若是有便，就请到我村里通知我母亲一声。我母亲算来已有七十多岁，她住在鸿渐，我的唐山亲人只剩着她咧。她的门外有一棵很高的橄榄树。你打听良姆，人家就会告诉你。"

船离码头的时候，她还站在岸上挥着手巾送我。那种诚挚的表情，教我永远不能忘掉。我到家不上一月就上鸿渐去。那橄榄树下的破屋满被古藤封住，从门缝儿一望，隐约瞧见几座朽腐的木主搁在桌上，那里还有一位良姆！

换巢鸾凤

一、歌声

那时刚过了端阳节期，满园里的花草倚仗膏雨的恩泽，都争着向太阳献它们的媚态。——鸟儿、虫儿也在这灿烂的庭园歌舞起来，和鸾独自一人站在啭鹂亭下，她所穿的衣服和槛下紫蛱蝶花的颜色相仿。乍一看来，简直疑是被阳光的威力拥出来的花魂。她一手用蒲葵扇挡住当午的太阳，一手提着长褂，望发出蝉声的梧桐前进。——走路时，珠鞋一步一步印在软泥嫩苔之上，印得一路都是方胜了。

她走到一株瘦削的梧桐底下，瞧见那蝉踞在高枝嘶嘶地叫个不住，想不出什么方法把那小虫带下来，便将手扶着树干尽力一摇，叶上的残雨趁着机会飞滴下来，那小虫也带着残声飞过墙东去了。那时，她才后悔不该把树摇动，教那饿鬼似的雨点争先恐后地扑在自己身上，那虫歇在墙东的树梢，还振着肚皮向她解嘲说："值也！值也！……值"，她愤不过，要跑过那边去和小虫见个输赢。刚过了月门，就听见一缕清逸的歌声从南窗里送出来。她爱音乐的心本是受了父亲的影响，一听那抑扬的腔调，早把她所要做的事搁在脑后了。她悄悄地走到窗下，只听得：

……
你在江湖流落尚有雌雄侣；亏我影只形单异地栖。
风急衣单无路寄，寒衣做起误落空闺。
日日望到夕阳，我就愁倍起，只见一围衰柳锁往长堤。
又见人影一鞭残照里，几回错认是我郎归，
……

正听得津津有味，一种娇娆的声音从月门出来："大小姐你在那里干什么？太太请你去瞧金鱼哪。那是客人从东沙带来送给咱们的。好看得很，快进去罢。"她回头见是自己的丫头婢而，就示意不教她做声，且招手叫她来到跟前，低声对她说："你听这歌声多好？"她的声音想是被窗里的人听见，话一说完，那歌声也就止住了。

嫜而说："小姐，你瞧你的长褂子都已湿透，鞋子也给泥玷污了。咱们回去罢。别再听啦。"她说："刚才所听的实在是好，可惜你来迟一点，领教不着。"嫜而问："唱的是什么？"她说："是用本地话唱的。我到的时候，只听得什么……尚有雌雄侣……影只形单异地栖。……"嫜而不由她说完，就插嘴说："噢，噢，小姐，我知道了。我也会唱这种歌儿。你所听的叫做《多情雁》，我也会唱。"她听见嫜而也会唱，心里十分喜欢，一面走一面问："这是哪一类的歌呢？你说会唱，为什么你来了这两三年从不曾唱过一次？"嫜而说："这就叫做粤讴，大半是男人唱的。我恐怕老爷骂，所以不敢唱。"她说："我想唱也无妨。你改天教给我几支罢。我很喜欢这个。"她们在谈话间，已经走到饮光斋的门前，二人把脚下的泥刮掉，才踏进去。

饮光斋是阳江州衙内的静室。由这屋里往北穿过三思堂就是和鸾的卧房。和鸾和嫜而进来的时候，父亲崇阿、母亲赫舍里氏、妹妹鸣鶱，和表兄启祯正围坐在那里谈话。鸣鶱把她的座让出一半，对和鸾说："姊姊快来这里坐着罢。爸爸给咱们讲养鱼经哪。"和鸾走到妹妹身边坐下，瞧见当中悬着一个琉璃壶，壶内的水映着五色玻璃窗的彩光，把金鱼的颜色衬得越发好看。崇阿只管在那里说，和鸾却不大介意。因为她惦念着跟嫜而学粤讴，巴不得立刻回到自己的卧房去。她坐了一会，仍扶着嫜而出来。

崇阿瞧见和鸾出去，就说："这孩子进来不一会儿，又跑出去，到底是忙些什么？"赫氏笑着回答说："也许是瞧见祯哥儿在这里，不好意思坐着罢。"崇阿说："他们天天在一起儿也不害羞，偏是今天就回避起来。真是奇怪！"原来启祯是赫氏的堂侄子，他的祖上，不晓得在哪一代有了战功，给他荫袭一名轻车都尉。只是他父母早已去世，从小就跟着姑姑过日子。他姑丈崇阿是正白旗人，由笔贴式出身，出知阳江州事；他的学问虽不甚好，却很喜欢谈论新政。当时所有的新式报像《时务报》、《清议报》、《新民丛报》，和康、梁们有著述，他除了办公以外，不是弹唱，就是和这些新书报周旋。他又深信非整顿新军，不能教国家复兴起来。因为这样，他在启祯身上的盼望就非常奢大。有时下乡剿匪，也带着同行，为的是叫他见习

些战务。年来瞧见启祯长得一副好身材,心里更是喜欢,有意思要将和鸾配给他。老夫妇曾经商量过好几次,却没有正式提起。赫氏以为和鸾知道这事,所以每到启祯在跟前的时候,她要避开,也就让她回避。

再说和鸾跟嬞而学了几支粤讴,总觉得那腔调不及那天在园里所听的好。但是她很聪明,曲谱一上口,就会照着弹出来。她自己费了很大的工夫去学粤讴,方才摸着一点门径,居然也会撰词了。她在三思堂听着父亲弹琵琶,不觉技痒起来。等父亲弹完,就把那乐器抱过来,对父亲说:"爸爸,我这两天学了些新调儿,自己觉得很不错;现在把它弹出来,您瞧好听不好听?"她说着,一面用手去和弦子,然后把琵琶立起来,唱道:

萧疏雨,问你要落几天?
你有天宫唔住,偏要在地上流连,你为饶益众生,舍得将自己作践;
我地得到你来,就唔使劳烦个位散花仙。人地话雨打风吹会将世界变,
果然你一来到就把锦绣装饰满园。你睇娇红嫩绿委实增人恋,
可怪敢好世界,重有个只啼不住嘅杜鹃!鹃呀!愿我嘅血洒来好似雨噉周遍,
一点一滴润透三千大千。劝君休自蹇,要把愁眉展;
但愿人间一切血泪和汗点,一洒出来就同雨点一样化做甘泉。

"这是前天天下雨的时候做的,不晓得您听了以为怎样?"崇阿笑说:"我儿,你多会学会这个?这本是旷夫怨女之词,你把它换做写景,也还可听。你倒有一点聪明,是谁教给你的?"和鸾瞧见父亲喜欢,就把那天怎样在园里听见,怎样央嬞而教,自己怎样学,都说出来。崇阿说:"你是在龙王庙后身听的吗?我想那是祖凤唱的。他唱得很好,我下乡时,也曾叫他唱给我听。"和鸾便信口问:"祖凤是谁?"崇阿说:"他本是一个囚犯。去年黄总爷抬举他,请我把他开释,留在营里当差。我瞧他的身材、气力都很好,而且他的刑期也快到了,若是有正经事业给他做,也许有用,所以把他交给黄总爷调遣去,他现在当着第三棚的什长哪。"和鸾说:"噢,原来是这里头的兵丁。他的声音实在是好。我总觉得嬞而唱的不及他万一。有工夫还得叫他来唱一唱。"崇阿说:"这倒是容易的事情。明天把他调进内班房当差,就不怕没有机会听他的。"崇阿因为祖凤的气力大,手足敏捷,很合自己的军人理想,所以很看重他。这次调他进来,虽说因着爱女儿的缘故,还是免不了寓着提拔他的意思。

二、射复

自从祖凤进来以后,和鸾不时唤他到哮鹏亭弹唱,久而久之,那人人有的"大欲"就把他们缠住了。他们此后相会的罗针不是指着弹唱那方面,乃是指着"情话"那方面。爱本来没有等第、没有贵贱、没有贫富的分别。和鸾和祖凤虽有主仆的名分,然而在他们的心识里,这种阶级的成见早已消灭无余。崇阿耳边也稍微听见二人的事,因此后悔得很。但他很信他的女儿未必就这样不顾体面,去做那无耻的事,所以他对于二人的事,常在疑信之间。

八月十二，交酉时分，满园的树被残霞照得红一块，紫一块。树上的归鸟在那里唧唧喳喳地乱嚷。和鸾坐在苹婆树下一条石凳上头，手里弹着她的乐器，口里低声地唱。那时，歌声、琵琶声、鸟声、虫声、落叶声和大堂上定更的鼓声混合起来，变成一种特别的音乐。祖凤从如楼船屋那边走来，说："小姐，天黑啦，还不进去么？"和鸾对着他笑，口里仍然唱着，也不回答他。他进前正要挨着和鸾坐下，猛听得一声，"鸾儿，天黑了，你还在那里干什么？快跟我进来。"祖凤听出是老爷的声音，一缕烟似的就望阇提花丛里钻进去了。和鸾随着父亲进去，挨了一顿大申斥。次日，崇阿就借着别的事情把祖凤打四十大板，仍旧赶回第三棚，不许他再到上房来。

和鸾受过父亲的责备，心里十分委屈。因为衙内上上下下都知道大小姐和祖凤长在园里被老爷撞见的事，弄得她很没意思。崇阿也觉得那晚上把女儿申斥得太过，心里也有点怜惜。又因为她年纪大了，要赶紧将她说给启祯，省得再出什么错。他就吩咐下人在团圆节预备一桌很好的瓜果在园里，全家的人要在那里赏月行乐。崇阿的意思：一来是要叫女儿喜欢；二来是要借着机会向启祯提亲。

一轮明月给流云拥住，朦胧的雾气充满园中，只有印在地面的花影稍微可以分出黑白来，崇阿上了如楼船屋的楼上，瞧见启祯在案头点烛，就说："今晚上天气不大好啊！你快去催她们上来，待一会，恐怕要下雨。"启祯听见姑丈的话，把香案瓜果整理好，才下楼去。月亮越上越明，云影也渐渐散了。崇阿高兴起来，等她们到齐的时候，就拿起琵琶弹了几支曲。他要和鸾也弹一支。但她的心里，烦闷已极，自然是不愿意弹的。崇阿要大家在这晚上都得着乐趣，就出了一个赌果子的玩意儿。在那楼上赏月的有赫氏、和鸾、鸣鹭、启祯，连崇阿是五个人。他把果子分做五份，然后对众人说："我想了个新样的射复，就是用你们常念的《千家诗》和《唐诗》里的诗句，把一句诗当中换一个字，所换的字还要射在别句诗上。我先说了，不许用偏僻的句。因为这不是叫你们赌才情，乃是教你们斗快乐。我们就挨着次序一人唱一句，拈阄定射复的人。射中的就得唱句人的赠品；射不中就得挨罚。"大家听了都请他举一个例。他就说："比如我唱一句：长安云边多丽人。要问你：明明是水，为什么说云？你就得在《千家诗》或《唐诗》里头找一句来答复。若说：美人如花隔云端，就算复对了。”和鸾和鸣鵞都高兴得很，她们低着头在那里默想。惟有启祯跑到书房把书翻了大半天才上来。姊妹们说他是先翻书再来赌的，不让他加入。崇阿说：“不要紧，若诗不熟，看也无妨。我们只是取乐，毋须认真。”于是都挨着次序坐下，个个侧耳听着那唱句人的声音。

第一次是鸣鵞，唱了一句：“楼上花枝笑不眠。”问：“明明是独，怎么说不？”把阄一拈，该崇呵复。他想了一会，就答道：“春色恼人眠不得。”鸣鵞说：“中了。”于是把两个石榴送到父亲面前。第二次是赫氏唱：“主人有茶欢今夕。”问：“明明是酒，为什么变成茶？”鸣鵞就答：“寒夜客来茶当酒。”崇阿说：“这句复得好。我就把这两个石榴加赠给你。”第三次是启祯，唱：“纤云四卷天来河。”问：“明明是无，怎样说来？”崇阿想了半天，想不出一句合适的来。启祯说：“姑丈这次可要挨罚了。”崇阿说：“好，你自己复出来罢，我实在想不起来。”启祯显出很得意的样子，大声念道：“君不见黄河之水天上来？”弄得满坐的人都瞧着笑。崇阿说：“你这句射得不大好。姑且算你赢了罢。”他把果子送给启祯，正要唱时，当差的说：“省城来了一件要紧的公文。师爷要请老爷去商量。”崇阿立刻下楼，到签押房去。和鸾站起来唱道：“千树万树梨花飞。”问：“明明是开，为什么又飞起来？”赫氏答道：“春城无处不飞花。”她接了和鸾的赠品，就对鸣鵞说：“该你唱了。”于是鸣鵞唱一句：“桃花尽日夹流水。”问：“明明是随，为何说夹？”和鸾答道：“两岸桃花夹古津。”这次应当是赫氏唱，但她一时想不起好句来，就让给启祯。他唱道：“行人弓箭各在肩。”问：“明明是腰，怎会在肩？那腰空着有什么用处？”和鸾说：“你这问太长了。叫人怎样复？”启祯说：“还不知道是你射不是，你何必多嘴呢？”他把阄筒摇了一下才教各人抽取。那黑阄可巧落在鸣鵞手里。她想一想，就笑说：“莫不是腰横秋水雁翎刀吗？”启祯忙说：“对，对，你很聪明。”和鸾只掩着口笑。启祯说：“你不要笑人，这次该你了，瞧瞧你的又好到什么地步。”和鸾说：“祯哥这唱实在差一点，因为没有复到肩字上头。”她说完就唱：“青草池塘独听蝉。”问：“明明是蛙，怎么说蝉？”可巧该启祯射。他本来要找机会讽嘲和鸾，借此报复她方才的批评。可巧他想不起来，就说一句俏皮话：“癞蛤蟆自然不配在青草池塘那里叫唤。”他说这句话是诚心要和和鸾起哄。个人心事

自家知，和鸾听了，自然猜他是说自己和祖凤的事，不由得站起来说："哼，莫笑蛇无角，成龙也未知。祯哥，你以为我听不懂你的话么？咳，何苦来！"她说完就悻悻地下楼去。赫氏以为他们是闹玩，还在上头嚷着："这孩子真会负气，回头非叫她父亲打她不可。"

和鸾跑下来，踏着花荫要向自己房里去。绕了一个弯，刚到转鹏亭，忽然一团黑影从树下拱起来，把她吓得魂不附体。正要举步疾走，那影儿已走近了。和鸾一瞧，原来是祖凤。她说："祖凤，你昏夜里在园里吓人干什么？"祖凤说："小姐，我正候着你，要给你说一宗要紧的事。老爷要把你我二人重办，你知道不知道？"和鸾说："笑话，哪里有这事？你从哪里听来的？他刚和我们一块儿在如楼船屋楼上赏月哪。"祖凤说："现在老爷可不是在签押房吗？"和鸾说："人来说师爷有要事要和他商量，并没有什么。"祖凤说："现在正和师爷相议这事呢。我想你是不要紧的，不过最好还是暂避几天，等他气过了再回来，若是我，一定得逃走，不然，连性命也要没了。"和鸾惊说："真的么？"祖凤说："谁还哄你？你若要跟我去时，我就领你闪避几天再回来。……无论如何，我总走的。我为你挨了打，一定不能撇你在这里；你若不和我同行，我宁愿死在你跟前。"他说完掏出一枝手枪来，把枪口向着自己的心坎，装做要自杀的样子。和鸾瞧见这个光景，她心里已经软化了。她把枪夺过来，抚着祖凤的肩膀说："也罢，我不忍瞧见你对着我做伤心的事，你且在这里等候，我回房里换一双平底鞋再来。"祖凤说："小姐褂也得换一换才好。"和鸾回答一声："知道。"就忙忙地走进去。

三、失足

她回到房中，知道嬚而还在前院和女仆斗牌。瞧瞧时计才十一点零，于是把鞋换好，胡乱拿了几件衣服出来。祖凤见了她，忙上前牵着她的手说："咱们由这边走。"他们走得快到衙后的角门，祖凤叫和鸾在一株榕树下站着。他到角门边的更房见没有人在那里，忙把墙上的钥匙取下。出了房门，就招手叫和鸾前来。他说："我且把角门开了让你先出去。我随后爬墙过去带着你走。"和鸾出去以后，他仍把角门关锁妥当，再爬过墙去，原来衙后就是鼍山，虽不甚高，树木却是不少。衙内的花园就是山顶的南部。两人下了鼍山，沿着山脚走。和鸾猛然对祖凤说："呀！我们要到哪里去？"祖凤说："先到我朋友的村庄去，好不好？"和鸾问说："什么村庄，离城多远呢？"祖凤说："逃难的人，一定是越远越好的。咱们只管走罢。"和鸾说："我可不能远去。天亮了，我这身装束，谁还认不得？""对呀，我想你可以扮男装。"和鸾说："不成，不成，我的头发和男子不一样。"祖凤停步想了一会，就说："我为你设法。你在这里等着，我一会就回来。"他去后，不久就拿了一顶遮羞帽（阳江妇人用的竹帽），一套青布衣服来。他说："这就可以过关啦。"和鸾改装后，将所拿的东西交给祖凤。二人出了五马坊，望东门迈步。

那一晚上，各城门都关得很晚，他们竟然安安稳稳地出城去了。他们一直走，已经过了一所医院。路上一个人也没有，只有天空悬着一个半明不亮的月。和鸾走路时，心里老是七上八下地打算。现在她可想出不好来了。她和祖凤刚要上一个山坡，就止住说："我错了。我不应当跟你出来。我须得回去。"她转身要走，只是脚已无力，不听使唤，就坐在一块大石上头。那地两面是山，树林里不时发出一种可怕的怪声。路上只有他们二人走着。和鸾到这时候，已经哭将起来。她对祖凤说："我宁愿回去受死，不愿往前走了。我实在害怕得很，你快送我回去罢。"祖凤说："现在可不能回去，因为城门已经关了。你走不动，我可以驮你前行。"她说："明天一定会给人知道的。若是有人追来，那怎样办呢？"祖凤说："我们已经改装，由小路走一定无妨。快走罢，多走一步是一步。"他不由和鸾做主，就把她驮在背上，一步一步登了山坡。和鸾伏在后面，把眼睛闭着，把双耳掩着。她全身的筋肉也颤动得很厉害。那种恐慌的光景，简直不能用笔墨形容出来。

蜿蜒的道上，从远看只像一个人走着，挨近却是两个。前头一种强烈之喘声和背后那微弱的气息相应和。上头的乌云把月笼住，送了几粒雨点下来。他们让雨淋着，还是一直地往前。刚渡过那龙河，天就快亮了。祖凤把和鸾放下，对她说："我去叫一顶轿子给你坐罢。天快要亮了，前边有一个大村子，咱们再不能这样走了。"和鸾哭着说："你要带我到哪里去呢？若是给人知道了，你说怎好？"祖凤说："不碍事的。咱们一同走着，看有轿子，再雇一顶给你，我自有主意。"那时东方已有一点红光，雨也止了。他去雇了一顶轿子，让和鸾坐下，自己在后面紧紧跟着，足行了一天，快到那笃墟了，他恐怕到的时候没有住处，所以在半路上就打发轿夫回去。和鸾扶着他慢慢地走，到了一间破庙的门口。祖凤教和鸾在牴桅旁边候着，自己先进里头去探一探，一会儿他就携着和鸾进去。那晚上就在那里歇息。

和鸾在梦中惊醒。从月光中瞧见那些陈破的神像：脸上的胡子，和身上的破袍被风刮得舞动起来。那光景实在狰狞可怕。她要伏在祖凤怀里，又想着这是不应当的。她懊悔极了，就推祖凤起来，叫他送自己回去。祖凤这晚上倒是好睡，任她怎样摇也摇不醒来。她要自己出来，那些神像直瞧着她，叫她动也不敢动。次日早晨，祖凤牵着她仍从小路走。祖凤所要找的朋友，就在这附近住，但他记不清那条路的方位。他们朝着早晨的太阳前行，由光线中，瞧见一个人从对面走来。祖凤瞧那人的容貌，像在哪里见过似的，只是一时记不起他的名字。他要用他们的暗号来试一试那人，就故意上前撞那人一下，大声喝道："呸！你盲了吗？"和鸾瞧这光景，力劝他不要闯祸，但她的力量哪里禁得住祖凤。那人受祖凤这一喝，却不生气，只回答说："我却不盲，因为我的眼睛比你大。"说完还是走他的。祖凤听了，就低声对和鸾说："不怕了，咱们有了宿处了。我且问他这附近有房子没有；再问他认识金成不认识。"说着就叫那人回来，殷勤地问他说："你既然是豪杰，请问这附近有甲子借人没有？"那人指着南边一条小路说："从这条线打听去罢，"祖凤趁机问他："你认得金成么？"那人一听祖凤问金成，就把眼睛往他身上估量了一回，说："你问他做什么？他已不在这里。你莫不是由城来的么，是黄得胜叫你来的不是？"祖凤连声答了几个是。那人往四围一瞧，就说："这里不是说话的地方。你可以到我那里去，我再把他的事情告诉你。"

原来那人也姓金，名叫权。他住在那笃附近一个村子，曾经一度到衙门去找黄总爷。祖凤就在那时见他一次。他们一说起来就记得了。走的时节，金权问祖凤说："随你走的可是尊嫂？"祖凤支离地回答他。和鸾听了十分懊恼，但她的脸帽子遮住，所以没人理会她的当时的神气。三人顺着小路走了约有三里之遥，当前横着一条小溪涧，架着两岸的桥是用一块旧棺木做的。他们走过去，进入一丛竹林。金权说："到我的甲子了。"祖凤和鸾跟着金权进入一间矮小的茅屋。让坐之后，和鸾还是不肯把帽子摘下来。祖凤说："她初出门，还

害羞咧。"金权说:"莫如请嫂子到房里歇息,我们就在外头谈谈罢。"祖凤叫和鸾进房里,回头就问金权说:"现在就请你把成哥的下落告诉我。"金权叹了一口气,说:"哎!他现时在开平县的监里哪,他在几个月前出去'打单',兵来了还不逃走,所以给人拑住了。"这时祖凤的脸上显出一副很惊惶的模样,说:"噢,原来是他。"金权反问什么意思。他就说,"前晚上可不是中秋吗?省城来了一件要紧的文书,师爷看了,忙请老爷去商量。我正和黄总爷在龙王庙里谈天,忽然在签押房当差的朱爷跑来,低声地对黄总爷说:开平县监里一个劫犯供了他和土匪勾通,要他立刻到堂对质。黄总爷听了立刻把几件细软的东西藏在怀里,就望头门逃走,他临去时,教我也得逃走。说:这案若发作起来,连我也有份。所以我也逃出来。现在给你一说,我才明白是他。"金权说:"逃得过手,就算好运气。我想你们也饿了,我且去煮些沙来给你们耕罢。"他说着就到檐下煮饭去了。

和鸾在里面听得很清楚,一见金权出去,就站在门边怒容向着祖凤说:"你们方才所说的话,我已听明白了。你现在就应当老老实实地对我说。不然,我……"她说到这里,咽喉已经噎住。祖凤进前几步,和声对她说:"我的小姐,我实在是把你欺骗了。老爷在签押房所商量的与你并没有什么相干,乃是我和黄总爷的事。我要逃走,又舍不得你,所以想些话来骗你,为的是要叫你和我一块住着。我本来要扮做更夫到你那里,刚要到更房去取家具。可巧就遇着你,因此就把你哄住了。"和鸾说:"事情不应当这样办,这样叫我怎样见人?你为什么对人说我是你的妻子?原来你的……"祖凤瞧她越说越气,不容她说完就插着说:"我的小姐,你不曾说你是最爱我的吗?你舍得教我离开你吗?"金权听见里面小姐长小姐短的话,忙进来打听到底是哪一回事。祖凤知瞒不过,就把事情的原委说给他知道。他们二人用了许多话语才把和鸾的气减少了。

金权也是和黄总爷一党的人,所以很出力替祖凤遮藏这事。他为二人找一个藏身之所,不久就搬到离金权的茅屋不远一所小房子住去。

四、他的宗教

和鸾所住的屋子靠近山边。屋后一脉流水，四围都是竹林。屋内只有两铺床，一张桌子和几张竹椅。壁上的白灰掉得七零八落了，日光从瓦缝间射下来。祖凤坐在她的脚下，侧耳听着她说："祖凤啊，我这次跟你到这个地方，要想回家，也办不到的。现在与你立约，若能依我，我就跟着你；若是不能，你就把我杀掉。"祖凤说："只要你常在我身边，我就没有不依从你的事。"和鸾说："我从前盼望你往上长进，得着一官半职，替国家争气，就是老爷，在你身上也有这样的盼望。我告诉你，须要等你出头以后，才许入我房里；不然，就别妄想。"祖凤的良心现在受责罚了。和鸾的话，他一点也不敢反抗。只问她说："要到什么地步才算呢？"和鸾说："不须多大，只要能带兵就够了。"祖凤连连点头说："这容易，这容易。我只须换个名字再投军去就有盼望。"

祖凤在那里等机会入伍，但等来等去总等不着。只得先把从前所学的手艺编做些竹器到墟里发卖。他每日所得的钱差可以够二人度用。有一天，他在墟里瞧见庙前贴着一张很大的告示。他进前一瞧，别的字都不认得，只认得"黄得胜……祖凤……逃……捉拿……花红四百元……"他看了，知道是通缉的告示，吓得紧跑回去。一踏进门，和鸾手里拿着一块四寸见方的红布，上面印着一个不像八卦、不像两仪的符号，在那瞧着。一见祖凤回来，就问他说："这是什么东西？"祖凤说："你既然搜了出来，我就不能不告诉你。这就是我的腰平。小姐，你要知道我和黄总爷都是洪门的豪杰，我们二人都有这个。这就是入门的凭据。我坐监的时候，黄总爷也是因为同会的缘故才把我保释出来的。"和鸾说："那么金权也是你们的同党了。""是的。……呀！小姐，事情不好了。老爷的告示已经贴在墟里，要捉拿我和黄总爷哪。这里还是阳江该管的地方，咱们必不能再住在此，不如往东走，到那扶去避一下。那里是新宁（台山）地界，也许稍微安稳一点。"他一面说，一面催和鸾速速地把东西检点好，在那晚上就搬到那扶墟去了。

他们搬到那扶附近一个荒村。围在四面的，不是山，就是树林。二人在那里藏身倒还安静。祖凤改名叫做李猛，每日仍是做些竹器卖钱。他很奉承和鸾，知她嗜好音乐，就做了一管短箫，常在她面前吹着。和鸾承受他的崇敬，也就心满意足，不十分想家啦。

时光易过，他们在那里住着，已经过了两个冬节。那天晚上，祖凤从墟里回来，隔膀下夹着一架琵琶，喜喜欢欢地跳跃进来，对和鸾说："小姐，我将今天所赚的钱为你买了这个。快弹一弹，瞧它的声音如何。"和鸾说："呀！我现在哪里有心玩弄这个？许久不弹，手法也生了。你先搁着罢，改天我喜欢弹的时候，再弹给你听。"他把琵琶搁下，说："也罢。我且告诉你一桩可喜的事情：金权今天到墟里找我，说他要到省城吃粮去。他说现在有一位什么司令要招民军去打北京。有好些兄弟们劝他同行。他也邀我一块儿去。我想我的机会到了。我这次出门，都是为你的缘故，不然，我宁愿在这里做小营生，光景虽苦，倒能时常亲近你。他们明后天就要动身。"和鸾听说打北京，就惊异说："也许是你听差了罢？北京是皇都，谁敢去打？况且官制里头也没有什么叫做司令的。或者你把东京听做北京罢。"祖凤说："不差，不差，我听的一定不错。他明明说是革命党起事，要招兵打满洲的。"和鸾说：

"呀,原来是革命党造反!前几年,老爷才杀了好几个哪。我劝你别去罢,去了定会把自己的命革掉。"他迫着要履和鸾的约,以为这次是好机会,决不可轻易失掉。不论和鸾应许与否,他心里早有成见。他说:"小姐,你说的虽然有理,但是革命党一起事,或者国家也要招兵来对付,不如让我先上省去瞧瞧,再行定规一下。你以为怎样呢?我想若是不走这一条路,就永无出头之日啦。"和鸾说:"那么,你就去瞧瞧罢。事情如何,总得先回来告诉我。"当下和鸾为他预备些路上应用的东西,第二天就和金权一同上省城去了。

祖凤一去,已有三个月的工夫。和鸾在小屋里独自一人颇觉寂寞。她很信祖凤那副好身手,将来必有出人头地的日子。现时在穷困之中,他能尽力去工作。同在一个屋子住着,对于自己也不敢无礼。反想启祯镇日里只会蹴毽、弄鸟、赌牌、喝酒以及等等虚华的事,实在叫她越发看重祖凤。一想起他的服从、崇敬和求功名的愿望,就减少了好些思家的苦痛。她每日望着祖凤回来报信,望来望去,只是没有消息。闷极的时候,就弹着琵琶来破她的忧愁和寂寞。因为她爱粤讴,所以把从前所学的词曲忘了一大半。她所弹的差不多都是粤调。

无边的黑暗把一切东西埋在里面。和鸾所住房子只有一点豆粒大的灯光。她从屋里踝出来,瞧瞧四围山林和天空的分别,只在黑色的浓淡。那是摇光从东北渐移到正东,把全座星斗正横在天顶。她信口唱几句歌词,回头把门关好,端坐在一张竹椅上头,好像有所思想的样子。不一会,她走到桌边,把一枝秃笔拿起来,写着:

诸天尽黝暗,
曷有众星朗?林中劳意人,
独坐听山响。山响复何为?
欲惊狮子梦。磨牙嗜虎狼,
永祓腹心痛。

她写完这两首正要往下再写，门外急声叫着："小姐，我回来了。快来替我开门。"她认得是祖凤的声音，喜欢到了不得，把笔搁下，速速地跑去替他开门。一见祖凤，就问："为什么那么晚才回来？哎呀，你的辫子哪里去了？"祖凤说："现在都是时兴这个样子。我是从北街来的，所以到得晚一点。我一去，就被编入伍，因此不能立刻回来。我所投的是民军。起先他们说要北伐，后来也没有打仗就赢了。听说北京的皇帝也投降了，现在的皇帝就是大总统，省城的制台和将军也没了，只有一个都督是最大的，他底下属全是武官。这时候要发达是很容易的。小姐，你别再愁我不长进啦。"和鸾说："这岂不是换了朝代吗？""可不是。""那么，你老爷的下落你知道不？"祖凤说："我没有打听这个，我想还是做他的官罢。"和鸾哭着说："不一定的。若是换了朝代，我就永无见我父母之日了。纵使他们不遇害，也没有留在这里的道理。"祖凤瞧她哭了。忙安慰说："请不要过于伤心。明天我回到省城再替你打听打听。现在还不知道是什么情形呢，何必哭。"他好容易把和鸾劝过来。又谈些别后的话，就各自将息去了。

早晨的日光照着一对久别的人。被朝雾压住的树林里继继续续发出几只蜩螗底声音。和鸾一听这种声音，就要引起她无穷的感慨。她只对祖凤说："又是一年了。"她的心事早被祖凤看出，就说："小姐，你又想家了。我见这样，就舍不得让你自己住着，没人服侍。我实在苦了你。"和鸾说："我并不是为没人服侍而愁，瞧你去那么久，我还是自自然然地过日子就可以知道。只要你能得着一个小差事，我就不愁了。"祖凤说："我实在不敢辜负小姐的好意。这次回来无非是要瞧瞧你。我只告一礼拜的假，今天又得回去。论理我是不该走得那么快，无奈……"和鸾说："这倒是不妨。你瞧什么时候应当回去就回去，又何必发愁呢？"祖凤说："那么，我待一会，就要走啦。"他抬头瞧见那只琵琶挂在墙上，说笑着对和鸾说："小姐，我许久不听你弹琵琶了。现在请你随便弹一支给我听，好不好？"和鸾也很喜欢地说："好。我就弹一支粤讴当做给你送行的歌儿罢。"她抱着乐器，定神想了一定，就唱道：

暂时慨离别，犯不着短叹长嘘，群若嗟叹就唔配称做须眉。
劝君莫因穷困就添愁绪，因为好多古人都系出自寒微。
你睇樊哙当年曾与屠夫为伴侣；和尚为君重有个位老朱。
自古话事啥怕难为，只怕人有志，重任在身，切莫辜负你个堂堂七尺躯。
今日送君说不尽千万语，只愿你时常寄我好音书。
唉！我记住远地烟树，就系君去处。
劝君就动身罢，唔使再踌躇。

五、山大王

在那似烟非烟、似树非树的地平线上，仿佛有一个人影在那里走动。和鸾正在竹林里望着，因为祖凤好几个月没有消息了，她瞧着那人越来越近，心里以为是给她送信来的。她迎上去，却是祖凤。她问："怎么又回来呢？"祖凤说："民军解散了。"他说的时候，脸上显出很不快的样子，接着说："小姐，我实在辜负了你的盼望。但这次销差的不止我一人，连金权一班的朋友都回来了。"和鸾见他发愁，就安慰他说："不要着急，大器本来是晚成的。你且休息一下，过些日再设法罢。"她伸手要替祖凤除下背上的包袱，却被祖凤止住。二人携手到小屋里，和鸾还对他说了好些安慰的话。

时光一天一天地过去，祖凤在家里很觉厌腻，可巧他的机会又到了。金权到他那里，把他叫出来，同在竹林底下坐着。金权问："你还记得金成么？"祖凤说："为什么记不得，他现在怎样啦？"金权说："革命的时候，他从监里逃出来。一向就在四邑一带打劫。现时他在百峰山附近的山寨住着，要多招几个人入伙，所以我特地来召你同行。"祖凤沉思了一会，就说："我不能去。因为这事一说起来，我的小姐必定不乐意。这杀头的事谁还敢去干呢？"金权说："咦，你这人真笨！若是会死，连我也不敢去，还敢来招你吗？现在的官兵未必能比咱们强，他们一打不过，就会设法招安，那时我们可又不是好人、军官么？你不曾说过你的小姐要等你做到军官的时候才许你成婚吗？现在有那么好机会不投，还等什么时候呢？从前要做武官是考武秀、武举，现在只要先上梁山做大王，一招安至小也有排长、连长。你瞧金成有好几个朋友从前都是山寨里的八拜兄弟，现在都做了什么司令、什么镇守使了。听说还有想做督军的哪。……"祖凤插嘴说："督军是什么？"金权答道："哎，你还不知道吗？督军就是总督和将军合成一个的意思，是全国最大的官。我想做官的道路，再没有比这条简捷的了。当兵和做强盗本来没有什么分别，不过他们的招牌正一点，敢青天白日地抢人，我们只在暗里胡挝就是了。你就同我去罢，一定没有伤害的。"祖凤说："你说的虽然有理，但这些话决不能对小姐说起的。我还是等着别的机会罢。"金权说："呀，你真呆！对付女人是一桩极容易的事情，你何必用真实的话对她说呢？往时你有聪明骗她出来，现在就不能再哄她一次吗？我想你可以对她说现在各处的人民都起了勤王的兵，你也要投军去。她听了一定很喜欢，那就没有不放你去的道理。”祖凤给他劝得活动起来，就说：“对呀！这法子稍微可以用得。我就相机行事罢。”金权说：“那么，我先回去候你的信。”他说完，走几步，又回头说：“你可不要对她提起金成的名字。”

祖凤进去和和鸾商量妥当，第二天和金权一同搬到金成那里。他们走了两三天才到山麓。祖凤扶着和鸾一步一步地上去，歇了好几次才到山顶。那山上有几间破寨，金成就让他们二人同在一间小寨住着。他们常常下山，有时几十天也不回来一次。和鸾在那里越觉寂寞，因为从前还有几个邻村的妇人来谈谈，现在山上只有她和几个守寨的老贼。她每日有这几个人服侍，外面虽觉好些，但精神的苦痛是比从前厉害得多。她正在那里闷着，老贼金照跑进来说：“小姐，他们回来了，现在都在金权寨里哪。金凤叫我来问小姐要穿的还是要戴的，请告诉他，他可以给小姐拿来。”他的口音不大清楚，所以和鸾听不出什么意思来。和鸾说：“你去叫他来罢。我不明白你所说的是什么意思。”金照只得就去叫祖凤来。和鸾说：“金照来说了大半天，我总听不出什么意思。到底问我要什么？”祖凤从口袋里掏出几只戒指和几串珠子，笑着说：“我问你是要这个，或是要衣服。”和鸾诧异到了不得，注目在祖凤脸上说：“呀呀！这是从哪里得来的？你莫不是去打劫么？”祖凤从容地说：“哪里是打劫，不过咱们的兵现在没有正饷，暂时向民间借用。可幸乡下的绅士们都很仗义，他们捐的钱不够，连家里的金珠宝贝都拿出来。这是发饷时剩下的。还有好些绸缎哪。你若要时，我叫人拿来给你挑选几件。”和鸾说：“这些东西，现时在我身上都没有什么用处。你下次出差去的时候，记得给我带些书籍来，我可以借此解解心闷。”祖凤笑说：“哈哈，谁愿意带那些笨重的东西上山呢？现在的上等女人都不兴念书了。我在省城，瞧见许多太太、夫人们都是这样。她们只要粉擦得白，头梳得光，衣服穿得漂亮就够了。不就女人，连男子也是如此。前几年，我们的营扎在省城一间什么南强公学，里头的书籍很多，听说都是康圣人的。我们兄弟们嫌那些东西多占地位，一担只卖一块钱，不到三天，都让那班小贩买去包东西了。况且我们走路要越轻省越好，若是带书籍，不上三五本就很麻烦啦。好罢，你若是一定要时，我下次就给你带几本来。”说话时，金权又来把他叫去。

祖凤跑到金成寨里，瞧见三四个娄罗坐在那里，早猜着好事又来了。金成起来对祖凤说道：“方才钦哥和琉哥来报了两宗肥事：第一，是梁老太爷过几天要出门，我们可以把他拿回来。他儿子现时在京做大官，必定要拿好些钱财来赎回去；第二件是宁阳铁路这几个月常有金山丁（美洲及澳洲华侨）往来。我想找一个好日子，把他们全网打来。我且问你办哪一样最好？劫火车虽说富足一点，但是要用许多手脚。若是劫梁老太爷，只须五六个人就够了。”祖凤沉吟半晌说：“我想劫火车好一点。若要多用人，我们可以招聚些。”金成悦：“那么，你就先到各山寨去招人罢。约好了我们再出发。”

六、他的生活

那日下午，火车从北街开行。搭客约有二百余人，金成、祖凤和好些娄罗都扮做搭客，分据在二、三等车里。祖凤拿出时计来一看，低声对坐在身边的同伴说：“三点半了，快预备着。”他说完把窗门托下来，往外直望。那时火车快到汾水江地界，正在蒲葵园或芭蕉园中穿行，从窗一望都是绿色的叶子，连人影也不见。走的时候，车忽然停住。祖凤、金成和其余的都拿出手枪来，指着搭客说："是伶俐人就不要下车。个个人都得坐定，不许站起来。"他们说的时候，好些贼从蒲葵园里钻出来，各人都有凶器在手里。那班贼上了车，就对金成说："先把头、二等车封锁起来，我们再来验这班孤寒鬼。"他们分头挡住头、二等的车门，把那班三等客逐个验过。教每人都伸手出来给他们瞧。若是手长得幼嫩一点的就把他留住。其余粗手、赤脚、肩上有瘢和皮肤粗黑的人，都让他们下车。他们对那班人说："饶了你们这些穷鬼罢。把东西留下，快走。不然，要你们的命。"祖凤把客人所看的书报、小说胡乱抢了几本藏在自己怀中，然后押着那班被掳的下来。

他们把留住的客人，一个夹一个下来。其中有男的，有女的，有金山丁、官僚、学生、工人和管车的，一共有九十六人。那里离河不远，娄罗们早已预备了小汽船在河边等候。他们将这九十六人赶入船里，一个挨一个坐着。且用枪指着，不许客人声张。船走了约有二点钟的光景，才停了轮，那时天已黑了。他们上岸，穿过几丛树林，到了一所荒寨。金成吩咐众娄罗说："你们先去弄东西吃。今晚就让这些货在这里。挑两三个女人送到我那里去，再问凤哥、权哥们要不要。若是有剩就随你们的便。"娄罗们都遵着命令，各人办各人的事去了。

第二天早晨，众贼都围在金成身边，听候调遣。金成对金权说："女人都让你去办罢。有钱的叫她家里来赎；其余的，或是放回或是送到澳门去，都随你的便。"他又把那些男子的姓名、住址问明白，派娄罗各处去打听，预备向他们家里拿相当的金钱来赎回去。娄罗们带了几个外省人来到他跟前。他一问了，知道是做官、当委员的，就大骂说："你们这些该死的，只会铲地皮，和与我们作对头，今天到我手里，别再想活着。人来，把他们捆在树上，枪毙。"众娄罗七手八脚，不一会都把他们打死了。

三五天后，被派出去的娄罗都回来报各人家里的景况。金成叫各人写信回家取钱，叫祖凤检阅他们的书信。祖凤在信里瞧见一句"被绿林之豪掳去……七月三十日以前……"

和“六年七月十九”，就叫那写信的人来说：“你这信，到底包藏些什么暗号？你要请官兵来拿我们吗？”他指着“绿林”、“掳”、“六年七月”等字，问说：“这些是什么字？若说不出来，就要你的狗命。现在明明是六月，为何写六年七月？”祖凤不认得那些字，思疑里面有别的意思。所以对着那人说：“凡我不认得的字都不许写，你就改作‘被山大王捉去’，和‘丁巳六月’罢。以后再这样，可就不饶你了。晓得么？”检阅时，金权带了两个人来，说：“这两个人实在是穷，放了他们罢。”祖凤说：“金成说放就放，我不管。”他就跑到金成那里说：“放了他们罢。”金成说：“不。咱们决不能白放人。他们虽然穷，命还是有用的。咱们就要他们的命来警戒那些有钱而不肯拿出来的人。你且把他们捆在那边，再叫那班人出来瞧。”金成瞧那些俘虏出来，就对他们说：“你们都瞧那两个人就是有钱不肯花的。你们若不赶快叫家里拿钱来，我必要一天把你们当中的人枪毙两个，像他们现在一样。”众人见他们二人死了，都吓得抖擞起来。祖凤说：“你们若是精乖，就得速速拿钱来，省得死在这里。”

他们在那寨里正摆布得有条有理，一个娄罗来回报说：“官军已到北街了。”金成说：“那么，我们就把这些人分开罢。我和金凤、金权同在一处，将二十人给我们带去。剩下的叫金球和金胜分头带走。”祖凤把四个司机人带来，说：“这四个是工人，家里也没有什么钱，不如放了他们罢。”金成说：“凤哥，你的打算差了。咱们时常要在铁路上往来，若是放他们回去，将来的祸根不小。我想还是请他们去见阎王好一点。”

他们把那几个司机人杀掉以后，各头目带着自己的俘虏分头逃走。金成、祖凤和金权带着二十人，因为天气尚早，先叫他们伏在蒲葵园的叶下，到晚上才把他们带出来。他走了一夜才到山寨。上山后，祖凤拿几本书赶紧跑到自己的寨里，对和鸾说：“我给你带书来了。我们掳了好些违抗王师的人回来，现在满山寨都是人哪。”和鸾接过书来瞧一瞧，说：“这有什么用？”他悻悻地说：“你瞧！正经给你带来，你又说没用处。我早说了，倒不如多掳几个人回来更好哪。”和鸾问：“怎么说？”“我们掳人回来可以得着他们家里的取赎钱。”和鸾又问：“怎样叫他们来赎，若是不肯来，又怎办？”祖凤说：“若是要赎回去的话，他们家里的人可以到澳门我们的店里，拿二三斤鸦片或是几箱好烟叶做开门礼，我们才和他讲价。若不然，就把他们治死。”和鸾说：“这可不是近于强盗的行为么？”他心里暗笑，口里只答应说：“这是不得已的。”他恐怕被和鸾问住，就托故到金成寨里去了。

过不多的日子，那班俘虏已经被人赎回一大半。那晚该祖凤的班送人下山。他用手巾把那几个俘虏的眼睛缚住，才叫娄罗们扶他们下山，自己在后头跟着。他去后不到三点钟的工夫，忽然山后一阵枪声越响越近。金成和剩下的娄罗各人携着枪械下山迎敌。枪声一呼一应，没有片刻停止。和鸾吓得不敢睡，眼瞧着天亮了，那枪声还是不息。她瞧见山下一支人马向山顶奔来，一枝旗飘荡着，却认不得是哪一国的旗帜。她害怕得很，要跑到山洞里躲藏。一出门，已有两个兵追着她。她被迫到一个断崖上头，听见一个兵说：“吓，这里还有那么好的货，咱们上前把她搂过来受用。”那兵方要进前，和鸾大声喝道：“你们这些作乱的人，休得无礼！”二人不理会她，还是要进步。一个兵说：“呀，你会飞！”他们掳不着和鸾，正在互相埋怨。一个军官来到，喝着说：“你们在这里干什么？还不跟我到处搜去。”

从这军官的服装看来，就知道他是一位少校。他的行动十分敏捷，像很能干似的。他搜到和鸾所住的寨里，无意中搜出她的衣服。又把壁上的琵琶拿下来，他见上面贴着一张红纸条，写着："表寸心"，底下还写了她自己的名字。军官就很是诧异，说："哼，原来你在这里！"他回头对众兵丁说："拿住多少贼啦？"都说："没有。""女人呢？""也没有。"他把衣物交给兵丁，叫他们先下山去，自己还在那里找寻着。

唉！他的寻找是白费的。他回到营里，天色已是不早，就叫卫兵拿了一盏油灯来，把所得的东西翻来覆去地瞧着。他叹息几声，把东西搁下，起来，在屋里踱来踱去。半晌的工夫，他就拿起笔来写一封信：

> 贤妻如面：此次下乡围捕，于贼寨中搜出令姊衣物多件，然余遍索山中，了无所得，寸心为之怅然。忆昔年之年，余犹以虐谑为咎，今而后知其为贼所掳也。兹命卫卒将衣物数事，先呈妆次，俟余回时，再为卿详道之。
>
> 夫祯白

他把信封好，叫一个兵来将信件拿去。自己眼瞪瞪坐在那里，把手向腿上一拍。门外的岗兵顺着响处一望，仿佛听着他的长官说："啊，我现在才明白你的意思。只是你害杀嬅而了。"

黄昏后

承欢、承懽两姊妹在山上采了一篓羊齿类的干草，是要用来编造果筐和花篮的。她们从那条崎岖的山径一步一步地走下来，刚到山腰，已是喘得很厉害，二人就把篓子放下，歇息一会。

承欢的年纪大一点，所以她的精神不如妹妹那么活泼，只坐在一根横露在地面的榕树根上头，一手拿着手巾不歇地望脸上和脖项上揩拭。她的妹妹坐不一会，已经跑入树林里，低着头，慢慢找她心识中的宝贝去了。

喝醉了的太阳在临睡时，虽不能发出他固有的本领，然而还有余威把他的妙光长箭射到承欢这里。满山的岩石、树林、泉水，受着这妙光的赏赐，越觉得秋意阑珊了。汐涨的声音，一阵一阵地从海岸送来，远地的归鸟和落叶混着在树林里乱舞。承欢当着这个光景，她的眉、目、唇、舌也不觉跟着那些动的东西，在她那被日光熏黑了的面庞飞舞着。她高兴起来，心中的意思已经禁止不住，就顺口念着："碧海无风涛自语；丹林映日叶思飞！……"还没有念完，她的妹妹就来到跟前，衣裾里兜着一堆的叶子，说："姊姊，你自己坐在这里，和谁说话来？你也不去帮我捡捡叶子，那边还有许多好看的哪。"她说着，顺手把所得的枯叶一片一片地拿出来，说："这个是蚶壳……这是海星……这是没有鳍的翻车鱼……这卷得更好看，是爸爸吸的淡芭菰……这是……"她还要将那些受她想像变化过的叶子，一一给姊姊说明；可是这样的讲解，除她自己以外，是没人愿意用工夫去领教的。承欢不耐烦地说："你且把它们搁在篓里罢，到家才听你的，现在我不愿意听咧。"承懽斜着眼瞧了姊姊一下，一面把叶子装在篓里，说："姊姊不晓得又想什么了。在这里坐着，愿意自己喃喃地说话，就不愿意听我所说的！"承欢说："我何尝说什么，不过念着爸爸那首《秋山晚步》罢了。"她站起来，说："时候不早了，咱们走罢。你可以先下山去，让我自己提这篓子。"承懽说："我不，我要陪着你走。"

二人顺着山径下来，从秋的夕阳渲染出来等等的美丽已经布满前路：霞色、水光、潮音、谷响、草香等等更不消说；即如承欢那副不白的脸庞也要因着这个就增了几分本来的姿色。承欢虽是走着，脚步却不肯放开，生怕把这样晚景错过了似的。她无意中说了声："呀！妹妹，秋景虽然好，可惜大近残年咧。"承懽的年纪只十岁，自然不能懂得这位十五岁的姊姊所说的是什么意思。她就接着说："挨近残年，有什么可惜不可惜的？越近残年越好，因为残年一过，爸爸就要给我好些东西玩，我也要穿新做的衣服——我还盼望它快点过去哪。”

她们的家就在山下，门前朝着南海。从那里，有时可以望见远地里一两艘法国巡舰在广州湾驶来驶去。姊妹们也说不清她们所住的到底是中国地，或是法国领土，不过时常理会那些法国水兵爱来村里胡闹罢了。刚进门，承懽便叫一声：“爸爸，我们回来了！”平常她们一回来，父亲必要出来接她们，这一次不见他出来，承欢以为她父亲的注意是贯注在书本或雕刻上头，所以教妹妹不要声张，只好静静地走进来。承欢把篓子放下，就和妹妹到父亲屋里。

她们的父亲关怀所住的是南边那间屋子，靠壁三五架书籍。又陈设了许多大理石造像——有些是买来的，有些是自己创作的。从这技术室进去就是卧房。二人进去，见父亲不在那里。承欢向壁上一望，就对妹妹说：“爸爸又拿着基达尔出去了。你到妈妈坟上，瞧他在那里不在。我且到厨房弄饭，等着你们。”

她们母亲的坟墓就在屋后自己的荔枝园中。承懽穿过几棵荔枝树，就听见一阵基达尔的乐音，和着她父亲的歌喉。她知道父亲在那里，不敢惊动他的弹唱，就蹑着脚步上前。那里有一座大理石的坟头，形式虽和平常一样，然而西洋的风度却是很浓的。瞧那建造和雕刻的工夫，就知道平常的工匠决做不出来，一定是关怀亲手所造的。那墓碑上不记年月，只刻着“佳人关山恒媚”，下面一行小字是“夫关怀手泐”。承懽到时，关怀只管弹唱着，像不理会他女儿站在身旁似的。直等到西方的回光消灭了，他才立起来，一手挟着乐器，一手牵着女儿，从园里慢慢地走出来。

一到门口，承懽就嚷着：“爸爸回来了！”她姊姊走出来，把父亲手里的乐器接住，且说：“饭快好啦，你们先到厅里等一会，我就端出来。”关怀牵着承懽到厅里，把头上的义辫脱下，挂在一个衣架上头，回头他就坐在一张睡椅上和承懽谈话。他的外貌象一位五十岁左右的日本人，因为他的头发很短，两撇胡子也是含着外洋的神气。停一会，承欢端饭出来，关怀说：“今晚上咱们都回得晚。方才你妹妹说你在山上念什么诗；我也是在书架上偶然捡出十

几年前你妈妈写给我的《自君之出矣》，我曾把这十二首诗入了乐谱，你妈妈在世时很喜欢听这个，到现在已经十一二年不弹这调了。今天偶然被我翻出来，所以拿着乐器走到她坟上再唱给她听，唱得高兴，不觉反复了几遍，连时间也忘记了。”承欢说：“往时爸爸到墓上奏乐，从没有今天这么久，这诗我不曾听过……”承懽插嘴说：“我也不曾听过。”承欢接着说：“也许我在当时年纪太小不懂得。今晚上的饭后谈话，爸爸就唱一唱这诗，且给我们说说其中的意思罢。”关怀说：“自你四岁以后，我就不弹这调了，你自然是不曾听过的。”他抚着承懽的头，笑说：“你方才不是听过了吗？”承懽摇头说：“那不算，那不算。”他说：“你妈妈这十二首诗没有什么可说的，不如给你们说咱们在这里住着的缘故罢。”

吃完饭，关怀仍然倚在睡椅下头，手里拿着一枝雪茄，且吸且说。这老人家在灯光之下说得眉飞目舞，教姊妹们的眼光都贯注在他脸上，好像藏在叶下的猫儿凝神守着那翩飞的蛱蝶一般。

关怀说：“我常愿意给你们说这事，恐怕你们不懂得，所以每要说时，便停止了。咱们住在这里，不但邻舍觉得奇怪，连阿欢，你的心里也是很诧异的。现在你的年纪大了，也懂得一点世故了，我就把一切的事告诉你们罢。”

“我从法国回到香港，不久就和你妈妈结婚。那时刚要和东洋打仗，邓大人聘了两个法国人做顾问，请我到兵船里做通译。我想着，我到外洋是学雕刻的，通译，哪里是我做得来的事，当时就推辞他。无奈邓大人一定要我去，我碍于情面也就允许了。你妈妈虽是不愿意，因为我已允许人家，所以不加拦阻。她把脑后的头发截下来，为我做成那条假辫。”他说到这里，就用雪茄指着衣架，接着说：“那辫子好像叫卖的幌子，要当差事非得带着它不可。那东西被我用了那么些年，已修理过好几次，也许现在所有的头发没有一根是你妈妈的哪。”

“到上海的时候，那两个法国人见势不佳，没有就他的聘。他还劝我不用回家，日后要用我做别的事，所以我就暂住在上海。我在那里，时常听见不好的消息，直到邓大人在威海卫阵亡时，我才回来。那十二首诗就是我入门时，你妈妈送给我的。”

承欢说：“诗里说的都是什么意思？”关怀说：“互相赠与的诗，无论如何，第三个人是不能理会，连自己也不能解释给人听的。那诗还搁在书架上，你要看时，明天可以拿去念一念。我且给你说此后我和你妈妈的事。”

“自那次打败仗，我自己觉得很羞耻，就立意要隔绝一切的亲友，跑到一个孤岛里居住，为的是要避掉种种不体面的消息，教我的耳朵少一点刺激。你妈妈只劝我回硇州去，但我很不愿意回那里去，以后我们就定意要搬到这里来。这里离硇州虽是不远，乡里的人却没有和我往来，我想他们必是不知道我住在这里。

“我们买了这所房子，连后边的荔枝园。二人就在这里过很欢乐的日子。在这里住不久，你就出世了。我们给你起个名字叫承欢……”承懽紧接着问：“我呢？”关怀说：“还没有说到你咧，你且听着，待一会才给你说。”

他接着说：“我很不愿意雇人在家里做工，或是请别人种地给我收利。但耨田插秧的事都不是我和你妈妈做得来的，所以我们只好买些果树园来做生产的源头，西边那丛椰子林

也是在你一周岁时买来做纪念的。那时你妈妈每日的功课就是乳育你，我在技术室做些经常的生活以外，有工夫还出去巡视园里的果树。好几年的工夫，我们都是这样地过，实在快乐啊！

“唉，好事是无常的！我们在这里住不上五年，这一片地方又被法国占据了！当时我又想搬到别处去，为的是要回避这种羞耽，谁知这事不能由我做主，好像我的命运就是这样，要永远住在这蒙羞的土地似的。”关怀说到这里，声音渐渐低微，那忧愤的情绪直把眼睑报下一半，同时他的视线从女儿的脸上移开，也被地心引力吸住了。

承懽不明白父亲的心思，尽说：“这地方很好，为什么又要搬呢？”承欢说：“啊，我记得爸爸给我说过，妈妈是在那一年去世的。”关怀说：“可不是！从前搬来这里的时候，你妈妈正怀着你，因为风波的颠簸，所以临产时很不顺利，这次可巧又有了阿懽，我不愿意像从前那么唐突，要等她产后才搬。可是她自从得了租借条约签押的消息以后，已经病得支持不住了。”那声音的颤动，早已把承欢的眼泪震荡出来。然而这老人家却没有显出什么激烈的情绪，只皱一皱他的眉头而已。

他往下说：“她产后不上十二个时辰就……”承懽急急地问：“是养我不是？”他说：“是。因为你出世不久，你妈妈便撇掉你，所以给你起个名字做阿懽，懽就是忧而无告的意思。”

这时，三个人缄默了一会。门前的海潮音，后园的蟋蟀声，都顺着微风从窗户间送进来。桌上那盏油灯本来被灯花堵得火焰如豆一般大，这次因着微风，更是闪烁不定，几乎要熄灭了。关怀说：“阿欢，你去把窗户关上，再将油灯整理一下。……小妹妹也该睡了，回头就同她到卧房去罢。”

不论什么人都喜欢打听父母怎样生育他，好像念历史的人爱读开天辟地的神话一样。承懽听到这个去处，精神正在活泼，哪里肯去安息。她从小凳子上站起来，顺势跑到父亲面前，且坐在他的膝上，尽力地摇头说：“爸爸还没有说完哪。我不困，快往下说罢。”承欢一面关窗，一面说：“我也愿意再听下去，爸爸就接着说罢。今晚上迟一点睡也无妨。”她把灯心弄好，仍回原位坐下，注神瞧着她的父亲。

油灯经过一番收拾，越显得十分明亮，关怀的眼睛忽然移到屋角一座石像上头。他指着对女儿说："那就是你妈妈去世前两三点钟的样子。"承懽说："姊姊也曾给我说过那是妈妈，但我准知道爸爸屋里那个才是。我不信妈妈的脸难看到这个样子。"他抚着承懽的颅顶说："那也是好看的。你不懂得，所以说她不好看。"他越说越远，几乎把方才所说的忘掉，幸亏承欢再用话语提醒他，他老人家才接续地说下去。

他说："我的搬家计划，被你妈妈这一死就打消了。她的身体已藏在这可羞的土地，而且你和阿懽年纪又小，服事你们两个小姊妹还忙不过来，何况搬东挪西地往外去呢？因此，我就定意要终身住在这里，不想再搬了。"

"我是不愿意雇人在家里为我工作的。就是乳母，我也不愿意雇一个来乳育阿懽。我不信男子就不会养育婴孩，所以每日要亲自尝试些乳育的工夫。"承懽问："爸爸，当时你有奶子给我喝吗？"关怀说："我只用牛乳喂你。然而男子有时也可以生出乳汁的。……阿欢，我从前不曾对你说过孟景休的事么？"承欢说："是，他是一个孝子，因为母亲死掉，留下一个幼弟，他要自己做乳育工夫，果然有乳浆从他的乳房溢出来。"关怀笑说："我当时若不是一个书呆子，就是这事一定要孝子才办得到，贞夫是不许做的。我每每抱着阿懽，让她啜我的乳头，看看能够溢出乳浆不能，但试来试去，都不成功。养育的工夫虽然是苦，我却以为这是父母二人应当共同去做的事情，不该让为母的独自担任这番劳苦。"

承欢说："可是这事要女人去做才合宜。"

"是的。自从你妈妈没了以后，别样事体倒不甚棘手，对于你所穿的衣服总觉得肮脏和破裂得非常的快。我自己也不会做针黹，整天要为你求别人缝补。这几乎又要把我所不求人的理想推翻了！当时有些邻人劝我为你们续娶一个……"

承欢说："我们有一位后娘倒好。"

那老人家瞪着眼，口里尽力地吸着雪茄，少停，他的声音就和青烟一齐冒出来。他郑重地说："什么？一个人能像禽兽一样，只有生前的恩爱，没有死后的情愫吗？"

从他口里吐出来的青烟早已触得承懽康康地咳嗽起来。她断续地说："爸爸的口直像王家那个破灶，闷得人家的眼睛和喉咙都不爽快。"关怀拍着她的背说："你真会用比方！……这是从外洋带回来的习惯，不吸它也罢，你就拿去搁在烟盂里罢。"承懽拿着那枝雪茄，忽像想起什么事似的，她定到屋里把所捡的树叶拿出来，对父亲说："爸爸吸这一枝罢，这比方才那枝好得多。"她父亲笑着把叶子接过去，仍教承懽坐在膝上，眼睛望着承欢说："阿欢，你以再婚为是么？"他的女儿自然不能回答，也不敢回答这重要的问题。她只嘿嘿地望着父亲两只灵活的眼睛，好像要听那两点微光的回答一样。那回答的声音果如从父亲的眼光中发出来——他凝神瞧着承欢说："我想你也不以为然。一个女人再醮，若是人家要轻看她，一个男子续娶，难道就不应当受轻视吗？所以当时凡有劝我续弦的，都被我拒绝了。我想你们没有母亲虽是可哀，然而有一个后娘更是不幸的。"

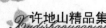

门前的海潮音，后园的蟋蟀声，加上檐牙的铁马和树上的夜啼鸟，这几种声音直像强盗一样，要从门缝窗隙间闯进来捣乱他们的夜谈。那两个女孩子虽不理会，关怀的心却被它

们抢掠去了。他的眼睛注视着窗外那似树如山的黑影。耳中听着那钟铮铮铛铛、嘶嘶嗦嗦、汩汩稳稳的杂响，口里说："我一听见铁马的音响，就回想到你妈妈做新娘时，在洞房里走着，那脚钏铃铛的声音。那声音虽有大小的分别，风味却差不多。"

他把射到窗外的目光移到承欢身上，说："你妈妈姓山，所以我在日间或夜间偶然瞧见尖锥形的东西就想着山，就想着她。在我心目中的感觉，她实在没死，不过是怕遇见更大的羞耻，所以躲藏着，但在人静的时候，她仍是和我在一处的。她来的时候，也去瞧你们，也和你们谈话，只是你们都像不大认识她一样，有时还不瞅睬她。"承懽说："妈妈一定是在我们睡熟时候来的，若是我醒时，断没有不瞅睬她的道理。"那老人家抚着这幼女的背说："是的。你妈妈常夸奖你，说你聪明，喜欢和她谈话，不像你姊姊越大就越发和她生疏起来。"承欢知道这话是父亲造出来教妹妹喜欢的，所以她笑着说："我心里何尝不时刻惦念着妈妈呢？但她一来到，我怎么就不知道，这真是怪事！"

关怀对着承欢说："你和你妈妈离别时年纪还小，也许记不清她的模样，可是你须知道，不论要认识什么物体都不能以外貌为准的，何况人面是最容易变化的呢？你要认识一个人，就得在他的声音、容貌之外找寻，这形体不过是生命中极短促的一段罢了。树木在春天发出花叶，夏天结了果子，一到秋冬，花、叶、果子多半失掉了，但是你能说没有花、叶的就不是树木么？池中的蝌蚪，渐渐长大成长一只蛤蟆，你能说蝌蚪不是小蛤蟆么？无情的东西变得慢，有情的东西变得快。故此，我常以你妈妈的坟墓为她的变化身，我觉得她的身体已经比我长得大，比我长得坚强，她的声音，她的容貌，是遍一切处的。我到她的坟上，不是盼望她那卧在土中的肉身从墓碑上挺起来，我瞧她的身体就是那个坟墓，我对着那墓碑就和在这屋对你们说话一样。"

承懽说："哦，原来妈妈不是死，是变化了。爸爸，你那么爱妈妈，但她在这变化的时节，也知道你是疼爱她的么？"

"她一定知道的。"

承懽说："我每到爸爸屋里，对着妈妈的遗像叫唤、抚摩，有时还敲打她几下。爸爸，若是那像真是妈妈，她肯让我这样抚摩和敲打么？她也能疼爱我，像你疼我一样么？"

关怀回答说："一定很喜欢。你妈妈连我这么高大，她还十分疼爱，何况你是一个聪明伶俐的小孩子！妈妈的疼爱比爸爸大得多。你睡觉的时候，爸爸只能给你垫枕、盖被；若是妈妈，一定要将她那只滑腻而温暖的手臂给你枕着，还要搂着你，教你不惊不慌地安睡在她怀里。你吃饭的时候，爸爸只能给你预备小碗、小盘；若是妈妈，一定要把她那软和而常摇动的膝头给你做凳子，还要亲手递好吃的东西到你口里。你所穿的衣服，爸爸只能为你买些时式的和贵重的；若是妈妈，一定要常常给你换新样式，她要亲自剪裁，亲自刺绣，要用最好看的颜色——就是你最喜欢的颜色——给你做上。妈妈的疼爱实在比爸爸的大得多！"

承懽坐在父亲膝上，一听完这段话，她的身体的跳荡好像骑在马上一样。她一面摇着身子，一面拍着自己两只小腿，说："真的吗？她为何不对我这样做呢？爸爸，快叫妈妈从坟里出来罢。何必为着这蒙羞的土地就藏起来，不教她亲爱的女儿和她相会呢？从前我以为妈妈的脾气老是那个样子：两只眼睛瞧着人，许久也不转一下；和她说话也不答应；要送东

西给她，她两只手又不知道往哪里去，也不会伸出来接一接，所以我想她一定是不懂人情的。现在我就知道她不是无知的。爸爸，你为我到坟里把妈妈请出来罢，不然，你就把前头那扇石门挪开，让我进去找她。爸爸曾说她在晚间常来，待一会，她会来么？”

关怀把她亲了一下，说：“好孩子，你方才不是说你曾叫过她？摸过她，有时还敲打她么？她现在已经变成那个样子了，纵使你到坟墓里去找她也是找不着的。她常在我屋里，常在那里（他指着屋角那石像），常在你心里，常在你姊姊心里，常在我心里。你和她说话或送东西给她时，她虽像不理你，其实她疼爱你，已经领受你的敬意。你若常常到她面前，用你的孝心、你的诚意供献给她，日子久了，她心喜欢让你见着她的容貌。她要用妩媚的眼睛瞧着你，要开口对你发言，她那坚硬而白的皮肤要化为柔软娇嫩，好像你的身体一样。待一会，她一定来，可是不让你瞧见她，因为她先要瞧瞧你对于她的爱心怎样，然后叫你瞧见她。”

承欢也随着对妹妹证明说：“是，我像你那么大的时候，也很愿意见妈妈一面。后来我照着爸爸的话去做，果然妈妈从石像座儿走下来，搂着我和我谈话，好像现在爸爸搂着你和你谈话一样。”

承懽把右手的食指含在口里，一双伶俐的小眼射在地上，不歇地转动，好像了悟什么事体，还有所发明似的。她抬头对父亲说：“哦，爸爸，我明白了。以后我一定要格外地尊敬妈妈那座造像，盼望她也能下来和我谈话。爸爸，比如我用尽我的孝敬心来服侍她，她准能知道么？”

“她一定知道的。”

“那么，方才所捡那些叶子，若是我好好地把它们藏起来，一心供养着，将来它们一定也会变成活的海星、瓦楞子或翻车鱼了。”关怀听了，莫名其妙。承欢就说：“方才妹妹捡了一大堆的干叶子，内中有些像鱼的，有些像螺贝的，她问的是那些东西。”关怀说：“哦，也许会，也许会。”承懽要立刻跳下来，把那些叶子搬来给父亲瞧，但她的父亲说：“你先别拿出来，明天我才教给你保存它们的方法。”

关怀生怕他的爱女晚间说话过度，在睡眠时作梦，就劝承懽说：“你该去睡觉啦。我和你到屋里去罢。明早起来，我再给你说些好听的故事。”承懽说：“不，我不。爸爸还没有说完呢，我要听完了才睡。”关怀说：“妈妈的事长着呢，若是要说，一年也说不完，明天晚上再接下去说罢。”那小女孩于是从父亲膝上跳下来，拉着父亲的手，说：“我先要到爸爸屋里瞧瞧那个妈妈。”关怀就和她进去。

他把女儿安顿好，等她睡熟，才回到自己屋里。他把外衣脱下，手里拿着那个叆叇囊，和腰间的玉佩，把玩得不忍撒手，料想那些东西一定和他的亡妻关山恒媚很有关系。他们的恩爱公案必定要在临睡前复讯一次。他走到石像前，不歇用手去摩弄那坚实而无知的物体，且说：“多谢你为我留下这两个女孩，教我的晚景不至过于惨淡。不晓得我这残年要到什么时候才可以过去，速速地和你同住在一处。唉！你的女儿是不忍离开我的，要她们成人，总得在我们再会之后。我现在正浸在父亲的情爱中，实在难以解决要怎样经过这衰弱的残年，你能为我和从你身体分化出来的女儿们打算么？”

他静静地站在那里，好像很注意听着那石像的回答。可是那用手造的东西怎样发出她的意思，我们的耳根太钝，实在不能听出什么话来。

他站了许久，回头瞧见承欢还在北边的厅里编织花篮，两只手不停地动来动去，口里还低唱着她的工夫歌。他从窗门对女儿说：“我儿，时候不早了，明天再编罢。今晚上妹妹话说得过多，恐怕不能好好地睡，你得留神一点。”承欢答应一声，就把那个未做成的篮子搁起来，把那盏小油灯拿着到自己屋里去了。

灯光被承欢带去以后，满屋都被黑暗充塞着。秋萤一只两只地飞入关怀的卧房，有时歇在石像上头。那光的闪烁，可使关山恒媚的脸对着她的爱者发出一度一度的流盼和微笑。但是从外边来的，还有汩稳的海潮音，嘶嗦的蟋蟀声，铮铛的铁马响，那可以说是关山恒媚为这位老鳏夫唱的催眠歌曲。

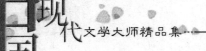

海世间

我们的人间只有在想象或淡梦中能够实现罢了。一离了人造的上海社会，心里便想到此后我们要脱离等等社会律的桎梏，来享受那乐行忧违的潜龙生活；谁知道一上船，那人造人间所存的受、想、行、识，都跟着我们入了这自然的海洋！这些东西，比我们的行李还多，把这一万二千吨的小船压得两边摇荡。同行的人也知道船载得过重，要想一个好方法，教它的负担减轻一点；但谁能有出众的慧思呢？想来想去，只有吐些出来，此外更无何等妙计。

这方法虽是很平常，然而船却轻省得多了。这船原是要到新世界去的哟，可是新世界未必就是自然的人间。在水程中，虽然把衣服脱掉了，跳入海里去学大鱼的游泳，也未必是自然。要是闭眼闷坐着，还可以有一点勉强的自在。

船离陆地远了，一切远山疏树尽化行云。割不断的轻烟，缕缕丝丝从烟筒里舒放出来，慢慢地往后延展。故国里，想是有人把这烟揪住罢。不然就是我们之中有些人的离情凝结了，乘着轻烟家去。

呀！他的魂也随着轻烟飞去了！轻烟载不起他，把他摔下来。堕落的人连浪花也要欺负他，将那如弹的水珠一颗颗射在他身上。他几度随着波涛浮沉，气力有点不足，眼看要沉没了，幸而得文鳐的哀怜，展开了帆鳍搭救他。

文鳐说："你这人太笨了，热火燃尽的冷灰，岂能载得你这焰红的情怀？我知道你们船中定有许多多情的人儿，动了乡思。我们一队队跟船走又飞又泳，指望能为你们服劳，不料你们反拍着掌笑我们，驱逐我们。"

他说："你的话我们怎能懂得呢？人造的人间的人，只能懂得人造的语言罢了。"

文鳐摇着他口边那两根短须，装作很老成的样子，说："是谁给你分别的，什么叫人造人间，什么叫自然人间？只有你心里妄生差别便了。我们只有海世间和陆世间的分别，陆世间想你是经历惯的；至于海世间，你只能从想象中理会一点。你们想海里也有女神，五官六感都和你们一样，戴的什么珊瑚、珠贝，披的什么鲛纱、昆布。其实这些东西，在我们这里并非希奇难得的宝贝。而且一说人的形态便不是神了。我们没有什么神，只有这蔚蓝的盐水是我们生命的根源。可是我们生命所从出的水，于你们反有害处。海水能夺去你们的生命。若说海里有神，你应当崇拜水，毋需再造其他的偶像。"

他听得呆了，双手扶着文鳐的帆鳍，请求他领他到海世间去。文鳐笑了，说："我明说水中你是生活不得的，你不怕丢了你的生命么？"

他说："下去一分时间，想是无妨的。我常想着海神的清洁、温柔、娴雅等等美德；又想着海底的花园有许多我不曾见过的生物和景色，恨不得有人领我下去一游。"

文鳐说："没有什么，没有什么，不过是咸而冷的水罢了；海的美丽就是这么简单——冷而咸。你一眼就可以望见了。何必我领你呢？凡美丽的事物，都是这么简单的。你要求它多么繁复、热烈，那就不对了。海世间的生活，你是受不惯的，不如送你回船上去罢。"

那鱼一振鳍，早离了波阜，飞到舷边。他还舍不得回到这真是人造的陆世界来，眼巴巴只怅望着天涯，不信海就是方才所听情况。从他想象里，试要构造些海底世界的光景。他的海中景物真个实现在他梦想中了。

1923 年 11 月

海角的孤星

一走近舷边看浪花怒放的时候，便想起我有一个朋友曾从这样的花丛中隐藏他的形骸。这个印象，就是到世界的末日，我也忘不掉。

这桩事情离现在已经十年了。然而他在我的记忆里却不像那么久远。他是和我一同出海的。新婚的妻子和他同行，他很穷，自己买不起头等舱位。但因新人不惯行旅的缘故，他乐意把平生的蓄积尽量地倾泻出来，为他妻子定了一间头等舱。他在那头等船票的佣人格上填了自己的名字，为的要省些资财。

他在船上哪里像个新郎，简直是妻的奴隶！旁人的议论，他总是不理会的。他没有什么朋友，也不愿意在船上认识什么朋友，因为他觉得同舟中只有一个人配和他说话。这冷僻的情形，凡是带着妻子出门的人都是如此，何况他是个新婚者？

船向着赤道走，他们的热爱，也随着增长了。东方人的恋爱本带着几分爆发性，纵然遇着冷气，也不容易收缩。他们要去的地方是槟榔屿附近一个新辟的小埠。下了海船，改乘小舟进去，小河边满是椰子、棕枣和树胶林。轻舟载着一对新人在这神秘的绿阴底下经过，赤道下的阳光又送了他们许多热情、热觉、热血汗。他们更觉得身外无人。

他对新娘说："这样深茂的林中，正合我们幸运的居处。我愿意和你永远住在这里。"

新娘说："这绿得不见天日的林中，只作浪人的坟墓罢了……"

他赶快截住说："你老是要说不吉利的话！然而在新婚期间，所有不吉利的语言都要变成吉利的。你没念过书，哪里知道这林中的树木所代表的意思。书里说：'椰子是得子息的徽识树'，因为椰子就是'迓子'。棕枣是表明爱与和平。树胶要把我们的身体黏得非常牢固，至于分不开。你看我们在这林中，好像双星悬在鸿濛的穹苍下一般。双星有时被雷电吓得躲藏起来，而我们常要闻见许多歌禽的妙音和无量野花的香味。算来我们比双星还快活多了。"

新娘笑说："你们念书人的能干只会在女人面前搬唇弄舌罢。好听极了！听你的话语，也可以不用那发妙音的鸟儿了。有了别的声音，倒嫌噪杂咧！……可是，我的人哪，设使我一旦死掉，你要怎办呢？"

这一问，真个是平地起雷咧！但不晓得新婚的人何以常要发出这样的问？不错的，死的恐怖，本是和快乐的愿望一齐来的呀。他的眉不由得不皱起来了，酸楚的心却拥出一副笑脸说："那么，我也可以做个孤星。"

"咦，恐怕孤不了罢。"

"那么，我随着你去，如何？"他不忍看着他的新娘，掉头出去向着流水，两行热泪滴下来，正和船头激成的水珠结合起来。新娘见他如此，自然要后悔，但也不能对她丈夫忏悔，因为这种悲哀的霉菌，众生都曾由母亲的胎里传染下来，谁也没法医治的。她只能说："得啦，又伤心什么？你不是说我们在这时间里，凡有不吉利的话语，都是吉利的么？你何不当作一种吉利话听？"她笑着，举起丈夫的手，用他的袖口，帮助他擦眼泪。

他急得把妻子的手摔开说："我自己会擦。我的悲哀不是你所能擦，更不是你用我的手所能灭掉的，你容我哭一会罢。我自己知道很穷，将要养不起你，所以你……"

妻子忙杀了，急掩着他的口说："你又来了。谁有这样的心思？你要哭，哭你的，不许再往下说了。"

这对相对无言的新夫妇，在沉默中，随着流水湾行，一直驶入林荫深处。自然他们此后定要享受些安泰的生活。然而在那邮件难通的林中，我们何从知道他们的光景？

三年的工夫，一点消息也没有！我以为他们已在林中做了人外的人，也就渐渐把他们忘了。这时，我的旅期已到，买舟从槟榔屿回来。在二等舱上，我遇见一位很熟的旅客。我左右思量，总想不起他的名姓，幸而他还认识我，他一见我便叫我说："落君，我又和你同船回国了！你还记得我吗？我想我病得这样难看，你决不能想起我是谁。"他说我想不起，我倒想起来了。

我很惊讶，因为他实在是病得很利害了。我看见他妻子不在身边，只有一个咿哑学舌的小婴孩躺在床上。不用问，也可断定那是他的子息。

他倒把别来的情形给我说了。他说："自从我们到那里，她就病起来。第二年，她生下这个女孩，就病得更厉害了。唉，幸运只许你空想的！你看她没有和我一同回来，就知道我现在确是成为孤星了。"

我看他憔悴的病容。委实不敢往下动问，但他好像很有精神，愿意把一切的情节都说给我听似的。他说话时，小孩子老不容他畅快地说。没有母亲的孩子，格外爱哭，他又不得不抚慰她。因此，我也不愿意扰他，只说："另日你精神清爽的时候，我再来和你谈罢。"我说完，就走出来。

那晚上，经过马来海峡，船震荡得很。满船的人，多犯了"海病"。第二天，浪平了。我见管舱的侍者，手忙脚乱地拿着一个麻袋，往他的舱里进去。一问，才知道他已经死了，侍者把他的尸洗净，用细台布裹好，拿了些废铁，几块煤炭，一同放入袋里，缝起来。他的小女儿还不知这是怎么一回事，只咿哑地说了一两句不相干的话。她会叫"爸爸"、"我要你抱"、"我要那个"等等简单的话。在这时，人们也没工夫理会她、调戏她了，她只独自说自己的。

黄昏一到，他的丧礼，也要预备举行了。侍者把麻袋拿到船后的舷边。烧了些楷钱，口中不晓得念了些什么，念完就把麻袋推入水里。那时船的推进机停了一会，隆隆之声一时也静默了。船中知道这事的人都远远站着看，虽和他没有什么情谊，然而在那时候却不免起敬的。这不是从友谊来的恭敬，本是非常难得，他竟然承受了！

他的海葬礼行过以后，就有许多人谈到他生平的历史和境遇。我也钻入队里去听人家怎样说他。有些人说他妻子怎样好，怎样可爱。他的病完全是因为他妻子的死，积哀所致底。照他的话，他妻子葬在万绿丛中，他却葬在不可测量的碧晶岩里了。

旁边有个印度人，捻着他那一大缕红胡子，笑着说："女人就是悲哀的萌蘖，谁叫他如此？我们要避掉悲哀，非先避掉女人的纠缠不可。我们常要把小女儿献给（歹壳）迦河神，一来可以得着神惠，二来省得她长大了，又成为一个使人悲哀的恶魔。"

我摇头说："这只有你们印度人办得到罢了。我们可不愿意这样办。诚然，女人是悲哀的萌蘖，可是我们宁愿悲哀和她同来，也不能不要她。我们宁愿她嫁了才死，虽然使她丈夫悲哀至于死亡，也是好的。要知道丧妻的悲哀是极神圣的悲哀。"

日落了，蔚蓝的天多半被淡薄的晚云涂成灰白色。在云缝中，隐约露出一两颗星星。金星从东边的海涯升起来，由薄云里射出它的光辉。小女孩还和平时一样，不懂得什么是可悲的事。她只顾抱住一个客人的腿，绵软的小手指着空外的金星，说："星！我要那个！"她那副嬉笑的面庞，迥不像个孤儿。

枯杨生花

秒，分，年月，
是用机械算的时间。
白头，绉皮，
是时间栽培的肉身。
谁曾见过心生白发？
起了皱纹？
心花无时不开放，
虽寄在愁病身、老死身中，
也不减他的辉光。
那么，谁说枯杨生花不久长？
“身不过是粪土”，
是栽培心花的粪土。
污秽的土能养美丽的花朵，
所以老死的身能结长寿的心果。

在这渔村里，人人都是惯于海上生活的。就是女人们有时也能和她们的男子出海打鱼，一同在那漂荡的浮屋过日子。但住在村里，还有许多愿意和她们的男子过这样危险生活也不能的女子们。因为她们的男子都是去国的旅客，许久许久才随着海燕一度归来，不到几个月又转回去了。可羡燕子的归来都是成双的；而背离乡井的旅人，除了他们的行李以外，往往还还，终是非常孤零。

小港里，榕荫深处，那家姓金的，住着一个老婆子云姑和她的媳妇。她的儿子是个远道的旅人，已经许久没有消息了。年月不歇地奔流，使云姑和她媳妇的身心满了烦闷，苦恼，好像溪边的岩石，一方面被这时间的水冲刷了她们外表的光辉，一方面又从上流带了许多垢秽来停滞在她们身边。这两位忧郁的女人，为她们的男子不晓得费了许多无用的希望和探求。

这村，人烟不甚稠密，生活也很相同，所以测验命运的瞎先生很不轻易来到。老婆子一听见"报君知"的声音,没一次不赶快出来候着,要问行人的气运。她心里的想念比媳妇还切。这缘故,除非自己说出来,外人是难以知道的。每次来,都是这位瞎先生;每回的卦,都是平安、吉利。所短的只是时运来到。

那天,瞎先生又敲着他的报君知来了。老婆子早在门前等候。瞎先生是惯在这家测算的,一到,便问:"云姑,今天还问行人么?"

"他一天不回来,终是要烦你的。不过我很思疑你的占法有点不灵验。这么些年,你总是说我们能够会面,可是现在连书信的影儿也没有了。你最好就是把小钲给了我,去干别的营生罢。你这不灵验的先生!"

瞎先生陪笑说:"哈哈,云姑又和我闹玩笑了。你儿子的时运就是这样,——好的要等着;坏的……"

"坏的怎样?"

"坏的立刻验。你的卦既是好的,就得等着。纵然把我的小钲摔破了也不能教他的好运早进一步的。我告诉你,若要相见,倒用不着什么时运,只要你肯去找他就可以,你不是去过好几次了么。"

"若去找他,自然能够相见,何用你说?啐!"

"因为你心急,所以我又提醒你,我想你还是走一趟好。今天你也不要我算了。你到那里,若见不着他,回来再把我的小钲取去也不迟。那时我也要承认我的占法不灵,不配干这营生了。"

瞎先生这一番话虽然带着搭赸的意味,可把云姑远行寻子的念头提醒了。她说:"好罢,过一两个月再没有消息,我一定要去走一遭。你且候着,若再找不着他,提防我摔碎你的小钲。"

瞎先生连声说:"不至于,不至于。"扶起他的竹杖,顺着池边走。报君知的声音渐渐地响到榕荫不到的地方。

一个月，一个月，又很快地过去了。云姑见他老没消息，径同着媳妇从乡间来。路上的风波，不用说，是受够了。老婆子从前是来过三两次的，所以很明白往儿子家里要望那方前进。前度曾来的门墙依然映入云姑的瞳子。她觉得今番的颜色比前辉煌得多。眼中的瞳子好像对她说："你看儿子发财了！"

她早就疑心儿子发了财，不顾母亲，一触这鲜艳的光景，就带着呵责对媳妇说："你每用话替他粉饰，现在可给你亲眼看见了。"她见大门虚掩，顺手推开，也不打听，就望里迈步。

媳妇说："这怕是别人的住家，娘敢是走错了。"

她索性拉着媳妇的手，回答说："哪会走错？我是来过好几次的。"媳妇才不做声，随着她走进去。

嫣媚的花草各立定在门内的小园，向着这两个村婆装腔、作势。路边两行千心妓女从大门达到堂前，翦得齐齐地。媳妇从不曾见过这生命的扶槛，一面走着，一面用手在上头捋来捋去。云姑说："小奴才，很会享福呀！怎么从前一片瓦砾场，今儿能长出这般烂漫的花草？你看这奴才又为他自己化了多少钱。他总不想他娘的田产，都是为他念书用完的。念了十几二十年书，还不会剩钱；刚会剩钱，又想自己花了。哼！"

说话间，已到了堂前。正中那幅拟南田的花卉仍然挂在壁上。媳妇认得那是家里带来的，越发安心坐定。云姑只管望里面探望，望来望去，总不见儿子的影儿。她急得嚷道："谁在里头？我来了大半天，怎么没有半个人影儿出来接应？"这声浪拥出一个小厮来。

"你们要找谁？"

老妇人很气地说："我要找谁！难道我来了，你还装做不认识么？快请你主人出来。"

小厮看见老婆子生气，很不好惹，遂恭恭敬敬地说："老太太敢是大人的亲眷？"

"什么大人？在他娘面前也要排这样的臭架。"这小厮很诧异，因为他主人的母亲就住在楼上，哪里又来了这位母亲。他说："老太太莫不是我家萧大人的……"

"什么萧大人？我儿子是金大人。"

"也许是老太太走错门了。我家主人并不姓金。"

她和小厮一句来，一句去，说的怎么是，怎么不是——闹了一阵还分辨不清。闹得里面又跑出一个人来。这个人却认得她，一见便说："老太太好呀！"她见是儿子成仁的厨子，就对他说："老宋你还在这里。你听那可恶的小厮硬说他家主人不姓金，难道我的儿子改了姓不成？"

厨子说："老太太哪里知道？少爷自去年年头就不在这里住了。这里的东西都是他卖给人的。我也许久不吃他的饭了。现在这家是姓萧的。"

成仁在这里原有一条谋生的道路，不提防年来光景变迁，弄得他朝暖不保夕寒，有时两三天才见得一点炊烟从屋角冒上来。这样生活既然活不下去，又不好坦白地告诉家人。他只得把房子交回东主，一切家私能变卖的也都变卖了。云姑当时听见厨子所说，便问他现在的住址。厨子说："一年多没见金少爷了，我实在不知道他现在在哪里。我记得他对我说过要到别的地方去。"

厨子送了她们二人出来，还给她们指点道途。走不远，她们也就没有主意了。媳妇含泪低声地自问:“我们现在要往哪里去?”但神经过敏的老婆子以为媳妇奚落她,便使气说:“往去处去!”媳妇不敢再做声,只默默地扶着她走。

这两个村婆从这条街走到那条街,亲人既找不着,道途又不熟悉,各人提着一个小包袱,在街上只是来往地踱。老人家走到极疲乏的时候,才对媳妇说道:“我们先找一家客店住下罢。可是……店在哪里,我也不熟悉。”

“那怎么办呢?”

她们俩站在街心商量,可巧一辆摩托车从前面慢慢地驶来。因着警号的声音,使她们靠里走,且注意那坐在车上的人物。云姑不看则已,一看便呆了大半天。媳妇也是如此,可惜那车不等她们嚷出来,已直驶过去了。

“方才在车上的,岂不是你的丈夫成仁?怎么你这样呆头呆脑,也不会叫他的车停一会?”

“呀,我实在看呆了!……但我怎好意思在街上随便叫人?”

“哼!你不叫,看你今晚上往哪里住去。”

自从那摩托车过去以后,她们心里各自怀着一个意思。做母亲的想她的儿子在此地享福,不顾她,教人瞒着她说他穷。做媳妇的以为丈夫是另娶城市的美妇人,不要她那样的村婆了,所以她暗地也埋怨自己的命运。

前后无尽的道路,真不是容人想念或埋怨的地方呀。她们俩,无论如何,总得找个住宿的所在;眼看太阳快要平西,若还犹豫,便要露宿了。在她们心绪紊乱中,一个巡捕弄着手里的大黑棍子,撮起嘴唇,优悠地吹着些很鄙俗的歌调走过来。他看见这两个妇人,形迹异常,就向前盘问。巡捕知道她们是要找客店的旅人,就遥指着远处一所栈房说:“那间就是客店。”她们也不能再走,只得听人指点。

她们以为大城里的道路也和村庄一样简单,人人每天都是走着一样的路程。所以第二天早晨,老婆子顾不得梳洗,便跑到昨天她们与摩托车相遇的街上。她又不大认得道,好容易才给她找着了。站了大半天,虽有许多摩托车从她面前经过,然而她心意中的儿子老不在各辆车上坐着。她站了一会,再等一会,巡捕当然又要上来盘问。她指手画脚,尽力形容,大半天巡捕还不明白她说的是什么意思。巡捕只好教她走;劝她不要在人马扰攘的街心站着。她沉吟了半晌。才一步一步地踱回店里。

媳妇挨在门框旁边也盼望许久了。她热望着婆婆给她好消息来,故也不歇地望着街心。从早晨到晌午,总没离开大门,等她看见云姑还是独自回来,她的双眼早就嵌上一层玻璃罩子。这样的失望并不希奇,我们在每日生活中有时也是如此。

云姑进门,坐下,喘了几分钟,也不说话,只是摇头。许久才说:“无论如何,我总得把他找着。可恨的是人一发达就把家忘了,我非得把他找来清算不可。”媳妇虽是伤心,还得挣扎着安慰别人。她说:“我们至终要找着他。但每日在街上候着,也不是个办法,不如雇人到处打听去更妥当。”婆婆动怒了,说:“你有钱,你雇人打听去。”静了一会,婆婆又说:“反正那条路我是认得的,明天我还得到那里候着。前天我们是黄昏时节遇着他的,若是晚半天去,就能遇得着。”媳妇说:“不如我去。我健壮一点,可以多站一会。”婆婆摇头回答:“不成,

不成。这里人心极坏，年轻的妇女少出去一些为是。”媳妇很失望，低声自说：“那天呵责我不拦车叫人，现在又不许人去。”云姑翻起脸来说：“又和你娘拌嘴了。这是什么时候？”媳妇不敢再做声了。

当下她们说了些找寻的方法。但云姑是非常固执的，她非得自己每天站在路旁等候不可。

老妇人天天在路边候着，总不见从前那辆摩托车经过。倏忽的光阴已过了一个月有余，看来在店里住着是支持不住了。她想先回到村里，往后再作计较。媳妇又不大愿意快走，争奈婆婆的性子，做什么事都如箭在弦上，发出的多，挽回的少；她的话虽在喉头，也得从容地再吞下去。

她们下船了。舷边一间小舱就是她们的住处。船开不久，浪花已顺着风势频频地打击圆窗。船身又来回簸荡，把她们都荡晕了。第二晚，在眠梦中，忽然“花拉”一声，船面随着起一阵恐怖的呼号。媳妇忙挣扎起来，开门一看，已见客人拥挤着，窜来窜去，好像老鼠入了吊笼一样。媳妇忙退回舱里，摇醒婆婆说：“阿娘，快出去罢！”老婆子忙爬起来，紧拉着媳妇望外就跑。但船上的人你挤我，我挤你；船板又湿又滑；恶风怒涛又不稍减；所以搭客因摔倒而滚入海的很多。她们二人出来时，也摔了一交；婆婆一撒手，媳妇不晓得又被人挤到什么地方去了。云姑被一个青年人扶起来，就紧揪住一条桅索，再也不敢动一动。她在那里只高声呼唤媳妇，但在那时，不要说千呼万唤，就是雷音狮吼也不中用。

天明了，可幸船还没沉，只搁在一块大礁石上，后半截完全泡在水里。在船上一部分人因为慌张拥挤的缘故，反比船身沉没得快。云姑走来走去，怎也找不着她媳妇。其实夜间不晓得丢了多少人，正不止她媳妇一个。她哭得死去活来，也没人来劝慰。那时节谁也有悲伤，哀哭并非希奇难遇的事。

船搁在礁石上好几天，风浪也渐渐平复了。船上死剩的人都引领盼顾，希望有船只经过，好救度他们。希望有时也可以实现的，看天涯一缕黑烟越来越近，云姑也忘了她的悲哀，随着众人呐喊起来。

云姑随众人上了那只船以后，她又想念起媳妇来了。无知的人在平安时的回忆总是这样。她知道这船是向着来处走，并不是往去处去的，于是她的心绪更乱。前几天因为到无可奈何的时候才离开那城，现在又要折回去，她一想起来，更不能制止泪珠的乱坠。

现在船中只有她是悲哀的。客人中，很有几个走来安慰她，其中一位朱老先生更是殷勤。他问了云姑一席话，很怜悯她，教她上岸后就在自己家里歇息，慢慢地寻找她的儿子。

慈善事业只合淡泊的老人家来办的，年少的人办这事，多是为自己的愉快，或是为人间的名誉恭敬。朱老先生很诚恳地带着老婆子回到家中，见了妻子，把情由说了一番。妻子也很仁惠，忙给她安排屋子，凡生活上一切的供养都为她预备了。

朱老先生用尽方法替她找儿子，总是没有消息。云姑觉得住在别人家里有点不好意思。但现在她又回去不成了。一个老妇人，怎样营独立的生活！从前还有一个媳妇将养她，现在媳妇也没有了。晚景朦胧，的确可怕、可伤。她青年时又很要强、很独断，不肯依赖人，可是现在老了。两位老主人也乐得她住在家里，故多用方法使她不想。

人生总有多少难言之隐，而老年的人更甚。她虽不惯居住城市，而心常在城市。她想到城市来见见她儿子的面是她生活中最要紧的事体。这缘故，不说她媳妇不知道，连她儿子也不知道。她隐秘这事，似乎比什么事都严密。流离的人既不能满足外面的生活，而内心的隐情又时时如毒蛇围绕着她。老人的心还和青年人一样，不是离死境不远的。她被思维的毒蛇咬伤了。

朱老先生对于道旁人都是一样爱惜，自然给她张罗医药，但世间还没有药能够医治想病。他没有法子，只求云姑把心事说出，或者能得一点医治的把握。女人有话总不轻易说出来的。她知道说出来未必有益，至终不肯吐露丝毫。

一天，一天，很容易过，急他人之急的朱老先生也急得一天厉害过一天。还是朱老太太聪明，把老先生提醒了说："你不是说她从沧海来的呢？四妹夫也是沧海姓金的，也许他们是同族，怎不向他打听一下？"

老先生说："据你四妹夫说沧海全村都是姓金的，而且出门的很多，未必他们就是近亲；若是远族，那又有什么用处？我也曾问过她认识思敬不认识，她说村里并没有这个人。思敬在此地四十多年，总没回去过；在理，他也未必认识她。"

老太太说："女人要记男子的名字是很难的。在村里叫的都是什么'牛哥'、'猪郎'，一出来，把名字改了，叫人怎能认得？女人的名字在男子心中总好记一点，若是沧海不大，四妹夫不能不认识她。看她现在也六十多岁了；在四妹夫来时，她至少也在二十五六岁左右。你说是不是？不如你试到他那里打听一下。"

他们商量妥当，要到思敬那里去打听这老妇人的来历。思敬与朱老先生虽是连襟，却很少往来。因为朱老太太的四妹很早死，只留下一个儿子砺生。亲戚家中既没有女人，除年节的遗赠以外，是不常往来的。思敬的心情很坦荡，有时也诙谐，自妻死后，便将事业交给那年轻的儿子，自己在市外盖了一所别庄，名做沧海小浪仙馆，在那里已经住过十四五年了。白手起家的人，像他这样知足，会享清福的很少。

小浪仙馆是藏在万竹参差里。一湾流水围绕林外，俨然是个小洲，需过小桥方能达到馆里。朱老先生顺着小桥过去。小林中养着三四只鹿，看见人在道上走，都抢着跑来。深秋的昆虫，在竹林里也不少，所以这小浪仙馆都满了虫声、鹿迹。朱老先生不常来，一见这所好园林，就和拜见了主人一样。在那里盘桓了多时。

思敬的别庄并非金碧辉煌的高楼大厦，只是几间覆茅的小屋。屋里也没有什么希世的珍宝，只是几架破书，几卷残画。老先生进来时，精神怡悦的思敬已笑着出来迎接。

“襟兄少会呀！你在城市总不轻易到来，今日是什么兴头使你老人家光临？”

朱老先生说：“自然，‘没事就不登三宝殿’，我来特要向你打听一件事。但是你在这里很久没回去，不一定就能知道。”

思敬问：“是我家乡的事么？”

“是，我总没告诉你我这夏天从香港回来，我们的船在水程上救济了几十个人。”

“我已知道了，因为砺生告诉我。我还教他到府上请安去。”

老先生诧异说：“但是砺生不曾到我那里。”

“他一向就没去请安么？这孩子越学越不懂事了！”

“不，他是很忙的，不要怪他。我要给你说一件事：我在船上带了一个老婆子。……”

诙谐的思敬狂笑，拦着说：“想不到你老人家的心总不会老！”

老先生也笑了说：“你还没听我说完哪。这老婆子已六十多岁了，她是为找儿子来的。不幸找不着，带着媳妇要回去。风浪把船打破，连她的媳妇也打丢了。我见她很零丁，就带她回家里暂住。她自己说是从沧海来的。这几个月中，我们夫妇为她很担心，想她自己一个人再去又没依靠的人；在这里，又找不着儿子，自己也急出病来了。问她的家世，她总说得含含糊糊，所以特地来请教。”

“我又不是沧海的乡正，不一定就能认识她。但六十左右的人，多少我还认识几个。她叫什么名字？”

"她叫做云姑。"

思敬注意起来了。他问:"是嫁给日腾的云姑么？我认得一位日腾嫂小名叫云姑,但她不致有个儿子到这里来,使我不知道。"

"她一向就没说起她是日腾嫂,但她儿子名叫成仁,是她亲自对我说的。"

"是呀,日腾嫂的儿子叫阿仁是不错的。这,我得去见见她才能知道。"

这回思敬倒比朱老先生忙起来了。谈不到十分钟,他便催着老先生一同进城去。

一到门,朱老先生对他说:"你且在书房候着,待我先进去告诉她。"他跑进去,老太太正陪着云姑在床沿坐着。老先生对她说:"你的妹夫来了。这是很凑巧的,他说认识她。"他又向云姑说:"你说不认得思敬,思敬倒认得你呢。他已经来了,待一回,就要进来看你。"

老婆子始终还是说不认识思敬。等他进来,问她:"你可是日腾嫂?"她才惊讶起来。怔怔地望着这位灰白眉发的老人。半晌才问:"你是不是日辉叔?"

"可不是!"老人家的白眉望上动了几下。

云姑的精神这回好像比没病时还健壮。她坐起来,两只眼睛凝望着老人,摇摇头叹说:"呀,老了!"

思敬笑说:"老么？我还想活三十年哪。没想到此生还能在这里见你!"

云姑的老泪流下来,说:"谁想得到？你出门后总没有信。若是我知道你在这里,仁儿就不致于丢了。"

朱老先生夫妇们眼对眼在那里猜哑谜,正不晓得他们是怎么一回事。思敬坐下,对他们说:"想你们二位要很诧异我们的事。我们都是亲戚,年纪都不小了,少年时事,说说也无妨。云姑是我一生最喜欢、最敬重的。她的丈夫是我同族的哥哥,可是她比我少五岁。她嫁后不过一年,就守了寡——守着一个遗腹子。我于她未嫁时就认得她的,我们常在一处。自她嫁后,我也常到她家里。"

"我们住的地方只隔一条小巷,我出入总要由她门口经过。自她寡后,心性变得很浮躁，喜怒又无常，我就不常去了。”

“世间凑巧的事很多！阿仁长了五六岁，偏是很像我。”

朱老先生截住说：“那么，她说在此地见过成仁，在摩托车上的定是砺生了。”

“你见过砺生么？砺生不认识你，见着也未必理会。”他向着云姑说了这话，又转过来对着老先生，“我且说村里的人很没知识，又很爱说人闲话；我又是弱房的孤儿，族中人总想找机会来欺负我。因为阿仁，几个坏子弟常来勒索我，一不依，就要我见官去，说我‘盗嫂’，破寡妇的贞节。我为两方的安全，带了些少金钱，就跑到这里来。其实我并不是个商人，赶巧又能在这里成家立业。但我终不敢回去，恐怕人家又来欺负我。”

“好了，你既然来到，也可以不用回去。我先给你预备住处，再想法子找成仁。”

思敬并不多谈什么话，只让云姑歇下，同着朱老先生出外厅去了。

当下思敬要把云姑接到别庄里，朱老先生因为他们是同族的嫂叔，当然不敢强留。云姑虽很喜欢，可躺病在床，一时不能移动，只得暂时留在朱家。

在床上的老病人，忽然给她见着少年时所恋、心中常想而不能说的爱人，已是无上的药饵足能治好她。此刻她的眉也不绉了。旁边人总不知她心里有多少愉快，只能从她面部的变动测验一点。

她躺着翻开她心史最有趣的一页。

记得她丈夫死时，她不过是二十岁，虽有了孩子，也是难以守得住，何况她心里又另有所恋。日日和所恋的人相见，实在教她忍不得去过那孤寡的生活。

邻村的天后宫，每年都要演酬神戏。村人借着这机会可以消消闲，所以一演剧时，全村和附近的男女都来聚在台下，从日中看到第二天早晨。那夜的戏目是《杀子报》，云姑也在台下坐着看。不到夜半半，她已看不入眼，至终给心中的烦闷催她回去。

回到家里，小婴儿还是静静地睡着；屋里很热，她就依习惯端一张小凳子到偏门外去乘凉。这时巷中一个人也没有。近处只有印在小池中的月影伴着她。远地的锣鼓声、人声，又时时送来搅扰她的心怀。她在那里，对着小池暗哭。

巷口，脚步的回声令她转过头来视望。一个人吸着旱烟筒从那边走来。她认得是日辉，心里顿然安慰。日辉那时是个斯文的学生，所住的是在村尾，这巷是他往来必经之路。他走近前，看见云姑独自一人在那里，从月下映出她双颊上几行泪光。寡妇的哭本来就很难劝。他把旱烟吸得嗅嗅有声，站住说：“还不睡去，又伤心什么？”

她也不回答，一手就把日辉的手揸住。没经验的日辉这时手忙脚乱，不晓得要怎样才好。许久，他才说：“你把我揸住，就能使你不哭么？”

“今晚上，我可不让你回去了。”

日辉心里非常害怕，血脉动得比常时快，烟筒也揸得不牢，落在地上。他很郑重地对云姑说：“谅是今晚上的戏使你苦恼起来。我不是不依你，不过这村里只有我一个是‘读书人’，若有三分不是，人家总要加上七分谴谪。你我的名分已是被定到这步田地，族人对你又怀着很大的希望，我心里即如火焚烧着，也不能用你这点清凉水来解救。你知道若是有父母替我做主，你早是我的人，我们就不用各受各的苦了。不用心急，我总得想方法安慰你。我不是怕破坏你的贞节，也不怕人家骂我乱伦，因为我们从少时就在一处长大的，我们的心肠比那些还要紧。我怕的是你那儿子还小，若是什么风波，岂不白害了他？不如再等几年，我有多少长进的时候，再……”

屋里的小孩子醒了，云姑不得不松了手，跑进去招呼他。日辉乘隙走了。妇人出来，看不见日辉，正在怅望，忽然有人拦腰抱住她。她一看，却是本村的坏子弟臭狗。

“臭狗，为什么把人抱住？”

“你们的话，我都听见了。你已经留了他，何妨再留我？”

妇人急起来，要嚷。臭狗说：“你一嚷，我就去把日辉揪来对质，一同上祠堂去；又告诉禀保，不保他赴府考，叫他秀才也做不成。”他嘴里说，一只手在女人头面身上自由摩挲，好像乩在沙盘上乱动一般。

妇人嚷不得，只能用最后的手段，用极甜软的话向着他：“你要，总得人家愿意；人家若不愿意，就许你抱到明天，那有什么用处？你放我下来，等我进去把孩子挪过一边……”

性急的臭狗还不等她说完，就把她放下来。一副谄媚如小鬼的脸向着妇人说：“这回可愿意了。”妇人送他一次媚视，转身把门急掩起来。臭狗见她要逃脱，赶紧插一只脚进门限里。这偏门是独扇的，妇人手快，已把他的脚夹住，又用全身的力量顶着。外头，臭狗求饶的声，叫不绝口。

“臭狗，臭狗，谁是你占便宜的，臭蛤蟆。臭蛤蟆要吃肉也得想想自己没翅膀！何况你这臭狗，还要跟着凤凰飞，有本领，你就进来罢。不要脸！你这臭鬼，真臭得比死狗还臭。”

外头直告饶，里边直詈骂，直堵。妇人力尽的时候才把他放了。那夜的好教训是她应受的。此后她总不敢于夜中在门外乘凉了。臭狗吃不着“天鹅”，只是要找机会复仇。

过几年，成仁已四五岁了。他长得实在像日辉，村中多事的人——无疑臭狗也在内——硬说他的来历不明。日辉本是很顾体面的，他禁不起千口同声硬把事情搁在他身，使他清白的名字被涂得漆黑。

那晚上，雷雨交集。妇人怕雷，早把窗门关得很严，同那孩子伏在床上。子刻已过，当巷的小方窗忽然霍霍地响。妇人害怕不敢问。后来外头叫了一声“腾嫂”，她认得这又斯文又惊惶的声音，才把窗门开了。

“原来是你呀！我以为是谁。且等一会，我把灯点好，给你开门。”

“不，夜深了，我不进去。你也不要点灯了，我就站在这里给你说几句话罢。我明天一早就要走了。”这时电光一闪，妇人看见日辉脸上、身上满都湿了。她还没工夫辨别那是雨、是泪，日辉又接着往下说：“因为你，我不能再在这村里住，反正我的前程是无望的了。”

妇人默默地望着他，他从袖里掏出一卷地契出来，由小窗送进去。说：“嫂子，这是我现在所能给你的。我将契写成卖给成仁的字样，也给县里的房吏说好了。你可以收下，将来给成仁做书金。”

他将契交给妇人，便要把手缩回。妇人不顾接契，忙把他的手揸住。契落在地上，妇人好像不理会，双手捧着日辉的手往复地摩挲，也不言语。

“你忘了我站在深夜的雨中么？该放我回去啦，待一回有人来，又不好了。”

妇人仍是不放，停了许久，才说：“方才我想问你什么来，可又忘了。……不错，你还没告诉我你要到哪里去咧。”

“我实在不能告诉你，因为我要先到厦门去打听一下再定规。我从前想去的是长崎，或是上海，现在我又想向南洋去，所以去处还没一定。”

妇人很伤悲地说：“我现在把你的手一撒，就像把风筝的线放了一般，不知此后要到什么地方找你去。”

她把手撒了，男子仍是呆呆地站着。他又像要说话的样子，妇人也默默地望着。雨水欺负着外头的行人；闪电专要吓里头的寡妇，可是他们都不介意。在黑暗里，妇人只听得一声：“成仁大了，务必叫他到书房去。好好地栽培他，将来给你请封诰。”

他没容妇人回答什么，担着破伞走了。

这一别四十多年，一点音信也没有。女人的心现在如失宝重还，什么音信、消息、儿子、媳妇，都不能动她的心了。她的愉快足能使她不病。

思敬于云姑能起床时，就为她预备车辆，接她到别庄去。在那虫声高低，鹿迹零乱的竹林里，这对老人起首过他们曾希望过的生活。云姑呵责思敬说他总没音信，思敬说：“我并非不愿，给你知道我离乡后的光景，不过那时，纵然给你知道了，也未必是你我两人的利益。我想你有成仁，别后已是闲话满嘴了；若是我回去，料想你必不轻易放我再出来。那时，若要进前，便是吃官司；要退后，那就不可设想了。”

“自娶妻后，就把你忘了。我并不是真忘了你，为常记念你只能增我的忧闷，不如权当你不在了。又因我已娶妻。所以越不敢回去见你。”

说话时，遥见他儿子砺生的摩托车停在林外。他说：“你从前遇见的‘成仁’来了。”

砺生进来，思敬命他叫云姑为母亲。又对云姑说：“他不像你的成仁么？”

“是呀，像得很！怪不得我看错了。不过细看起来，成仁比他老得多。”

“那是自然的，成仁长他十岁有余咧。他现在不过三十四岁。”

现在一提起成仁，她的心又不安了。她两只眼睛望空不歇地转。思敬劝说，“反正我的儿子就是你的。成仁终归是要找着的，这事交给砺生办去，我们且宽怀过我们的老日子罢。”

和他们同在的朱老先生听了这话，在一边狂笑，说：“‘想不到你老人家的心还不会老！’现在是谁老了！”

思敬也笑说，“我还是小叔呀。小叔和寡嫂同过日子也是应该的。难道还送她到老人院去不成？”

三个老人在那里卖老，砺生不好意思，借故说要给他们办筵席，乘着车进城去了。

壁上自鸣钟叮噹响了几下，云姑像感得是沧海瞎先生敲着报君知来告诉她说：“现在你可什么都找着了！这行人卦得赏双倍，我的小钲还可以保全哪。”

那晚上的筵席，当然不是平常的筵席。

人非人

离电话机不远的廊子底下坐着几个听差，有说有笑，但不晓得到底是谈些什么。忽然电话机响起来了，其中一个急忙走过去摘下耳机，问："喂，这是社会局，您找谁？"

"唔，您是陈先生，局长还没来。"

"科长？也没来，还早呢。"

"……"

"请胡先生说话。是咯，请您候一候。"

听差放下耳机迳自走进去，开了第二科的门，说："胡先生，电话，请到外头听去吧，屋里的话机坏了。"

屋里有三个科员，除了看报抽烟以外，个个都像没事情可办。靠近窗边坐着的那位胡先生出去以后，剩下的两位起首谈论起来。

"子清，你猜是谁来的电话？"

"没错，一定是那位。"他说时努嘴向着靠近窗边的另一个座位。

"我想也是她。只是可为这傻瓜才会被她利用，大概今天又要告假，请可为替她办桌上放着的那几宗案卷。"

"哼，可为这大头！"子清说着摇摇头，还看他的报。一会他忽跳起来说："老严，你瞧，定是为这事。"一面拿着报纸到前头的桌上，铺着大家看。

可为推门进来，两人都昂头瞧着他。严庄问："是不是陈情又要摅你大头？"

可为一对忠诚的眼望着他，微微地笑，说："这算什么大头小头！大家同事，彼此帮忙……"

严庄没等他说完，截着说："同事！你别侮辱了这两个字罢。她是缘着什么关系进来的？你晓得么？"

"老严，您老信一些闲话，别胡批评人。"

"我倒不胡批评人，你才是糊涂人哪，你想陈情真是属意于你？"

"我倒不敢想，不过是同事，……"

"又是'同事'，'同事'，你说局长的候选姨太好不好？"

"老严，您这态度，我可不敢佩服，怎么信口便说些伤人格的话？"

“我说的是真话，社会局同人早就该鸣鼓而攻之，还留她在同人当中出丑。”

子清也像帮着严庄，说，“老胡是着了迷，真是要变成老糊涂了。老严说的对不对，有报为证。”说着又递方才看的那张报纸给可为，指着其中一段说：“你看！”

可为不再作声，拿着报纸坐下了。

看过一遍，便把报纸扔在一边，摇摇头说：“谣言，我不信。大概又是记者访员们的影射行为。”

“嗤！”严庄和子清都笑出来了。

“好个忠实信徒！”严庄说。

可为皱一皱眉头，望着他们两个，待要用话来反驳，忽又低下头，撇一下嘴，声音又吞回去了。他把案卷解开，拿起笔来批改。

十二点到了，严庄和子清都下了班，严庄临出门，对可为说：“有一个叶老太太请求送到老人院去，下午就请您去调查一下罢，事由和请求书都在这里。”他把文件放在可为桌上便出去了，可为到陈情的位上检检那些该发出的公文。他想反正下午她便销假了，只检些待发出去的文书替她签押，其余留着给她自己办。

他把公事办完，顺将身子望后一靠，双手交抱在胸前，眼望着从窗户射来的阳光，凝视着微尘纷乱地盲动。

他开始了他的玄想。

陈情这女子到底是个什么人呢？他心里没有一刻不悬念着这问题。他认得她的时间虽不很长，心里不一定是爱她，只觉得她很可以交往，性格也很奇怪，但至终不晓得她一离开公事房以后干的什么营生。有一晚上偶然看见一个艳妆女子，看来很像她，从他面前掠

过，同一个男子进万国酒店去。他好奇地问酒店前的车夫，车夫告诉他那便是有名的“陈皮梅”。但她在公事房里不但粉没有擦，连雪花膏一类保护皮肤的香料都不用。穿的也不好，时兴的阴丹士林外国布也不用，只用本地织的粗棉布。那天晚上看见的只短了一副眼镜，她日常戴着带深紫色的克罗克斯，局长也常对别的女职员赞美她。但他信得过他们没有什么关系，像严庄所胡猜的。她那里会做像给人做姨太太那样下流的事？不过，看早晨的报，说她前天晚上在板桥街的秘密窟被警察拿去，她立刻请出某局长去把她领出来。这样她或者也是一个不正当的女人。每常到肉市她家里，总见不着她。她到哪里去了呢？她家里没有什么人，只有一个老妈子，按理每月几十块薪水准可以够她用了。她何必出来干那非人的事？想来想去，想不出一个恰当的理由。

钟已敲一下了，他还叉着手坐在陈情的位上，双眼凝视着，心里想或者是这个原因罢，或者是那个原因罢？

他想她也是一个北伐进行中的革命女同志，虽然没有何等的资格和学识，却也当过好几个月战地委员会的什么秘书长一类的职务，现在这个职位，看来倒有些屈了她，月薪三十元，真不如其他办革命的同志们。她有一位同志，在共同秘密工作的时候，刚在大学一年级，幸而被捕下狱。坐了三年监，出来，北伐已经成功了。她便仗着三年间的铁牢生活，请党部移文给大学，说她有功党国，准予毕业。果然，不用上课，也不用考试，一张毕业文凭便到了手，另外还安置她一个肥缺。陈情呢？白做走狗了！几年来，出生入死，据她说，她亲自收掩过几次被枪决的同志。现在还有几个同志家属，是要仰给于她的。若然，三十元真是不够。然而，她为什么不去找别的事情做呢？也许严庄说的对。他说陈在外间，声名狼藉，若不是局长维持她，她给局长一点便宜，恐怕连这小小差事也要掉了。

这样没系统和没伦理的推想，足把可为的光阴消磨了一点多钟。他饿了，下午又有一件事情要出去调查，不由得伸伸懒腰，抽出一个抽屉，要拿浆糊把批条糊在卷上。无意中看见抽屉里放着一个巴黎拉色克香粉小红盒。那种香气，直如那晚上在万国酒店门前闻见的一样。她用这东西么？他自己问。把小盒子拿起来，打开，原来已经用完了。盒底有一行用铅笔写的小字，字迹已经模糊了，但从铅笔的浅痕，还可以约略看出是“北下洼八号”。唔，这是她常去的一个地方罢？每常到她家去找她，总找不着，有时下班以后自请送她回家时，她总有话推辞。有时晚间想去找她出来走走，十次总有九次没人应门，间或一次有一个老太太出来说，“陈小姐出门啦。”也许她是一只夜蛾，要到北下洼八号才可以找到她。也许那是她的朋友家，是她常到的一个地方。不，若是常到的地方，又何必写下来呢？想来想去总想不透，他只得皱皱眉头，叹了一口气，把东西放回原地，关好抽屉，回到自己座位。他看看时间快到一点半，想着不如把下午的公事交代清楚，吃过午饭不用回来，一直便去访问那个叶姓老婆子。一切都弄停妥以后，他戴着帽子，迳自出了房门。

一路上他想着那一晚上在万国酒店看见的那个，若是陈修饰起来，可不就是那样。他闻闻方才拿过粉盒的指头，一面走，一面玄想。

在饭馆随便吃了些东西，老胡便依着地址去找那叶老太太。原来叶老太太住在宝积寺后的破屋里，外墙是前几个月下大雨塌掉的，破门里放着一个小炉子，大概那便是她的移动厨房了。老太太在屋里听见有人，便出来迎客，可为进屋里只站着，因为除了一张破炕以外，椅桌都没有。老太太直让他坐在炕上，他又怕臭虫，不敢迳自坐下，老太太也只得陪着站在一边。她知道一定是社会局长派来的人，开口便问："先生，我求社会局把我送到老人院的事，到底成不成呢？"那种轻浮的气度，谁都能够理会她是一个不问是非，想什么便说什么的女人。

"成倒是成，不过得看看你的光景怎样。你有没有亲人在这里呢？"可为问。

"没有。"

"那么，你从前靠谁养活呢？"

"不用提啦。"老太太摇摇头，等耳上那对古式耳环略为摆定了，才继续说："我原先是一个儿子养我，那想前几年他忽然入了什么要命党，——或是敢死党，我记不清楚了，——可真要了他的命。他被人逮了以后，我带些吃的穿的去探了好几次，总没得见面。到巡警局，说是在侦缉队；到侦缉队，又说在司令部；到司令部，又说在军法处。等我到军法处，一个大兵指着门前的大牌楼，说在那里。我一看可吓坏了！他的脑袋就挂在那里！我昏过去大半天，后来觉得有人把我扶起来，大概也灌了我一些姜汤，好容易把我救活了，我睁眼一瞧已是躺在屋里的炕上，在我身边的是一个我没见过的姑娘。问起来，才知道是我儿子的朋友陈姑娘。那陈姑娘答允每月暂且供给我十块钱，说以后成了事，官家一定有年俸给我养老。她说入要命党也是做官，被人砍头或枪毙也算功劳。我儿子的名字，一定会记在功劳簿上的。唉，现在的世界到底是怎么一回事，我也糊涂了。陈姑娘养活了我，又把我的侄孙，他也是没爹娘的，带到她家，给他进学堂，现在还是她养着。"

老太太正要说下去，可为忽截着问："你说这位陈姑娘，叫什么名字？"

"名字？"她想了很久，才说："我可说不清，我只叫她陈姑娘，我侄孙也叫她陈姑娘。她就住在肉市大街，谁都认识她。"

"是不是带着一副紫色眼镜的那位陈姑娘？"

老太太听了他的问，像很兴奋地带着笑容望着他连连点头说："不错，不错，她带的是紫色眼镜。原来先生也认识她，陈姑娘。"她又低下头去，接着说补充的话："不过，她晚上常不带镜子。她说她眼睛并没毛病，只怕白天太亮了，戴着挡挡太阳，一到晚上，她便除下了。我见她的时候，还是不带镜子的多。"

"她是不是就在社会局做事？"

"社会局？我不知道。她好像也入了什么会似地。她告诉我从会里得的钱除分给我以外，还有两三个人也是用她的钱。大概她一个月的入款最少总有二百多，不然，不能供给那么些人。"

"她还做别的事吗？"

"说不清。我也没问过她，不过她一个礼拜总要到我这里来三两次，来的时候多半在夜里，我看她穿得顶讲究的。坐不一会，每有人来找她出去。她每告诉我，她夜里有时比日里还要忙。她说，出去做事，得应酬，没法子，我想她做的事情一定很多。"

可为越听越起劲，像那老婆子的话句句都与他有关系似地，他不由得问："那么，她到底

住在什么地方呢?”

“我也不大清楚,有一次她没来,人来我这里找她。那人说,若是她来,就说北下洼八号有人找,她就知道了。”

“北下洼八号,这是什么地方?”

“我不知道。”老太太看他问得很急,很诧异地望着他。

可为楞了大半天,再也想不出什么话问下去。

老太太也莫明其妙,不觉问此一声:“怎么,先生只打听陈姑娘?难道她闹出事来了么?”

“不,不,我打听她,就是因为你的事,你不说从前都是她供给你么?现在怎么又不供给了呢?”

“嗐!”老太太摇着头,揸着拳头向下一顿,接着说:“她前几天来,偶然谈起我儿子。她说我儿子的功劳,都教人给上在别人的功劳簿上了。她自己的事情也是飘飘摇摇,说不定那一天就要下来。她教我到老人院去挂个号,万一她的事情不妥,我也有个退步,我到老人院去,院长说现在人满了,可是还有几个社会局的额,教我立刻找人写禀递到局里去。我本想等陈姑娘来,请她替我办,因为那晚上我们有点拌嘴,把她气走了。她这几天都没来,教我很着急,昨天早晨,我就在局前的写字摊花了两毛钱,请那先生给写了一张请求书递进去。”

“看来,你说的那位陈姑娘我也许认识,她也许就在我们局里做事。”

“是么?我一点也不知道。她怎么今日不同您来呢?”

“她有三天不上衙门了。她说今儿下午去,我没等她便出来啦。若是她知道,也省得我来。”

老太太不等更真切的证明,已认定那陈姑娘就是在社会局的那一位。她用很诚恳的眼光射在可为脸上问:“我说,陈姑娘的事情是不稳么?”

"没听说,怕不至于罢。"

"她一个月支多少薪水?"

可为不愿意把实情告诉她,只说:"我也弄不清,大概不少罢。"

老太太忽然沉下脸去发出失望带着埋怨的声音说:"这姑娘也许嫌我累了她,不愿意再供给我了,好好的事情在做着,平白地瞒我干什么!"

"也许她别的用费大了,支不开。"

"支不开?从前她有丈夫的时候也天天嚷穷。可是没有一天不见她穿缎戴翠,穷就穷到连一个月给我几块钱用也没有,我不信,也许这几年所给我的,都是我儿子的功劳钱,瞒着我,说是她拿出来的。不然,我同她既不是亲,也不是戚,她凭什么养我一家?"

可为见老太太说上火了,忙着安慰她说:"我想陈姑娘不是这样人。现在在衙门里做事,就是做一天算一天,谁也保不定能做多久,你还是不要多心罢。"

老太太走前两步,低声地说:"我何尝多心?她若是一个正经女人,她男人何致不要她。听说她男人现时在南京或是上海当委员,不要她啦。他逃后,她的肚子渐渐大起来,花了好些钱到日本医院去,才取下来。后来我才听见人家说,他们并没穿过礼服,连酒都没请人喝过,怨不得拆得那么容易。"

可为看老太太一双小脚站得进一步退半步的,忽觉他也站了大半天,脚步未免也移动一下。老太太说:"先生,您若不嫌脏就请坐坐,我去沏一点水您喝,再把那陈姑娘的事细细地说给您听。"可为对于陈的事情本来知道一二,又见老太太对于她的事业的不明瞭和怀疑,料想说不出什么好话。即如到医院堕胎,陈自己对他说是因为身体软弱,医生说非取出不可。关于她男人遗弃她的事,全局的人都知道,除他以外多数是不同情于她的。他不愿意再听她说下去,一心要去访北下洼八号,看到底是个什么人家。于是对老太太说:"不用张罗了,您的事情,我明天问问陈姑娘,一定可以给你办妥。我还有事,要到别处去,你请歇着罢。"一面说,一面踏出院子。

老太太在后面跟着,叮咛可为切莫向陈姑娘打听,恐怕她说坏话。可为说:"断不会,陈姑娘既然教你到老人院,她总有苦衷,会说给我知道,你放心罢。"出了门,可为又把方才拿粉盒的手指举到鼻端,且走且闻,两眼像看见陈情就在他前头走,仿佛是领他到北下洼去。

北下洼本不是热闹街市,站岗的巡警很优游地在街心踱来踱去。可为一进街口,不费力便看见八号的门牌,他站在门口,心里想:"找谁呢?"他想去问岗警,又怕万一问出了差,可了不得。他正在踌躇,当头来了一个人,手里一碗酱,一把葱,指头还吊着几两肉,到八号的门口,大嚷:"开门。"他便向着那人抢前一步,话也在急忙中想出来。

"那位常到这里的陈姑娘来了么?"

那人把他上下估量了一会,便问"那一位陈姑娘?您来这里找过她么?"

"我……"他待要说没有时,恐怕那人也要说没有一位陈姑娘。许久才接着说:我跟人家来过,我们来找过那位陈姑娘,她一头的刘海发不像别人烫得像石狮子一样,说话像南方人。

那人连声说:"唔,唔,她不一定来这里。要来,也得七八点以后。您贵姓?有什么话请您留下，她来了我可以告诉她。”

“我姓胡，只想找她谈谈，她今晚上来不来?”

“没准，胡先生今晚若是来，我替您找去。”

“你到那里找她去呢?”

“哼，哼!!”那人笑着，说:“到她家里，她家就离这里不远。”

“她不是住在肉市吗?”

“肉市? 不，她不住在肉市。”

“那么她住在什么地方?”

“她们这路人没有一定的住所。”

“你们不是常到宝积寺去找她么?”

“看来您都知道，是她告诉您她住在那里么?”

可为不由得又要扯谎，说:“是的，她告诉过我。不过方才我到宝积寺，那老太太说到这里来找。”

“现在还没黑”，那人说时仰头看看天，又对着可为说:“请您上市场去绕个弯再回来，我替您叫她去。不然请进来歇一歇，我叫点东西您用，等我吃过饭，马上去找她。”

“不用，不用，我回头来罢。”可为果然走出胡同口，雇了一辆车上公园去，找一个僻静的茶店坐下。

茶已沏过好几次，点心也吃过，好容易等到天黑了。十一月的黝云埋没了无数的明星，悬在园里的灯也被风吹得摇动不停，游人早已绝迹了，可为直坐到听见街上的更夫敲着二更，然后踱出园门，直奔北下洼而去。

门口仍是静悄悄的，路上的人除了巡警，一个也没有。他急进前去拍门，里面大声问："谁?"

"我姓胡。"

门开了一条小缝，一个人露出半脸，问："您找谁?"

"我找陈姑娘"，可为低声说。

"来过么?"那人问。

可为在微光里虽然看不出那人的面目，从声音听来，知道他并不是下午在门口同他回答的那一个。他一手急推着门，脚先已踏进去，随着说："我约过来的。"

那人让他进了门口，再端详了一会，没领他望那里走，可为也不敢走了。他看见院子里的屋子都像有人在里面谈话，不晓得进那间合适，那人见他不像是来过的。便对他说："先生，您跟我走。"

这是无上的命令，教可为没法子不跟随他，那人领他到后院去穿过两重天井，过一个穿堂，才到一个小屋子，可为进去四围一望，在灯光下只见铁床一张，小梳妆桌一台放在窗下，桌边放着两张方木椅。房当中安着一个发不出多大暖气的火炉，门边还放着一个脸盆架，墙上只有两三只冻死了的蛔蛔，还囚在笼里像妆饰品一般。

"先生请坐，人一会就来。"那人说完便把门反掩着，可为这时心里不觉害怕起来。他一向没到过这样的地方，如今只为要知道陈姑娘的秘密生活，冒险而来，一会她来了，见面时要说呢，若是把她羞得无地可容，那便造孽了。一会，他又望望那扇关着的门，自己又安慰自己说："不妨，如果她来，最多是向她求婚罢了。……她若问我怎样知道时，我必不能说看见她的旧粉盒子。不过，既是求爱，当然得说真话，我必得告诉她我的不该，先求她饶恕……。"

门开了，喜惧交迫的可为，急急把视线连在门上，但进来的还是方才那人。他走到可为跟前，说："先生，这里的规矩是先赏钱。"

"你要多少?"

"十块，不多罢。"

可为随即从皮包里取出十元票子递给他。

那人接过去。又说："还请您打赏我们几块。"

可为有点为难了，他不愿意多纳，只从袋里掏出一块，说："算了罢。"

"先生，损一点，我们还没把茶钱和洗褥子的钱算上哪，多花您几块罢。"

可为说："人还没来，我知道你把钱拿走，去叫不去叫?"

"您这一点钱，还想叫什么人? 我不要啦，您带着。"说着真个把钱都交回可为，可为果然接过来，一把就往口袋里塞。那人见是如此，又抢进前揸住他的手，说："先生，您这算什么?"

“我要走，你不是不替我把陈姑娘找来吗？”

“你瞧，你们有钱的人拿我们穷人开玩笑来啦？我们这里有白进来，没有白出去的。你要走也得，把钱留下。”

“什么，你这不是抢人么？”

“抢人？你平白进良民家里，非奸即盗，你打什么主意？”那人翻出一副凶怪的脸，两手把可为拿定，又嚷一声，推门进来两个大汉，把可为团团围住，问他：“你想怎样？”可为忽然看见那么些人进来，心里早已着了慌，简直闹得话也说不出来。一会他才鼓着气说：“你们真是要抢人么？”

那三人动手掏他的皮包了，他推开了他们，直奔到门边，要开门，不料那门是望里开的，门里的钮也没有了。手滑，拧不动，三个人已追上来，他们把他拖回去，说：“你跑不了，给钱罢，舒服要钱买，不舒服也得用钱买。你来找我们开心，不给钱，成么？”

可为果真有气了，他端起门边的脸盆向他们扔过去，脸盆掉在地上，砰嘣一声，又进来两个好汉，现在屋里是五个打一个。

“反啦？”刚进来的那两个同声问。

可为气得鼻息也粗了。

“动手罢。”说时迟，那时快，五个人把可为的长挂子剥下来，取下他一个大银表，一枝墨水笔，一个银包，还送他两拳，加两个耳光。

他们抢完东西，把可为推出房门，用手巾包着他的眼和塞着他的口，两个攎着他的手，从一扇小门把他推出去。

可为心里想：“糟了！他们一定下毒手要把我害死了！”手虽然放了，却不晓得抵抗，停一回，见没有什么动静，才把嘴里手巾拿出来，把绑眼的手巾打开，四围一望原来是一片大空地，不但巡警找不着，连灯也没有。他心里懊悔极了，到这时才疑信参半，自己又问：“到底她是那天酒店前的车夫所说的陈皮梅不是？”慢慢地踱了许久才到大街，要报警自己又害羞，只得急急雇了一辆车回公寓。

他在车上，又把午间拿粉盒的手指举到鼻端间，忽而觉得两颊和身上的余痛还在，不免又去摩挲摩挲。在道上，一连打了几个喷嚏，才记得他的大衣也没有了。回到公寓，立即把衣服穿上，精神兴奋异常，自在厅上踱来踱去，直到极疲乏的程度才躺在床上。合眼不到两个时辰，睁开眼时，已是早晨九点，他忙爬起来坐在床上，觉得鼻子有点不透气，于是急急下床教伙计提热水来。过一会，又匆匆地穿上厚衣服，上街门去，

他到办公室，严庄和子清早已各在座上。

“可为，怎么今天晚到啦?”子清问。

“伤风啦，本想不来的。”

“可为，新闻又出来了!”严庄递给可为一封信，这样说。“这是陈情辞职的信，方才一个孩子交进来的。”

“什么？她辞职!”可为诧异了。

“大概是昨天下午同局长闹翻了。”子清用报告的口吻接着说，“昨天我上局长办公室去回话，她已先在里头，我坐在室外候着她出来。局长照例是在公事以外要对她说些‘私事’，我说的‘私事’你明白。”他笑向着可为，“但是这次不晓得为什么闹翻了。我只听见她带着气说：‘局长，请不要动手动脚，在别的夜间你可以当我是非人，但在日间我是个人，我要在社会做事，请您用人的态度来对待我。’我正注神听着，她已大踏步走近门前，接着说：‘撤我的差罢，我的名誉与生活再也用不着您来维持了。’我停了大半天，至终不敢进去回话，也回到这屋里。我进来，她已走了。老严，你看见她走时的神气么?”

“我没留神，昨天她进来，像没坐下，把东西检一检便走了，那时还不到三点。”严庄这样回答。

“那么，她真是走了。你们说她是局长的候补姨太，也许永不能证实了。”可为一面接过信来打开看，信中无非说些官话。他看完又摺起来，纳在信封里，按铃叫人送到局长室。他心里想陈情总会有信给他，便注目在他的桌上，明漆的桌面只有昨夜的宿尘，连纸条都没有。他坐在自己的位上，回想昨夜的事情，同事们以为他在为陈情辞职出神，调笑着说：“可为，别再想了，找苦恼受干什么？方才那送信的孩子说，她已于昨天下午五点钟搭火车走了，你还想什么?”

说者无心，听者有意，可为只回答：“我不想什么，只估量她到底是人还是非人。”说着，自己摸自己的嘴巴，这又引他想起在屋里那五个人待遇他的手段。他以为自己很笨，为什么当时不说是社会局人员，至少也可以免打。不，假若我说是社会局的人，他们也许会把我打死咧。……无论如何，那班人都可恶，得通知公安局去逮捕，房子得封，家具得充公。他想有理，立即打开墨盒，铺上纸，预备起信稿，写到“北下洼八号”，忽而记起陈情那个空粉盒。急急过去，抽开屉子，见原物仍在，他取出来，正要望袋里藏，可巧被子清看见。

“可为，到她屉里拿什么?”

“没什么！昨天我在她座位上办公，忘掉把我一盒日快丸拿去，现在才记起。”他一面把手插在袋里，低着头，回来本位，取出小手巾来擤鼻子。

在费总理的客厅里

费总理的会客厅里面的陈设都能表示他是一个办慈善事业具有热心和经验的人。梁上悬着两块“急公好义”和“善与人同”的匾额，自然是第一和第二任大总统颁赐的，我们看当中盖着一方“荣典之玺”的印文便可以知道。在两块匾当中悬着一块“敦诗说礼之堂”的题额，听说是花了几百圆的润笔费请求康老先生写的。因为总理要康老先生多写几个字，所以他的堂名会那么长。四围墙上的装饰品无非是褒奖状、格言联对、天官赐福图、大镜之类。厅里的镜框很多，最大的是对着当街的窗户那面西洋大镜。厅里的家私都是用上等楠木制成。几桌之上杂陈些新旧真假的古董和东西洋大小自鸣钟。厅角的书架上除了几本《孝经》、《治家格言注》、《理学大全》和些日报以外，其余的都是募捐册和几册名人的介绍字迹。

当差的引了一位穿洋服、留着胡子的客人进来，说：“请坐一会儿，总理就出来。”客人坐下了。当差的进里面去，好像对着一个丫头说：“去请大爷，外头有位黄先生要见他。”里面隐约听见一个女人的声音说：“翠花，爷在五太房间哪。”我们从这句话可以断定费总理的家庭是公鸡式的，他至少有五位太太，丫头还不算在内。其实这也算不了怎么一回事，在这个礼教之邦，又值一般大人物及当代政府提倡“旧道德”的时候，多纳几位“小星”，既足以增门第的光荣，又可以为敦伦之一助，有些少身家的人不娶姨太都要被人笑话，何况时时垫款出来办慈善事业的费总理呢！

已经过一刻钟了，客人正在左观右望的时候，主人费总理一面整理他的长褂，一面踏进客厅，连连作揖，说：“失迎了，对不住，对不住！”黄先生自然要赶快答礼说：“岂敢，岂敢。”宾主叙过寒暄，客人便言归正传，向总理说：“鄙人在本乡也办了一个妇女慈善工厂，每听见人家称赞您老先生所办的民生妇女慈善习艺工厂成绩很好，所以今早特意来到，请老先生给介绍到贵工厂参观参观，其中一定有许多可以为敝厂模范的地方。”

总理的身材长短正合乎“读书人”的度数，体质的柔弱也很相称。他那副玄黄相杂的牙齿，很能表现他是个阔人。若不是一天抽了不少的鸦片，决不能使他的牙齿染出天地的正色来！他显出很谦虚的态度，对客人详述他创办民生女工厂的宗旨和最近发展的情形。从他的话里我们知道工厂的经费是向各地捐来的。女工们尽是乡间妇女。她们学的手艺都很平常，多半是织袜、花边、裁缝，那等轻巧的工艺。工厂的出品虽然很多，销路也很好，依理说应当赚钱，可是从总理的叙述上，他每年总要赔垫一万几千块钱！

总理命人打电话到工厂去通知说黄先生要去参观，又亲自写了几个字在他自己的名片上作为介绍他的证据。黄先生显出感谢的神气，站起来向主人鞠躬告辞，主人约他晚间回来吃便饭。

主人送客出门时，顺手把电扇的制钮转了，微细的风还可以使书架上那几本《孝经》之类一页一页地被吹起来，还落下去。主人大概又回到第几姨太房里抽鸦片去。客厅里顿然寂静了。不过上房里好像有女人哭骂的声音，隐约听见“我是有夫之妇……你有钱也不成……”，其余的就听不清了。午饭刚完，当差的又引导了一位客人进来，递过茶，又到上房去回报说：“二爷来了”

二爷与费总理是交换兰谱的兄弟。实际上他比总理大三四岁，可是他自己一定要说少三两岁，情愿列在老弟的地位。这也许是因为他本来排行第二的缘故。他的脸上现出很焦急的样子，恨不能立时就见着总理。

这次总理却不教客人等那么久。他也没穿长褂，手捧着水烟筒，一面吹着纸捻，进到客厅里来。他说：“二弟吃过饭没有？怎么这样着急？”

“大哥，咱们的工厂这一次恐怕免不了又有麻烦。不晓得谁到南方去报告说咱们都是土豪劣绅，听说他们来到就要查办咧。我早晨为这事奔走了大半天，到现在还没吃中饭哪。

假使他们发现了咱们用民生工厂的捐款去办兴华公司，大哥，你有什么方法对付？若是教他们查出来，咱们不挨枪毙也得担个无期徒刑！”

总理像很有把握的神气，从容地说：“二弟，别着急，先叫人开饭给你吃，咱们再商量。”他按电铃，叫人预备饭菜，接着对二爷说：“你到底是胆量不大，些小事情还值得这么惊惶！‘土豪劣绅’的名词难道还会加在慈善家的头上不成？假使人来查办，一领他们到这敦诗说礼之堂来看看，捐册、帐本、褒奖状，件件都是来路分明，去路清楚，他们还能指摘什么，咱们当然不要承认兴华公司的资本就是民生工厂的捐款。世间没有不许办慈善事业的人兼为公司的道理，法律上也没有讲不过去的地方。”

“怕的是人家一查，查出咱们的款项来路分明，去路不清。我跟着你大哥办慈善事业，倒办出一身罪过来了，怎办，怎办？”二爷说得非常焦急。

“你别慌张，我对于这事早已有了对付的方法。咱们并没有直接地提民生工厂的款项到兴华公司去用。民生的款项本来是慈善性质，消耗了是当然的事体，只要咱们多划几笔帐便可以敷衍过去。其实捐钱的人，谁来考查咱们的帐目？捐一千几百块的，本来就冲着咱们的面子，不好意思不捐，实在他们也不是为要办慈善事业而捐钱，他们的钱一拿出来，早就存着输了几台麻雀的心思，捐出去就算了。只要他们来到厂里看见他们的名牌高高地悬挂在会堂上头，他们就心满意足了。还有捐一百几十的‘无名氏’，我们也可以从中想法子。在四五十个捐一百元的‘无名氏’当中，我们可以只报出三四个，那捐款的人个个便会想着报告书上所记的便是他。这里岂不又可以挖出好些钱来？至于那班捐一块几毛钱的，他们要查帐，咱们也得问问他们配不配。”

“然则工厂基金捐款的问题呢？”二爷又问。

“工厂的基金捐款也可以归在去年证券交易失败的帐里。若是查到那一笔，至多是派咱们‘付托失当，经营不善’这几个字，也担不上什么处分，更挂不上何等罪名。再进一步说，咱们的兴华公司，表面上岂不能说是为工厂销货和其他利益而设的？又公司的股东，自来就没有咱姓费的名字，也没你二爷的名子，咱的姨太开公司难道是犯罪行为？总而言之，咱们是名正言顺，请你不要慌张害怕。”他一面说，一面把水烟筒吸得哔罗哔罗地响。

二爷听他所说，也连连点头说：“有理有理！工厂的事，咱们可以说对得起人家，就是查办，也管教他查出功劳来。……然而，大哥，咱们还有一桩案未了。你记得去年学生们到咱们公司去检货，被咱们的伙计打死了他们两个人，这桩案件，他们来到，一定要办的。昨天我就听见人家说，学生会已宣布了你、我的罪状，又要把什么标语、口号贴在街上。不但如此，他们又要把咱们伙计冒充日籍的事实揭露出来。我想这事比工厂的问题还要重大。这真是要咱们的身家、性命、道德、名誉咧。”

总理虽然心里不安，但仍镇静地说：“那件事情，我已经拜托国仁向那边接洽去了，结果如何，虽不敢说定，但据我看来，也不致于有什么危险。国仁在南方很有点势力，只要他向那边的当局为咱们说一句好话，咱们再用些钱，那就没有事了。”

“这一次恐怕钱有点使不上罢，他们以廉洁相号召，难道还能受贿赂？”

“咳！二弟你真是个老实人！世间事都是说的容易做的难。何况他们只是提倡廉洁政府，并没明说廉洁个人。政府当然是不会受贿赂的，历来的政府哪一个受过贿呢？反正都是和咱们一类的人，谁不爱钱？只要咱们送得有名目，人家就可以要。你如心里不安，就可以立刻到国仁那里去打听一下，看看事情进行到什么程度。”

“那么，我就去罢。我想这一次用钱有点靠不住。”

总理自然愿意他立刻到国仁那里去打听。他不但可以省一顿客饭，并且可以得着那桩案件的最近消息。他说：“要去还得快些去，饭后他是常出门的。你就在外头随便吃些东西罢。可恶的厨子，教他做一顿饭到大半天还没做出来！”他故意叫人来骂了几句，又吩咐给二爷雇车。不一会，车雇得了，二爷站起来顺便问总理说：“芙蓉的事情和谐罢？恭喜你又添了一位小星。”总理听见他这话，脸上便现出不安的状态。他回答说：“现在没有工夫和你细谈那事，回头再给你说罢。”他又对二爷说：“你快去快回来，今晚上在我这里吃晚饭罢。我请了一位黄先生，正要你来陪。国仁有工夫，也请他来。”

二爷坐上车，匆匆地到国仁那里去了。总理没有送客出门，自己吸着水烟，回到上房。当差的进客厅里来，把桌上茶杯里的剩茶倒了，然后把它们搁在架上。客厅里现在又寂静了。我们只能从壁上的镜子里看见街上行人的反影，其中看见时髦的女人开着汽车从窗外经过，车上只坐着她的爱犬。很可怪的就是坐在汽车上那只畜生不时伸出头来向路人狂吠，表示它是阔人的狗！它的吠声在费总理的客厅里也可以听见。

时辰钟刚敲过三下，客厅里又热闹起来了。民生工厂的庶务长魏先生领着一对乡下夫妇进来，指示他们总理客厅里的陈设。乡下人看见当中二块匾就联想到他们的大宗祠里也悬着像旁边两块一样的东西，听说是皇帝赐给他们第几代的祖先的。总理客厅里的大小自鸣钟、新旧古董和一切的陈设，教他们心里想着就是皇帝的金銮殿也不过是这般布置而已。

他们都坐下，老婆子不歇地摩挲放在身边的东西，心里有的是赞羡。

魏先生对他们说：“我对你们说，你们不信，现在理会了。我们的总理是个有身家有名誉的财主，他看中了芙蓉就算你们两人的造化。她若嫁给总理做姨太，你们不但不愁没得吃的、穿的、住的，就是将来你们那个小狗儿要做一任县知事也不难。”

老头子说：“好倒很好，不过芙蓉是从小养来给小狗儿做媳妇，若是把她嫁了，我们不免要吃她外家的官司。”

老婆子说：“我们送她到工厂去也是为要使她学些手艺，好教我们多收些钱财，现在既然是总理财主要她，我们只得怨小狗儿没福气。总理财主如能吃得起官司，又保得我们的小狗儿做个营长、旅长，那我们就可以要一点财礼为他另娶一个回来。我说魏老爷呀，营长是不是管得着县知事？您方才说总理财主可以给小狗儿一个县知事做，我想还不如做个营长、旅长更好。现在做县知事的都要受气，听说营长还可以升到督办哪。”

魏先生说：“只要你们答应，天大的官司，咱们总理都吃得起。你看咱们总理几位姨太的亲戚没有一个不是当阔差事的。小狗儿如肯把芙蓉让给总理，哪愁他不得着好差事！不说是营长、旅长，他要什么就得什么。”

老头子是个明理知礼的人，他虽然不大愿意，却也不敢违忤魏先生的意思。他说：“无论如何，咱们两个老伙计是不能完全做主的。这个还得问问芙蓉，看她自己愿意不愿意。”

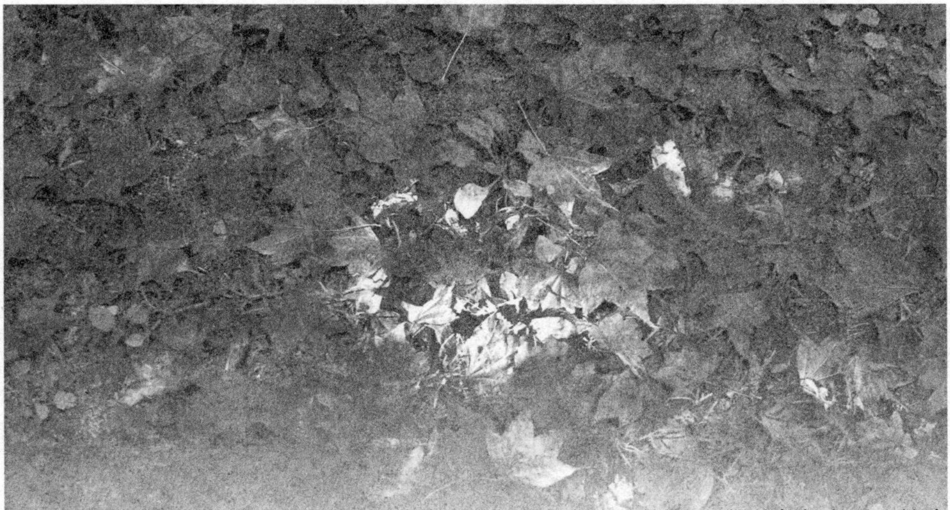

魏先生立时回答他说:"芙蓉一定愿意。只要你们两个人答应,一切的都好办了。她昨晚已在这里上房住一宿,若不愿意,她肯么?"

老头子听见芙蓉在上房住一宿就很不高兴。魏先生知道他的神气不对,赶快对他说明工厂里的习惯,女工可以被雇到厂外做活去。总理也有权柄调女工到家里当差,譬如翠花、菱花们,都是常川在家里做工的。昨晚上刚巧总理太太有点活要芙蓉来做,所以住了一宿,并没有别的缘故。

芙蓉的公姑请求叫她出来把事由说个明白,问她到底愿意不愿意。不一会,翠花领着芙蓉进到客厅里。她一见着两位老人家,便长跪在地上哭个不休。她嚷着说:"我的爹妈,快带我回家去罢,我不能在这里受人家欺侮。……我是有夫之妇。我决不能依从他。他有钱也不能买我的志向。……"

她的声音可以从窗户传达到街上,所以魏先生一直劝她不要放声哭,有话好好地说。老婆子把她扶起来,她咒骂了一场,气泄过了,声音也渐渐低下去。

老婆子到底是个贪求富贵的人,她把芙蓉拉到身边,细声对她劝说,说她若是嫁给总理财主,家里就有这样好处,那样好处。但她至终抱定不肯改嫁,更不肯嫁给人做姨太的主意。她宁愿回家跟着小狗儿过日子。

魏先生虽然把她劝不过来,心里却很佩服她。老少喧嚷过一会,芙蓉便随着她的公姑回到乡间去。魏先生把总理请出来,对他说那孩子很刁,不要也罢,反正厂里短不了比她好看的女人。总理也骂她是个不识抬举的贱人,说她昨夜和早晨怎样在上房吵闹。早晨他送完客,回到上房的时候,从她面前经过,又被她侮辱了一顿。若不是他一意要她做姨太,早就把她一脚踢死。他教魏先生回到工厂去,把芙蓉的名字开除,还教他从工厂的临时费支出几十块钱送给她家人,教他们不要播扬这事。

五点钟过了。几个警察来到费总理家的门房,费家的人个个都捏着一把汗,心里以为是芙蓉同着她的公姑到警察厅去上诉,现在来传人了。警察们倒不像来传人的样子。他们只报告说:“上头有话,明天欢迎总司令、总指挥,各家各户都得挂旗。”费家的大小这才放了心。

当差的说:“前几天欢送大帅,你们要人挂旗,明天欢迎总司令,又要挂旗,整天挂旗,有什么意思?”

“这是上头的命令,我们只得照传。不过明天千万别挂五色国旗,现在改用海军旗做国旗。”

“哪里找海军旗去?这都是你们警厅的主意,一会要人挂这样的旗,一会又要人挂那样的旗。”

“我们也管不了。上头说挂龙旗,我们便教挂龙旗;上头说挂红旗,我们也得照传,教挂红旗。”

警察叮咛了一会,又往别家通告去了。客厅的大镜里已经映着街上一家新开张的男女理发所门门挂着两面二丈四长、垂到地上的党国大旗。那旗比新华门平时所用的还要大,从远地看来,几乎令人以为是一所很重要的行政机关。

掌灯的时候到了。费总理的客厅里安排着一席酒,是为日间参观工厂的黄先生预备的。还是庶务长魏先生先到。他把方才总理吩咐他去办的事情都办妥了。他又对总理说他已买了两面新的国旗。总理说他不该买新的,费那么些钱,他说应当到估衣铺去搜罗。原来总理以为新的国旗可以到估衣铺去买。

二爷也到了。从他眉目的舒展可以知道他所得的消息是不坏的。他从袖里掏出几本书本,对费总理说:“国仁今晚要搭专车到保定去接司令,不能来了。他教我把这几本书带来给你看。他说此后要在社会上做事,非能背诵这里头的字句不成。这是新颁的《圣经》,一点一画也不许人改易的。”

他虽然说得如此郑重,总理却慢慢地取过来翻了几遍。他在无意中翻出“民生主义”几个字,不觉狂喜起来,对二爷说:“咱们的民生工厂不就是民生主义么?”

“有理有理。咱们的见解原先就和中山先生一致呵!”二爷又对总理说国仁已把事情办妥,前途大概没有什么危险。

总理把几本书也放在《孝经》、《治家格言》等书上头。也许客厅的那一个犄角就是他的图书馆!他没有别的地方藏书。

黄先生也到了,他对于总理所办的工厂十分赞美,总理也谦让了几句,还对他说他的工厂与民生主义的关系,黄先生越发佩服他是个当代的社会改良家兼大慈善家,更是总理的同志。他想他能与总理同席,是一桩非常荣幸可以记在参观日记上头、将来出版公布的事体。他自然也很羡慕总理的阔绰。心里想着,若不是财主,也做不了像他那样的慈善家。他心中最后的结论以为若不是财主,就没有做慈善家的资格。可不是!

宾主入席,畅快地吃喝了一顿,到十点左右,各自散去。客厅里现在只剩下几个当差的在那里收拾杯盘。器具摩荡的声音与从窗外送来那家新开张的男女理发所的留声机唱片的声音混在一起。

三博士

窄窄的店门外，贴着“承写履历”、“代印名片”、“当日取件”、“承印讣闻”等等广告。店内几个小徒弟正在忙着，踩得机轮轧轧地响。推门进来两个少年，吴芬和他的朋友穆君，到柜台上。

吴先生说：“我们要印名片，请你拿样本来看看。”

一个小徒弟从机器那边走过来，拿了一本样本递给他，说：“样子都在里头啦。请您挑罢。”

他和他的朋友接过样本来，约略翻了一遍。

穆君问：“印一百张，一会儿能得吗？”

小徒弟说：“得今晚来。一会儿赶不出来。”

吴先生说：“那可不成，我今晚七点就要用。”

穆君说：“不成，我们今晚要去赴会，过了六点，就用不着了。”

小徒弟说：“怎么今晚那么些赴会的？”他说着，顺手从柜台上拿出几匣印得的名片，告诉他们：“这几位定的名片都是今晚赴会用的，敢情您两位也是要赴那会去的罢。”

穆君同吴先生说：“也许是罢。我们要到北京饭店去赴留美同学化装跳舞会。”

穆君又问吴先生说：“今晚上还有大艺术家枚宛君博士吗？”

吴先生说：“有他罢。”

穆君转过脸来对小徒弟说：“那么，我们一人先印五十张，多给你些钱，马上就上版，我们在这里等一等。现在已经四点半了，半点钟一定可以得。”

小徒弟因为掌柜的不在家，踌躇了一会，至终答应了他们。他们于是坐在柜台旁的长凳上等着。吴先生拿着样本在那里有意无意地翻。穆君一会儿拿起白话小报看看，一会又到机器旁边看看小徒弟的工作。小徒弟正在撤版，要把他的名字安上去，一见穆君来到，便说：“这也是今晚上要赴会用的，您看漂亮不漂亮？”他拿着一张名片递给穆君看。他看见名片上写的是“前清监生，民国特科俊士，美国鸟约克柯蓝卑阿大学特赠博士，前北京政府特派调查欧美实业专使随员，甄辅仁”。后面还印上本人的铜版造像：一顶外国博士帽正正地戴着，金穗子垂在两个大眼镜正中间，脸模倒长得不错，看来像三十多岁的样子。他把名片拿到吴先生跟前，说：“你看这人你认识吗？头衔倒不寒伧。”

吴先生接过来一看，笑说："这人我知道，却没见过。他哪里是博士，那年他当随员到过美国，在纽约住了些日子，学校自然没进，他本来不是念书的。但是回来以后，满处告诉人说凭着他在前清捐过功名，美国特赠他一名博士。我知道他这身博士衣服也是跟人借的。你看他连帽子都不会戴，把缝子放在中间，这是哪一国的礼帽呢？"

穆君说："方才那徒弟说他今晚也去赴会呢。我们在那时候一定可以看见他。这人现在干什么？"

吴先生说："没有什么事罢。听说他急于找事，不晓得现在有了没有。这种人有官做就去做，没官做就想办教育，听说他现在想当教员哪。"

两个人在店里足有三刻钟，等到小徒弟把名片焙干了，拿出来交给他们。他们付了钱，推门出来。

在街上走着，吴先生对他的朋友说："你先去办你的事，我有一点事要去同一个朋友商量，今晚上北京饭店见罢。"

穆君笑说："你又胡说了，明明为去找何小姐，偏要撒谎。"

吴先生笑说："难道何小姐就不是朋友吗？她约我到她家去一趟，有事情要同我商量。"

穆君说："不是订婚罢？"

"不，绝对不。"

"那么，一定是你约她今晚上同到北京饭店去，人家不去，你定要去求她，是不是？"

"不，不。我倒是约她来的，她也答应同我去。不过她还有话要同我商量，大概是属于事务的，与爱情毫无关系罢。"

"好吧，你们商量去，我们今晚上见。"

穆君自己上了电车，往南去了。

吴先生雇了洋车，穿过几条胡同，来到何宅。门役出来，吴先生给他一张名片，说："要找大小姐。"

仆人把他的名片送到上房去。何小姐正和她的女朋友黄小姐在妆台前谈话，便对当差的说："请到客厅坐罢，告诉吴先生说小姐正会着女客，请他候一候。"仆人答应着出去了。

何小姐对她朋友说："你瞧，我一说他，他就来了。我希望你喜欢他。我先下去，待一会儿再来请你。"她一面说，一面烫着她的头发。

她的朋友笑说："你别给我瞎介绍啦。你准知道他一见便倾心么?"

"留学生回国，有些是先找事情后找太大的，有些是先找太太后谋差事的。有些找太太不找事，有些找事不找太太，有些什么都不找。像我的表哥辅仁他就是第一类的留学生。这位吴先生可是第二类的留学生。所以我把他请来，一来托他给辅仁表哥找一个地位，二来想把你介绍给他。这不是一举两得吗？他急于成家，自然不会很挑眼。"

女朋友不好意思搭腔，便换个题目问她说："你那位情人，近来有信吗?"

"常有信，他也快回来了。你说多快呀，他前年秋天才去的，今年便得博士了。"何小姐很得意地说。

"你真有眼。从前他与你同在大学念书的时候，他是多么奉承你呢。若他不是你的情人，我一定要爱上他。"

"那时候你为什么不爱他呢？若不是他出洋留学，我也没有爱他的可能。那时他多么穷呢，一件好衣服也舍不得穿，一顿饭也舍不得请人吃，同他做朋友面子上真是有点不好过。我对于他的爱情是这两年来才发生的。"

"他倒是装成的一个穷孩子。但他有特别的聪明，样子也很漂亮，这会回来，自然是格外不同了。我最近才听见人说他祖上好几代都是读书人，不晓得他告诉你没有。"

何小姐听了，喜欢得眼眉直动，把烫钳放在酒精灯上，对着镜子调理她的两鬓。她说："他一向就没告诉过我他的家世。我问他，他也不说。这也是我从前不敢同他交朋友的一个原因。"

她的朋友用手捋捋她脑后的头发，向着镜里的何小姐说："听说他家里也很有钱，不过他喜欢装穷罢了。你当他真是一个穷鬼吗?"

"可不是，他当出国的时候，还说他的路费和学费都是别人的呢。"

"用他父母的钱也可以说是别人的。"她的朋友这样说。

"也许他故意这样说罢。"她越发高兴了。

黄小姐催她说："头发烫好了，你快下去罢。关于他的话还多着呢。回头我再慢慢地告诉你。教客厅里那个人等久了，不好意思。"

"你瞧，未曾相识先有情。多停一会儿就把人等死了！"她奚落着她的女朋友，便起身要到客厅去。走到房门口正与表哥辅仁撞个满怀。表妹问，"你急什么？险些儿把人撞倒！"

"我今晚上要化装做交际明星，借了这套衣服，请妹妹先给我打扮起来，看看时样不时样。”

“你到妈屋里去，教丫头们给你打扮罢。我屋里有客，不方便。你打扮好就到那边给我去瞧瞧。瞧你净以为自己很美，净想扮女人。”

“这年头扮女人到外洋也是博士待遇，为什么扮不得？”

“怕的是你扮女人，会受‘游街示众’的待遇咧。”

她到客厅，便说：“吴博士，久候了，对不起。”

“没有什么。今晚上你一定能赏脸罢。”

“岂敢。我一定奉陪。您瞧我都打扮好了。”

主客坐下，叙了些闲话。何小姐才说她有一位表哥甄辅仁现在没有事情，好歹在教育界给他安置一个地位。在何小姐方面，本不晓得她表哥在外洋到底进了学校没有。她只知道他是借着当随员的名义出国的。她以为一留洋回来，假如倒霉也可以当一个大学教授，吴先生在教育界很认识些可以为力的人，所以非请求他不可。在吴先生方面，本知道这位甄博士的来历，不过不知道他就是何小姐的表兄。这一来，他也不好推辞，因为他也有求于她。何小姐知道他有几分爱她，也不好明明地拒绝，当他说出情话的时候，只是笑而不答。她用别的话来支开。

她问吴博士说：“在美国得博士不容易罢？”

“难极啦。一篇论文那么厚。”他比仿着，接下去说，“还要考英、俄、德、法几国文字，好些老教授围着你，好像审犯人一样。稍微差了一点，就通不过。”

何小姐心里暗喜，喜的是她的情人在美国用很短的时间，能够考上那么难的博士。

她又问：“您写的论文是什么题目？”

“凡是博士论文都是很高深很专门的。太普通和太浅近的，不说写，把题目一提出来，就通不过。近年来关于中国文化的论文很时兴，西方人厌弃他们的文化，想得些中国文化去调和调和。我写的是一篇《麻雀牌与中国文化》。这题目重要极了。我要把麻雀牌在中国文化和世界文化的地位介绍出来。我从中国经书里引出很多的证明，如《诗经》里‘谁谓雀无角，何以穿我屋’的‘雀’便是麻雀牌的‘雀’。为什么呢？真的雀哪会有角呢？一定是麻雀牌才有八只角呀。‘穿我屋’表示当时麻雀很流行，几乎家家都穿到的意思。可见那时候的生活很丰裕，像现在的美国一样。这个铁证，无论哪一个学者都不能推翻。又如‘索子’本是‘竹子’，宁波音读‘竹’为‘索’，也是我考证出来的。还有一个理论是麻雀牌的名字是从‘一竹’得来的。做牌的人把‘一竹’雕成一只鸟的样子，没有学问的人便叫它做‘麻雀’，其实是一只凤，取‘鸣凤在竹’的意思。这个理论与我刚才说的雀也不冲突，因为凤凰是贵族的，到了做那首诗的时代，已经民众化了，变为小家雀了。此外还有许多别人没曾考证过的理论，我都写在论文里。您若喜欢念，我明天就送一本过来献献丑。请您指教指教。我写的可是英文。我为那论文花了一千多块美金。您看要在外国得个博士多难呀，又得花时间，又得花精神，又得花很多的金钱。”

何小姐听他说得天花乱坠，也不能评判他说的到底是对不对，只一味地称赞他有学问。她站起来，说：“时候快到了，请你且等一等，我到屋里装饰一下就与你一同去。我还要介绍

一位甜人给你。我想你一定会很喜欢她。”她说着便自出去了。吴博士心里直盼着要认识那人。

她回到自己屋里，见黄小姐张皇地从她的床边走近前来。

“你放什么在我床里啦？”何小姐问。

“没什么。”

“我不信。”何小姐一面说一面走近床边去翻她的枕头。她搜出一卷筒的邮件，指着黄小姐说，“你还捣鬼！”

黄小姐笑说：“这是刚才外头送进来的。所以把它藏在你的枕底，等你今晚上回来，可以得到意外的喜欢。我想那一定是你的甜心寄来的。”

“也许是他寄来的罢。”她说着，一面打开那卷筒，原来是一张文凭。她非常地喜欢，对着她的朋友说：“你瞧，他的博士文凭都寄来给我了！多么好看的一张文凭呀，羊皮做的咧！”

她们一同看着上面的文字和金印。她的朋友拿起空筒子在那里摩挲里，显出是很羡慕的样子。

何小姐说：“那边那个人也是一个博士呀，你何必那么羡慕我的呢？”

她的朋友不好意思，低着头尽管看那空筒子。

黄小姐忽然说：“你瞧，还有一封信呢！”她把信取出来，递给何小姐。

何小姐把信拆开，念着：

最亲爱的何小姐：

我的目的达到，你的目的也达到了。现在我把这一张博士文凭寄给你。我的论文是《油炸脍与烧饼的成分》。这题目本来不难，然而在这学校里，前几年有一位中国学生写了一篇《北京松花的成分》也得着博士学位，所以外国博士到底是不难得。论文也不必选很艰难的问题。

我写这论文的缘故都是为你，为得你的爱，现在你的爱教我在短期间得到，我的目的已达到了。你别想我是出洋念书，其实我是出洋争口气。我并不是没本领，不出洋本来也可以，无奈迫于你的要求，若不出来，倒显得我没有本领，并且还要冒个“穷鬼”的名字。现在洋也出过了，博士也很容易地得到了，这口气也争了，我的生活也可以了结了。我不是不爱你，但我爱的是性情，你爱的是功名；我爱的是内心，你爱的是外形，对象不同，而爱则一。然而你要知道人类所以和别的动物不同的地方便是在恋爱的事情上，失恋固然可以教他自杀，得恋也可以教他自杀。禽兽会因失恋而自杀，却不会在承领得意的恋爱滋味的时候去自杀，所以和人类不同。

别了，这张文凭就是对于我的纪念品，请你收起来。无尽情意，笔不能宣，万祈原宥。

你所知的男子

“呀！他死了！”何小姐念完信，眼泪直流，她不晓得要怎办才好。

她的朋友拿起信来看，也不觉伤心起来，但还勉强劝慰她说：“他不致于死的，这信里也没说他要自杀，不过发了一片牢骚而已。他是恐吓你的，不要紧，过几天，他一定再有信来。”

她还哭着，钟已经打了七下，便对她的朋友说：“今晚上的跳舞会，我懒得去了。我教表哥介绍你给吴先生罢。你们三个人去得啦。”

她教人去请表少爷。表少爷却以为表妹要在客厅里看他所扮的时装，便摇摆着进来。

吴博士看见他打扮得很时髦，脸模很像何小姐。心里想这莫不是何小姐所要介绍的那一位。他不由得进前几步深深地鞠了一躬，问，“这位是……？”

辅仁见表妹不在，也不好意思。但见他这样诚恳，不由得到客厅门口的长桌上取了一张名片进来递给他。

他接过去，一看是“前清监生，民国特科俊士，美国乌约克柯蓝卑阿大学特赠博士，前北京政府特派调查欧美实业专使随员，甄辅仁。”

“久仰，久仰。”

“对不住，我是要去赴化装跳舞会的，所以扮出这个怪样来，取笑，取笑。”

“岂敢，岂敢。美得很。”

街头巷尾之伦理

在这城市里，鸡声早已断绝，破晓的声音，有时是骆驼的铃铛，有时是大车的轮子。那一早晨，胡同里还没有多少行人，道上的灰土蒙着一层青霜，骡车过处，便印上蹄痕和轮迹。那车上满载着块煤，若不是加上车夫的鞭子，合着小驴和大骡的力量，也不容易拉得动。有人说，做牲口也别做北方的牲口，一年有大半年吃的是干草，没有歇的时候，有一千斤的力量，主人最少总要它拉够一千五百斤，稍一停顿，便连鞭带骂。这城的人对于牲口好像还没有想到有什么道德的关系，没有待遇牲口的法律，也没有保护牲口的会社。骡子正在一步一步使劲拉那重载的煤车，不提防踩了一蹄柿子皮，把它滑倒，车夫不问情由挥起长鞭，没头没脸地乱鞭，嘴里不断地骂它的娘，它的姊妹。在这一点上，车夫和他的牲口好像又有了人伦的关系。骡子喘了一会气，也没告饶，挣扎起来，前头那匹小驴帮着它，把那车慢慢地拉出胡同口去。

在南口那边站着一个巡警。他看是个“街知事”，然而除掉捐项，指挥汽车，和跟洋车夫捣麻烦以外，一概的事情都不知。市政府办了乞丐收容所，可是那位巡警看见叫化子也没请他到所里去住。那一头来了一个瞎子，一手扶着小木杆，一手提着破柳罐。他一步一步踱到巡警跟前，后面一辆汽车远远地响着喇叭，吓得他急要躲避，不凑巧撞在巡警身上。

巡警骂他说：“你这东西又脏又瞎，汽车快来了，还不快往胡同里躲！”幸而他没把手里那根“尚方警棍”加在瞎子头上，只挥着棍子叫汽车开过去。

瞎子进了胡同口，沿着墙边慢慢地走。那边来了一群狗，大概是追母狗的。它们一面吠，一面咬，冲到瞎子这边来。他的拐棍在无意中碰着一只张牙咧嘴的公狗，被它在腿上咬了一口。他摩摩大腿，低声骂了一句，又往前走。

“你这小子，可教我找着了。”从胡同的那边迎面来了一个人，远远地向着瞎子这样说。

那人的身材虽不很魁梧，可也比得胡同口“街知事”。据说他也是个老太爷身份，在家里刨掉灶王爷，就数他大，因为他有很多下辈供养他。他住在鬼门关附近，有几个侄子，还有儿媳妇和孙子。有一个儿子专在人马杂沓的地方做扒手。有一个儿子专在娱乐场或戏院外头假装寻亲不遇，求帮于人。一个儿媳妇带着孙子在街上捡煤渣，有时也会利用孩子偷街上小摊的东西。这瞎子，他的侄儿，却用“可怜我瞎子……”这套话来生利。他们照例都得把所得的财物奉给这位家长受用，若有怠慢，他便要和别人一样，拿出一条伦常的大道理来谴责他们。

瞎子已经两天没回家了。他蓦然听见叔叔骂他的声音,早已吓得魂不附体。叔叔走过来,拉着他的胳臂,说:“你这小子,往哪里跑?”瞎子还没回答,他顺手便给他一拳。

瞎子“哟”了一声,哀求他叔叔说:“叔叔别打,我昨天一天还没吃的,要不着,不敢回家。”

叔叔也用了骂别人的妈妈和妹妹的话来骂他的侄子。他一面骂,一面打,把瞎子推倒,拳脚交加。瞎子正坐在方才教骡子滑倒的那几个烂柿子皮的地方。破柳罐也摔了,掉出几个铜元,和一块干面包头。

叔叔说:“你还撒谎?这不是铜子?这不是馒头?你有剩下的,还说昨天一天没吃,真是该揍的东西。”他骂着,又连踢带打了一会。

瞎子想是个忠厚人,也不会抵抗,只会求饶。

路东五号的门开了。一个中年的女人拿着药罐子到街心,把药渣子倒了。她想着叫往来的人把吃那药的人的病带走,好像只要她的病人好了,叫别人病了千万个也不要紧。她提着药罐,站在街门口看那人打他的瞎眼侄儿。

路西八号的门也开了。一个十三四岁的黄脸丫头,提着脏水桶,望街上便泼。她泼完,也站在大门口瞧热闹。

路东九号出来几个人,路西七号也出来几个人,不一会,满胡同两边都站着瞧热闹的人们。大概同情心不是先天的本能,若本能,他们当中怎么没有一个人走来把那人劝开?难道看那瞎子在地上呻吟,无力抵抗,和那叔叔凶狠恶煞的样子,够不上动他们的恻隐之心么?

瞎子嚷着救命,至终没人上前去救他。叔叔见有许多人在两旁看他教训着坏子弟,便乘机演说几句。这是一个演说时代,所以“诸色人等”都能演说。叔叔把他的侄儿怎样不孝顺,得到钱自己花,有好东西自己吃的罪状都布露出来。他好像理会众人以他所做的为合理,便又将侄儿恶打一顿。

瞎子的枯眼是没有泪流出来的,只能从他的号声理会他的痛楚。他一面告饶,一面伸手去摸他的拐棍。叔叔快把拐棍从地上捡起来,就用来打他。棍落在他的背上发出一种霍霍的声音,显得他全身都是骨头。叔叔说:“好,你想逃?你逃到哪里去?”说完,又使劲地打。

街坊也发议论了。有些说该打,有些说该死,有些说可怜,有些说可恶。可是谁也不愿意管闲事,更不愿意管别人的家事,所以只静静地站在一边,像“观礼”一样。

叔叔打够了,把地下两个大铜子捡起来,问他:“你这些子儿都是从哪里来的?还不说!”

瞎子那些铜子是刚在大街上要来的,但也不敢申辩,由着他叔叔拿走。

胡同口的大街上,忽然过了一大队军警。听说早晨司令部要枪毙匪犯。胡同里方才站着瞧热闹的人们,因此也冲到热闹的胡同去。他们看见大车上绑着的人。那人高声演说,说他是真好汉,不怕打,不怕杀,更不怕那班临阵扔枪的丘八。围观的人,也像开国民大会一样，有喝彩的，也有拍手的。那人越发高兴，唱几句《失街亭》，说东道西，一任骡子慢慢地拉着他走。车过去了，还有很多人跟着，为的是要听些新鲜的事情。文明程度越低的社会，对于游街示众、法场处死、家小拌嘴、怨敌打架等事情，都很感得兴趣，总要在旁助威，像文明程度高的人们在戏院、讲堂、体育场里助威和喝彩一样。说“文明程度低”一定有人反对，不如说“古风淳厚”较为堂皇些。

胡同里的人，都到大街上看热闹去了。这里，瞎子从地下爬起来，全身都是伤痕。巡警走来说他一声“活该”！

他没说什么。

那边来了一个女人，戴着深蓝眼镜，穿着淡红旗袍，头发烫得像石狮子一样。从跟随在她后面那位抱着孩子的灰色衣帽人看来，知道她是个军人的眷属。抱小孩的大兵，在地下捡了一个大子。那原是方才从破柳罐里摔出来的。他看见瞎子坐在道边呻吟，就把捡得的铜子扔给他。

“您积德修好哟！我给您磕头啦！”是瞎子谢他的话。

他在这一个大子的恩惠以外，还把道上的一大块面包头踢到瞎子跟前，说：“这地上有你吃的东西。”他头也不回，洋洋地随着他的女司令走了。

瞎子在那里摸着块干面包，正拿在手里，方才咬他的那只饿狗来到，又把它抢走了。

“街知事”站在他的岗位，望着他说：“瞧，活该！”

春　桃

这年的夏天分外地热。街上的灯虽然亮了，胡同口那卖酸梅汤的还像唱梨花鼓的姑娘耍着他的铜碗。一个背着一大篓字纸的妇人从他面前走过，在破草帽底下虽看不清她的脸，当她与卖酸梅汤的打招呼时，却可以理会她有满口雪白的牙齿。她背上担负得很重，甚至不能把腰挺直，只如骆驼一样，庄严地一步一步踱到自己门口。

进门是个小院，妇人住的是塌剩下的两间厢房。院子一大部分是瓦砾。在她的门前种着一棚黄瓜，几行玉米。窗下还有十几棵晚香玉。几根朽坏的梁木横在瓜棚底下，大概是她家最高贵的坐处。她一到门前，屋里出来一个男子，忙帮着她卸下背上的重负。

“媳妇，今儿回来晚了。”

妇人望着他，像很诧异他的话。“什么意思？你想媳妇想疯啦？别叫我媳妇，我说。”她一面走进屋里，把破草帽脱下，顺手挂在门后，从水缸边取了一个小竹筒向缸里一连舀了好几次，喝得换不过气来，张了一会嘴，到瓜棚底下把篓子拖到一边，便自坐在朽梁上。

那男子名叫刘向高。妇人的年纪也和他差不多，在三十左右，娘家也姓刘。除掉向高以外，没人知道她的名字叫做春桃。街坊叫她做捡烂纸的刘大姑，因为她的职业是整天在街头巷尾垃圾堆里讨生活，有时沿途嚷着“烂字纸换取灯儿”。一天到晚在烈日冷风里吃尘土，可是生来爱干净，无论冬夏，每天回家，她总得净身洗脸。替她预备水的照例是向高。

向高是个乡间高小毕业生，四年前，乡里闹兵灾，全家逃散了，在道上遇见同是逃难的春桃，一同走了几百里，彼此又分开了。

她随着人到北京来，因为总布胡同里一个西洋妇人要雇一个没混过事的乡下姑娘当“阿妈”，她便被荐去上工。主妇见她长得清秀，很喜爱她。她见主人老是吃牛肉，在馒头上涂牛油，喝茶还要加牛奶，来去鼓着一阵膻味，闻不惯。有一天，主人叫她带孩子到三贝子花园去，她理会主人家的气味有点像从虎狼栏里发出来的，心里越发难过，不到两个月，便辞了工。到平常人家去，乡下人不惯当差，又挨不得骂，上工不久，又不干了。在穷途上，她自己选了这捡烂纸换取灯儿的职业，一天的生活，勉强可以维持下去。

向高与春桃分别后的历史倒很简单，他到涿州去，找不着亲人，有一两个世交，听他说是逃难来的，都不很愿意留他住下，不得已又流到北京来。由别人的介绍，他认识胡同口那卖酸梅汤的老吴，老吴借他现在住的破院子住，说明有人来赁，他得另找地方。他没事做，只帮着老吴算算账，卖卖货。他白住房子白做活，只赚两顿吃。春桃的捡纸生活渐次发达了，原住的地方，人家不许他堆货，她便沿着德胜门墙根来找住处。一敲门，正是认识的刘向高。她不用经过许多手续，便向老吴赁下这房子，也留向高住下，帮她的忙。这都是三年前的事了。他认得几个字，在春桃捡来和换来的字纸里，也会抽出些少比较能卖钱的东西，如画片或某将军、某总长写的对联、信札之类。二人合作，事业更有进步。向高有时也教她认几个字，但没有什么功效，因为他自己认得的也不算多，解字就更难了。

他们同居这些年，生活状态，若不配说像鸳鸯，便说像一对小家雀罢。

言归正传。春桃进屋里，向高已提着一桶水在她后面跟着走。他用快活的声调说："媳妇，快洗罢，我等饿了。今晚咱们吃点好的，烙葱花饼，赞成不赞成？若赞成，我就买葱酱去。"

"媳妇，媳妇，别这样叫，成不成？"春桃不耐烦地说。

"你答应我一声，明儿到天桥给你买一顶好帽子去。你不说帽子该换了么？"向高再要求。

"我不爱听。"

他知道妇人有点不高兴了，便转口问："到底吃什么？说呀！"

"你爱吃什么，做什么给你吃。买去罢。"

向高买了几根葱和一碗麻酱回来，放在明间的桌上。春桃擦过澡出来，手里拿着一张红帖子。

"这又是那一位王爷的龙凤帖！这次可别再给小市那老李了。托人拿到北京饭店去，可以多卖些钱。"

"那是咱们的。要不然，你就成了我的媳妇啦？教了你一两年的字，连自己的姓名都认不得！"

"谁认得这么些字？别媳妇媳妇的，我不爱听。这是谁写的？"

"我填的。早晨巡警来查户口，说这两天加紧戒严，那家有多少人，都得照实报。老吴教我们把咱们写成两口子，省得麻烦。巡警也说写同居人，一男一女，不妥当。我便把上次没卖掉的那分空帖子填上了。我填的是辛未年咱们办喜事。"

"什么？辛未年？辛未年我那儿认得你？你别捣乱啦。咱们没拜过天地，没喝过交杯酒，不算两口子。"

春桃有点不愿意，可还和平地说出来。她换了一条蓝布裤。上身是白的，脸上虽没脂粉，却呈露着天然的秀丽。若她肯嫁的话，按媒人的行情，说是二十三四的小寡妇，最少还可以值得一百八十的。

她笑着把那礼帖搓成一长条，说："别捣乱！什么龙凤帖？烙饼吃了罢。"

她掀起炉盖把纸条放进火里，随即到桌边和面。

向高说："烧就烧罢，反正巡警已经记上咱们是两口子；若是官府查起来，我不会说龙凤帖在逃难时候丢掉的么？从今儿起，我可要叫你做媳妇了。老吴承认，巡警也承认，你不愿意，我也要叫。媳妇嗳！媳妇嗳！明天给你买帽子去，戒指我打不起。"

"你再这样叫，我可要恼了。"

“看来，你还想着那李茂。”向高的神气没像方才那么高兴。他自己说着，也不一定要春桃听见，但她已听见了。

“我想他？一夜夫妻，分散了四五年没信，可不是白想？”

春桃这样说。她曾对向高说过她出阁那天的情形。花轿进了门，客人还没坐席，前头两个村子来人说，大队兵已经到了，四处拉人挖战壕，吓得大家都逃了，新夫妇也赶紧收拾东西，随着大众望西逃。同走了一天一宿。第二宿，前面连嚷几声“胡子来了，快躲罢”，那时大家只顾躲，谁也顾不了谁。到天亮时，不见了十几个人，连她丈夫李茂也在里头。她继续方才的话说：“我想他一定跟着胡子走了，也许早被人打死了。得啦，别提他啦。”

她把饼烙好了，端到桌上。向高向沙锅里舀了一碗黄瓜汤，大家没言语，吃了一顿。吃完，照例在瓜棚底下坐坐谈谈。一点点的星光在瓜叶当中闪着。凉风把萤火送到棚上，像星掉下来一般。晚香玉也渐次散出香气来，压住四围的臭味。

“好香的晚香玉！”向高摘了一朵，插在春桃的髻上。

“别糟蹋我的晚香玉。晚上戴花，又不是窑姐儿。”她取下来，闻了一闻，便放在朽梁上头。

“怎么今儿回来晚啦？”向高问。

“吓！今儿做了一批好买卖！我下午正要回家，经过后门，瞧见清道夫推着一大车烂纸，问他从那儿推来的；他说是从神武门甩出来的废纸。我见里面红的、黄的一大堆，便问他卖不卖；他说，你要，少算一点装去罢。你瞧！”她指着窗下那大篓，“我花了一块钱，买那一大篓！赔不赔，可不晓得，明儿检一检得啦。”

“宫里出来的东西没个错。我就怕学堂和洋行出来的东西，分量又重，气味又坏，值钱不值，一点也没准。”

“近年来，街上包东西都作兴用洋报纸。不晓得哪里来的那么些看洋报纸的人。捡起

来真是分量又重，又卖不出多少钱。”

“念洋书的人越多，谁都想看看洋报，将来好混混洋事。”

“他们混洋事，咱们捡洋字纸。”

“往后恐怕什么都要带上个洋字，拉车要拉洋车，赶驴更赶洋驴，也许还有洋骆驼要来。”向高把春桃逗得笑起来了。

“你先别说别人。若是给你有钱，你也想念洋书，娶个洋媳妇。”

“老天爷知道，我绝不会发财。发财也不会娶洋婆子。若是我有钱，回乡下买几亩田，咱们两个种去。”

春桃自从逃难以来，把丈夫丢了，听见乡下两字，总没有好感想。她说：“你还想回去？恐怕田还没买，连钱带人都没有了。没饭吃，我也不回去。”

“我说回我们锦县乡下。”

“这年头，那一个乡下都是一样，不闹兵，便闹贼；不闹贼，便闹日本，谁敢回去？还是在这里捡捡烂纸罢。咱们现在只缺一个帮忙的人。若是多个人在家替你归着东西，你白天便可以出去摆地摊，省得货过别人手里，卖漏了。”

“我还得学三年徒弟才成，卖漏了，不怨别人，只怨自己不够眼光。这几个月来我可学了不少。邮票，哪种值钱，哪种不值，也差不多会瞧了。大人物的信札手笔，卖得出钱，卖不出钱，也有一点把握了。前几天在那堆字纸里检出一张康有为的字，你说今天我卖了多少？”他很高兴地伸出拇指和食指比仿着，“八毛钱！”

“说是呢！若是每天在烂纸堆里能检出八毛钱就算顶不错，还用回乡下种田去？那不是自找罪受么？”春桃愉悦的声音就像春深的莺啼一样。她接着说：“今天这堆准保有好的给你检。听说明天还有好些，那人教我一早到后门等他。这两天宫里的东西都赶着装箱，往南方运，库里许多烂纸都不要。

我瞧见东华门外也有许多，一口袋一口袋陆续地扔出来。明儿你也打听去。”

说了许多话，不觉二更打过。她伸伸懒腰站起来说：“今天累了，歇吧！”

向高跟着她进屋里。窗户下横着土炕，够两三人睡的。在微细的灯光底下，隐约看见墙上一边贴着八仙打麻雀的谐画，一边是烟公司“还是他好”的广告画。春桃的模样，若脱去破帽子，不用说到瑞蚨祥或别的上海成衣店，只到天桥搜罗一身落伍的旗袍穿上，坐在任何草地，也与“还是他好”里那摩登女不差上下。因此，向高常对春桃说贴的是她的小照。

她上了炕，把衣服脱光了，顺手揪一张被单盖着，躺在一边。向高照例是给她按按背，捶捶腿。她每天的疲劳就是这样含着一点微笑，在小油灯的闪烁中，渐次得着苏息。在半睡的状态中，她喃喃地说：“向哥，你也睡罢，别开夜工了，明天还要早起咧。”

妇人渐次发出一点微细的鼾声，向高便把灯灭了。

一破晓，男女二人又像打食的老鸹，急飞出巢，各自办各的事情去。

刚放过午炮，什刹海的锣鼓已闹得喧天。春桃从后门出来，背着纸篓，向西不压桥这边来。在那临时市场的路口，忽然听见路边有人叫她：“春桃，春桃！”

她的小名，就是向高一年之中也罕得这样叫唤她一声。自离开乡下以后，四五年来没人这样叫过她。

“春桃，春桃，你不认得我啦？”

她不由得回头一瞧，只见路边坐着一个叫化子。那乞怜的声音从他满长了胡子的嘴发出来。他站不起来，因为他两条腿已经折了。身上穿的一件灰色的破军衣，白铁钮扣都生了锈，肩膀从肩章的破缝露出，不伦不类的军帽斜戴在头上，帽章早已不见了。

春桃望着他一声也不响。

“春桃，我是李茂呀！”

她进前两步，那人的眼泪已带着灰土透入蓬乱的胡子里。

她心跳得慌，半晌说不出话来，至终说：“茂哥，你在这里当叫化子啦？你两条腿怎么丢啦？”

“嗳，说来话长。你从多喒起在这里呢？你卖的是什么？”

“卖什么！我捡烂纸咧。……咱们回家再说罢。”

她雇了一辆洋车，把李茂扶上去，把篓子也放在车上，自己在后面推着。一直来到德胜门墙根，车夫帮着她把李茂扶下来。进了胡同口，老吴敲着小铜碗，一面问：“刘大姑，今儿早回家，买卖好呀？”

“来了乡亲啦。”她应酬了一句。

李茂像只小狗熊，两只手按在地上，帮助两条断腿爬着。

她从口袋里拿出钥匙，开了门，引着男子进去。她把向高的衣服取一身出来，像向高每天所做的，到井边打了两桶水倒在小澡盆里教男人洗澡。洗过以后，又倒一盆水给他洗脸。然后扶他上炕坐，自己在明间也洗一回。

“春桃，你这屋里收拾得很干净，一个人住吗？”

“还有一个伙计。”春桃不迟疑地回答他。

“做起买卖来啦？”

“不告诉你就是捡烂纸么？”

“捡烂纸？一天捡得出多少钱？”

“先别盘问我，你先说你的罢。”

春桃把水泼掉，理着头发进屋里来，坐在李茂对面。

李茂开始说他的故事：

“春桃，唉，说不尽哟！我就说个大概罢。

“自从那晚上教胡子绑去以后，因为不见了你，我恨他们，夺了他们一杆枪，打死他们两个人，拚命地逃。逃到沈阳，正巧边防军招兵，我便应了招。在营里三年，老打听家里的消息，人来都说咱们村里都变成砖瓦地了。咱们的地契也不晓得现在落在谁手里。咱们逃出来时，偏忘了带着地契。因此这几年也没告假回乡下瞧瞧。在营里告假，怕连几块钱的饷也告丢了。

“我安分当兵，指望月月关饷，至于运到升官，本不敢盼。

也是我命里合该有事：去年年头，那团长忽然下一道命令，说，若团里的兵能瞄枪连中

九次靶，每月要关双饷，还升差事。一团人没有一个中过四枪；中，还是不进红心。我可连发连中，不但中了九次红心，连剩下那一颗子弹，我也放了。我要显本领，背着脸，弯着腰，脑袋向地，枪从裤裆放过去，不偏不歪，正中红心。当时我心里多么快活呢。那团长教把我带上去。我心里想着总要听几句褒奖的话。不料那畜生翻了脸，楞说我是胡子，要枪毙我！他说若不是胡子，枪法决不会那么准。我的排长、队长都替我求情，担保我不是坏人，好容易不枪毙我了，可是把我的正兵革掉，连副兵也不许我当。他说，当军官的难免不得罪弟兄们，若是上前线督战，队里有个像我瞄得那么准，从后面来一枪，虽然也算阵亡，可值不得死在仇人手里。大家没话说，只劝我离开军队，找别的营生去。

“我被革了不久，日本人便占了沈阳；听说那狗团长领着他的军队先投降去了。我听见这事，愤不过，想法子要去找那奴才。我加入义勇军，在海城附近打了几个月，一面打，一面退到关里。前个月在平谷东北边打，我去放哨，遇见敌人，伤了我两条腿。那时还能走，躲在一块大石底下，开枪打死他几个。我实在支持不住了，把枪扔掉，向田边的小道爬，等了一天、两天，还不见有红十字会或红C字会的人来。伤口越肿越厉害，走不动又没吃的喝的，只躺在一边等死。后来可巧有一辆大车经过，赶车的把我扶了上去，送我到一个军医的帐幕。他们又不瞧，只把我扛上汽车，往后方医院送。已经伤了三天，大夫解开一瞧，说都烂了，非用锯不可。在院里住了一个多月，好是好了，就丢了两条腿。我想在此地举目无亲，乡下又回不去；就说回去得了，没有腿怎能种田？求医院收容我，给我一点事情做，大夫说医院管治不管留，也不管找事。此地又没有残废兵留养院，迫着我不得不出来讨饭，今天刚是第三天。这两天我常想着，若是这样下去，我可受不了，非上吊不可。”

春桃注神听他说，眼眶不晓得什么时候都湿了。她还是静默着。李茂用手抹抹额上的汗，也歇了一会。

“春桃，你这几年呢？这小小地方虽不如咱们乡下那么宽敞，看来你倒不十分苦。”

"谁不受苦？苦也得想法子活。在阎罗殿前，难道就瞧不见笑脸？这几年来，我就是干这捡烂纸换取灯的生活，还有一个姓刘的同我合伙。我们两人，可以说不分彼此，勉强能度过日子。"

"你和那姓刘的同住在这屋里？"

"是，我们同住在这炕上睡。"春桃一点也不迟疑，她好像早已有了成见。

"那么，你已经嫁给他？"

"不，同住就是。"

"那么，你现在还算是我的媳妇？"

"不，谁的媳妇，我都不是。"

李茂的夫权意识被激动了。他可想不出什么话来说。两眼注视着地上，当然他不是为看什么，只为有点不敢望着他的媳妇。至终他沉吟了一句："这样，人家会笑话我是个活王八。"

"王八？"妇人听了他的话，有点翻脸，但她的态度仍是很和平。她接着说："有钱有势的人才怕当王八。像你，谁认得？活不留名，死不留姓，王八不王八，有什么相干？现在，我是我自己，我做的事，决不会玷着你。"

"咱们到底还是两口子，常言道，一夜夫妻百日恩——"

"百日恩不百日恩我不知道。"春桃截住他的话，"算百日恩，也过了好十几个百日恩。四五年间，彼此不知下落；我想你也想不到会在这里遇见我。我一个人在这里，得活，得人帮忙。我们同住了这些年，要说恩爱，自然是对你薄得多。

今天我领你回来，是因为我爹同你爹的交情，我们还是乡亲。

你若认我做媳妇，我不认你，打起官司，也未必是你赢。"

李茂掏掏他的裤带，好像要拿什么东西出来，但他的手忽然停住，眼睛望望春桃，至终把手缩回去撑着席子。

李茂没话，春桃哭。日影在这当中也静静地移了三四分。

"好罢，春桃，你做主。你瞧我已经残废了，就使你愿意跟我，我也养不活你。"李茂到底说出这英明的话。

"我不能因为你残废就不要你，不过我也舍不得丢了他。大家住着，谁也别想谁是养活着谁，好不好？"春桃也说了她心里的话。

李茂的肚子发出很微细的咕噜咕噜声音。

"噢，说了大半天，我还没问你要吃什么！你一定很饿了。"

"随便罢，有什么吃什么。我昨天晚上到现在还没吃，只喝水。"

"我买去。"春桃正踏出房门，向高从院外很高兴地走进来，两人在瓜棚底下撞了个满怀。"高兴什么？今天怎样这早就回来？"

"今天做了一批好买卖！昨天你背回的那一篓，早晨我打开一看，里头有一包是明朝高丽王上的表章，一份至少可卖五十块钱。现在我们手里有十份！方才散了几份给行里，看看主儿出得多少，再发这几份。里头还有两张盖上端明殿御宝的纸，行家说是宋家的，一给价就是六十块，我没敢卖，怕卖漏了，先带回来给你开开眼。你瞧……"他说时，一面把手里的旧蓝布包袱打开，拿出表章和旧纸来。"这是端明殿御宝。"他指着纸上的印纹。

"若没有这个印，我真看不出有什么好处，洋宣比它还白咧。怎么宫里管事的老爷们也和我一样不懂眼？"春桃虽然看了，却不晓得那纸的值钱处在那里。

"懂眼？若是他们懂眼，咱们还能换一块八毛么？"向高把纸接过去，仍旧和表章包在包袱里。他笑着对春桃说："我说，媳妇……"

春桃看了他一眼，说："告诉你别管我叫媳妇。"

向高没理会她，直说："可巧你也早回家。买卖想是不错。"

"早晨又买了像昨天那样的一篓。"

"你不说还有许多么？"

"都教他们送到晓市卖到乡下包落花生去了！"

"不要紧，反正咱们今天开了光，头一次做上三十块钱的买卖。我说，咱们难得下午都在家，回头咱们上什刹海逛逛，消消暑去，好不好？"

他进屋里，把包袱放在桌上。春桃也跟进来。她说："不成，今天来了人了。"说着掀开帘子，点头招向高，"你进去。"

向高进去，她也跟着。"这是我原先的男人。"她对向高说过这话，又把他介绍给李茂说，"这是我现在的伙计。"

两个男子，四只眼睛对着，若是他们眼球的距离相等，他们的视线就会平行地接连着。彼此都没话，连窗台上歇的两只苍蝇也不做声。这样又教日影静静地移一二分。

"贵姓？"向高明知道，还得照例地问。

彼此谈开了。

"我去买一点吃的。"春桃又向着向高说，"我想你也还没吃罢？烧饼成不成？"

"我吃过了。你在家，我买去罢。"

妇人把向高拖到炕上坐下，说："你在家陪客人谈话。"给了他一副笑脸，便自出去。

屋里现在剩下两个男人，在这样情况底下，若不能一见如故，便得打个你死我活。好在他们是前者的情形。但我们别想李茂是短了两条腿，不能打。我们得记住向高是拿过三五年笔杆的，用李茂的分量满可以把他压死。若是他有枪，更省事，一动指头，向高便得过奈何桥。

李茂告诉向高，春桃的父亲是个乡下财主，有一顷田。他自己的父亲就在他家做活和赶叫驴。因为他能瞄很准的枪，她父亲怕他当兵去，便把女儿许给他，为的是要他保护庄里的人们。这些话，是春桃没向他说过的。他又把方才春桃说的话再述一遍，渐次迫到他们二人切身的问题上头。

"你们夫妇团圆，我当然得走开。"向高在不愿意的情态底下说出这话。

"不，我已经离开她很久，现在并且残废了，养不活她，也是白搭。你们同住这些年，何必拆？我可以到残废院去。听说这里有，有人情便可进去。"

这给向高很大的诧异。他想，李茂虽然是个大兵，却料不到他有这样的侠气。他心里虽然愿意，嘴上还不得不让。这是礼仪的狡猾，念过书的人们都懂得。

"那可没有这样的道理。"向高说，"教我冒一个霸占人家妻子的罪名，我可不愿意。为你想，你也不愿意你妻子跟别人住。"

"我写一张休书给她，或写一张契给你，两样都成。"李茂微笑诚意地说。

"休？她没什么错，休不得。我不愿意丢她的脸。卖？我那儿有钱买？我的钱都是她的。"

"我不要钱。"

"那么，你要什么？"

"我什么都不要。"

"那又何必写卖契呢？"

"因为口讲无凭，日后反悔，倒不好了。咱们先小人，后君子。"

说到这里，春桃买了烧饼回来。她见二人谈得很投机，心下十分快乐。

"近来我常想着得多找一个人来帮忙，可巧茂哥来了。他不能走动，正好在家管管事，检检纸。你当跑外卖货。我还是当捡货的。咱们三人开公司。"春桃另有主意。

李茂让也不让，拿着烧饼望嘴送，像从饿鬼世界出来的一样，他没工夫说话了。

"两个男人，一个女人，开公司？本钱是你的？"向高发出不需要的疑问。

"你不愿意吗？"妇人问。

"不，不，不，我没有什么意思。"向高心里有话，可说不出来。

"我能做什么？整天坐在家里，干得了什么事？"李茂也有点不敢赞成。他理会向高的意思。

"你们都不用着急，我有主意。"

向高听了，伸出舌头舐舐嘴唇，还吞了一口唾沫。李茂依然吃着，他的眼睛可在望春桃，等着听她的主意。

捡烂纸大概是女性中心的一种事业。她心中已经派定李茂在家把旧邮票和纸烟盒里的画片检出来。那事情，只要有手有眼，便可以做。她合一合，若是天天有一百几十张卷烟画片可以从烂纸堆里检出来，李茂每月的伙食便有了门。邮票好的和罕见的，每天能检得两三个，也就不劣。外国烟卷在这城里，一天总销售一万包左右，纸包的百分之一给她捡回来，并不算难。至于向高还是让他检名人书札，或比较可以多卖钱的东西。他不用说已经是个行家，不必再受指导。她自己干那吃力的工作，除去下大雨以外，在狂风烈日底下，是一样地出去捡货。尤其是在天气不好的时候，她更要工作，因为同业们有些就不出去。

她从窗户望望太阳，知道还没到两点，便出到明间，把破草帽仍旧戴上，探头进房里对向高说："我还得去打听宫里还有东西出来没有。你在家招呼他。晚上回来，我们再商量。"

向高留她不住，便由她走了。

好几天的光阴都在静默中度过。但二男一女同睡一铺炕上定然不很顺心。多夫制的社会到底不能够流行得很广。其中的一个缘故是一般人还不能摆脱原始的夫权和父权思想。

由这个，造成了风俗习惯和道德观念。老实说，在社会里，依赖人和掠夺人的，才会遵守所谓风俗习惯；至于依自己的能力而生活的人们，心目中并不很看重这些。像春桃，她既不是夫人，也不是小姐；她不会到外交大楼去赴跳舞会，也没有机会在隆重的典礼上当主角。她的行为，没人批评，也没人过问；纵然有，也没有切肤之痛。监督她的只有巡警，但巡警是很容易对付的。两个男人呢，向高诚然念过一点书，含糊地了解些圣人的道理，除掉些少名分的观念以外，他也和春桃一样。但他的生活，从同居以后，完全靠着春桃。春桃的话，是从他耳朵进去的维他命，他得听，因为于他有利。春桃教他不要嫉妒，他连嫉妒的种子也都毁掉。李茂呢，春桃和向高能容他住一天便住一天，他们若肯认他做亲戚，他便满足了。当兵的人照例要丢一两个妻子。但他的困难也是名分上的。

向高的嫉妒虽然没有，可是在此以外的种种不安，常往来于这两个男子当中。

暑气仍没减少，春桃和向高不是到汤山或北戴河去的人物。他们日间仍然得出去谋生活。李茂在家，对于这行事业可算刚上了道，他已能分别那一种是要送到万柳堂或天宁寺去做糙纸的，那一样要留起来的，还得等向高回来鉴定。

春桃回家，照例还是向高侍候她。那时已经很晚了，她在明间里闻见蚊烟的气味，便向着坐在瓜棚底下的向高说：

"咱们多会点过蚊烟，不留神，不把房子点着了才怪咧。"

向高还没回答，李茂便说："那不是熏蚊子，是熏秽气，我央刘大哥点的。我打算在外面地下睡。屋里太热，三人睡，实在不舒服。"

"我说，桌上这张红帖子又是谁的？"春桃拿起来看。

"我们今天说好了，你归刘大哥。那是我立给他的契。"声从屋里的炕上发出来。

"哦，你们商量着怎样处置我来！可是我不能由你们派。"

她把红帖子拿进屋里，问李茂，"这是你的主意，还是他的？"

"是我们俩的主意。要不然，我难过，他也难过。"

"说来说去，还是那话。你们都别想着咱们是丈夫和媳妇，成不成？"

她把红帖子撕得粉碎，气有点粗。

“你把我卖多少钱？”

“写几十块钱做个彩头。白送媳妇给人，没出息。”

“卖媳妇，就有出息？”她出来对向高说，“你现在有钱，可以买媳妇了。若是给你阔一点……”

“别这样说，别这样说。”向高拦住她的话，“春桃，你不明白。这两天，同行的人们直笑话我。……”

“笑你什么？”

“笑我……”向高又说不出来。其实他没有很大的成见，春桃要怎办，十回有九回是遵从的。他自己也不明白这是什么力量。在她背后，他想着这样该做，那样得照他的意思办；

可是一见了她，就像见了西太后似地，样样都要听她的懿旨。

“噢，你到底是念过两天书，怕人骂，怕人笑话。”

自古以来，真正统治民众的并不是圣人的教训，好像只是打人的鞭子和骂人的舌头。风俗习惯是靠着打骂维持的。但在春桃心里，像已持着“人打还打，人骂还骂”的态度。她不是个弱者，不打骂人，也不受人打骂。我们听她教训向高的话，便可以知道。

“若是人笑话你，你不会揍他？你露什么怯？咱们的事，谁也管不了。”

向高没话。

“以后不要再提这事罢。咱们三人就这样活下去，不好吗？”

一屋里都静了。吃过晚饭，向高和春桃仍是坐在瓜棚底下，只不像往日那么爱说话。连买卖经也不念了。

李茂叫春桃到屋里，劝她归给向高。他说男人的心，她不知道，谁也不愿意当王八；占人妻子，也不是好名誉。他从腰间拿出一张已经变成暗褐色的红纸帖，交给春桃，说：

“这是咱们的龙凤帖。那晚上逃出来的时候，我从神龛上取下来，揣在怀里。现在你可以拿去，就算咱们不是两口子。”

春桃接过那红帖子，一言不发，只注视着炕上破席。她不由自主地坐下，挨近那残废的人，说：“茂哥，我不能要这个，你收回去罢。我还是你的媳妇。一夜夫妻百日恩，我不做缺德的事。今天看你走不动，不能干大活，我就不要你，我还能算人吗？”

她把红帖也放在炕上。

李茂听了她的话，心里很受感动。他低声对春桃说：“我瞧你怪喜欢他的，你还是跟他过日子好。等有点钱，可以打发我回乡下，或送我到残废院去。”

“不瞒你说，”春桃的声音低下去，“这几年我和他就同两口子一样活着，样样顺心，事事如意；要他走，也怪舍不得。

不如叫他进来商量，瞧他有什么主意。”她向着窗户叫，“向哥，向哥！”可是一点回音也没有。出来一瞧，向哥已不在了。

这是他第一次晚间出门。她楞一会，便向屋里说：“我找他去。”

她料想向高不会到别的地方去。到胡同口，问问老吴。老吴说望大街那边去了。她到他常交易的地方去，都没找着。人很容易丢失，眼睛若见不到，就是渺渺茫茫无寻觅处。快到一点钟，她才懊丧地回家。

屋里的油灯已经灭了。

“你睡着啦？向哥回来没有？”她进屋里，掏出洋火，把灯点着，向炕上一望，只见李茂把自己挂在窗棂上，用的是他自己的裤带。她心里虽免不了存着女性的恐慌，但是还有胆量紧爬上去，把他解下来。幸而时间不久，用不着惊动别人，轻轻地抚揉着他，他渐次苏醒回来。

杀自己的身来成就别人是侠士的精神。若是李茂的两条腿还存在，他也不必出这样的手段。两三天以来，他总觉得自己没多少希望，倒不如毁灭自己，教春桃好好地活着。春桃于他虽没有爱，却很有义。她用许多话安慰他，一直到天亮。他睡着了，春桃下炕，见地上一些纸灰，还剩下没烧完的红纸。她认得是李茂曾给他的那张龙凤帖，直望着出神。

那天她没出门。晚上还陪李茂坐在炕上。

“你哭什么？”春桃见李茂热泪滚滚地滴下来，便这样问他。

“我对不起你。我来干什么？”

“没人怨你来。”

“现在他走了，我又短了两条腿。……”

“你别这样想。我想他会回来。”

“我盼望他会回来。”

又是一天过去了，春桃起来，到瓜棚摘了两条黄瓜做菜，草草地烙了一张大饼，端到屋里，两个人同吃。

她仍旧把破帽戴着，背上篓子。

“你今天不大高兴，别出去啦！”李茂隔着窗户对她说。

“坐在家里更闷得慌。”

她慢慢地踱出门。作活是她的天性，虽在沉闷的心境中，她也要干。中国女人好像只理会生活，而不理会爱情，生活的发展是她所注意的，爱情的发展只在盲闷的心境中沸动而已。自然，爱只是感觉，而生活是实质的，整天躺在锦帐里或坐在幽林中讲爱经，也是从皇后船或总统船运来的知识。春桃既不是弄潮儿的姊妹，也不是碧眼胡的学生，她不懂得，只会莫名其妙地纳闷。

一条胡同过了又是一条胡同。无量的尘土，无尽的道路，涌着这沉闷的妇人。她有时嚷“烂纸换洋取灯儿”，有时连路边一堆不用换的旧报纸，她都不捡。有时该给人两盒取灯，她却给了五盒。胡乱地过了一天，她便随着天上那班只会嚷嚷和抢吃的黑衣党慢慢地踱回家。仰头看见新贴上的户口照，写的户主是刘向高妻刘氏，使她心里更闷得厉害。

刚踏进院子，向高从屋里赶出来。

她瞪着眼，只说：“你回来……”其余的话用眼泪连续下去。

“我不能离开你，我的事情都是你成全的。我知道你要我帮忙。我不能无情无义。”其实他这两天在道上漫散地走，不晓得要往那里去。走路的时候，直像脚上扣着一条很重的铁镣，那一面是扣在春桃手上一样。加以到处都遇见“还是他好”的广告，心情更受着不断的搅动，甚至饿了他也不知道。

“我已经同向哥说好了。他是户主，我是同居。”

向高照旧帮她卸下篓子。一面替她抹掉脸上的眼泪。他说：“若是回到乡下，他是户主，我是同居。你是咱们的媳妇。”

她没有做声，直进屋里，脱下衣帽，行她每日的洗礼。

买卖经又开始在瓜棚底下念开了。他们商量把宫里那批字纸卖掉以后，向高便可以在市场里摆一个小摊，或者可以搬到一间大一点点的房子去住。

屋里，豆大的灯火，教从瓜棚飞进去的一只油葫芦扑灭了。李茂早已睡熟，因为银河已经低了。

“咱们也睡罢。”妇人说。

“你先躺去，一会我给你捶腿。”

“不用啦，今天我没走多少路。明儿早起，记得做那批买卖去，咱们有好几天不开张了。”

“方才我忘了拿给你。今天回家，见你还没回来，我特意到天桥去给你带一顶八成新的帽子回来。你瞧瞧！”他在暗里摸着那帽子，要递给她。

“现在那里瞧得见！明天我戴上就是。”

院子都静了，只剩下晚香玉的香还在空气中游荡。屋里微微地可以听见“媳妇”和“我不爱听，我不是你的媳妇”等对答。

（原载1934年《文学》3卷1号）

无忧花

加多怜新近从南方回来，因为她父亲刚去世，遗下很多财产给她几位兄妹，她分得几万元现款和一所房子。那房子很宽，是她小时跟着父亲居住过的，很多可纪念的交际会，都在那里举行过，所以她宁愿少得五万元，也要向她哥哥换那房子。她的丈夫朴君，在南方一个县里的教育机关当一份小差事，所得薪棒虽不很够用，幸赖祖宗给他留下一点产业，还可以勉强度过日子。

自从加多怜沾着新法律的利益，得了父亲这笔遗产，她便嫌朴君所住的地方闭塞简陋，没有公园、戏院，没有舞场，也没有够得上与她交游的人物。在穷乡僻壤里，她在外洋十年间所学的种种自然没有施展的地方。她所受的教育使她要求都市的物质生活，喜欢外国器用，羡慕西洋人的性情。她的名字原来叫做黄家兰，但是偏要译成英国音义，叫加多怜伊罗。由此可知她的崇拜西方的程度。这次决心离开她丈夫，为的要恢复她的都市生活。她把那旧房子修改成中西混合的形式，想等到布置停当才为朴君在本城运动一官半职，希望能够在这里长住下去。

她住的正房已经布置好了，现在正计划着一个游泳池，要将西花园那五间祖祠来改造，两间暗间改做更衣室，把神龛挪进来，改做放首饰、衣服和其他细软的柜子，三间明间改做池子，瓦匠已经把所有的神主都取出来放在一边。还有许多人在那里，搬神龛的搬神龛，起砖的起砖，掘土的掘土，已经工作了好些时，她才来看看。她走到房门口，便大声嚷："李妈，来把这些神主拿走。"

李妈是个三十岁左右的少妇，长得还不丑，是她父亲用过的人。她问加多怜要把那些神主搬到哪里去。加多怜说："爱搬哪儿搬哪儿。现在不兴拜祖先了，那是迷信。你拿到厨房当劈柴烧了罢。"她说："这可造孽，从来就没有人烧过神主，您还是挑一间空屋子把它们搁起来罢。或者送到大少爷那里也比烧了强。"加多怜说："大爷也不一定要它们。他若是要，早就该搬走。反正我是不要它们了，你要送到大少爷那里就送去。若是他也不要，就随你怎样处置，烧了也成，埋了也成，卖了也成。那上头的金，还可以值几十块，你要是把它们卖了，换几件好衣服穿穿，不更好吗？"她答应着，便把十几座神主放在篮里端出去了。

加多怜把话吩咐明白，随即回到自己的正房，房间也是中西混合型。正中一间陈设的东西更是复杂，简直和博物院一样。在这边安排着几件魏、齐造像，那边又是意、法的裸体雕刻。壁上挂的，一方面是香光、石庵的字画，一方面又是什么表现派后期印象派的油彩。一边挂着先人留下来的铁笛玉笙，一边却放着皮安奥与梵欧林，这就是她的客厅。客厅的东西厢房，一边是她的卧房和装饰室，一边是客房，所有的设备都是现代化的。她从美容厅到装饰室，便躺在一张软床上，看看手表已过五点，就按按电铃，顺手点着一支纸烟，一会，陈妈进来。她说："今晚有舞局，你把我那新做的舞衣拿出来，再打电话叫裁缝立刻把那套蝉纱衣服给送来，回头来伺候洗澡。"陈妈一一答应着，便即出去。

她洗完澡出来，坐在装台前，涂脂抹粉，足够半点钟工夫。陈妈等她装饰好了，便把衣服披在她身上。她问："我这套衣服漂亮不漂亮？"陈妈说："这花了多少钱做的？"她说，"这双鞋合中国钱六百块，这套衣服是一千。"陈妈才显出很赞羡的样子说："那么贵，敢情漂亮啦！"加多怜笑她不会鉴赏，对她解释那双鞋和那套衣服会这么贵和怎样好看的原故，但她都不懂得。她反而说："这件衣服就够我们穷人置一两顷地。"加多怜说："地有什么用呢？反正有人管你吃的穿的用的就得啦。"陈妈说："这两三年来，太太小姐们穿得越发讲究了，连那位黄老太太也穿得花花绿绿地。"加多怜说："你们看得不顺眼吗？这也不希奇。你晓得现在娘们都可以跟爷们一样，在外头做买卖、做事和做官，如果打扮得不好，人家一看就讨嫌，什么事都做不成了。"她又笑着说："从前的女人，未嫁以前是一朵花，做了妈妈就成了一个大倭瓜。现在可不然，就是八十岁的老太太，也得打扮得像小姑娘一样才好。"陈妈知道她心里很高兴，不再说什么，给她披上一件外衣，便出去叫车夫伺候着。

加多怜在软床上坐着等候陈妈的回报，一面从小桌上取了一本洋文的美容杂志，有意无意地翻着。一会儿李妈进来说："真不凑巧，您刚要出门，邸先生又来了。他现时在门口等着，请进来不请呢？"加多怜说："请他这儿来罢。"李妈答应了一声，随即领着邸力里亚进来。邸力里亚是加多怜在纽约留学时所认识的西班牙朋友，现时在领事馆当差。自从加多怜回到这城以来，他几乎每个星期都要来好几次。他是一个很美丽的少年，两撇小胡映着那对像电光闪烁的眼睛。说话时那种浓烈的表情，乍一看见，几乎令人想着他是印度欲天或希拉伊罗斯的化身，他一进门，便直趋到加多怜面前，抚着她的肩膀说："达灵，你正要出门吗？我要同你出去吃晚饭，成不成？"加多怜说："对不住，今晚我得去赴林市长的宴舞会，谢谢你的好意。"她拉着邸先生的手，教他也在软椅上坐。又说："无论如何，你既然来了，谈一会再走罢。"他坐下，看见加多怜身边那本美容杂志，便说："你喜欢美国装还是法国装呢？看你的身材，若扮起西班牙装，一定很好看。不信，明天我带些我们国里的装饰月刊来给你看。"加多怜说："好极了。我知道我一定会很喜欢西班牙的装束。"

两个人坐在一起，谈了许久，陈妈推门进来，正要告诉林宅已经催请过，蓦然看见他们在椅子上搂着亲嘴。在半惊半诧异的意识中，她退出门外。加多怜把邸力里亚推开，叫："陈妈进来，有什么事？是不是林宅来催请呢？"陈妈说："催请过两次了。"那邸先生随即站起来，拉着她的手说："明天再见吧，不再耽误你的美好的时间了。"她叫陈妈领他出门，自己到装台前再匀匀粉，整理整理头面。一会陈妈进来说车已预备好，衣箱也放在车里了。加多怜对她说："你们以后该学学洋规矩才成，无论到哪个房间，在开门以前，必得敲敲门，教进来才进来。方才邸先生正和我行着洋礼，你闯进来，本来没多大关系，为什么又要缩回

去？好在邸先生知道中国风俗，不见怪，不然，可就得罪客人了。”陈妈心里才明白外国风俗，亲嘴是一种礼节，她一连回答了几声“唔，唔”，随即到下房去。

加多怜来到林宅，五六十位客人已经到齐了。市长和他的夫人走到跟前同她握手。她说：“对不住，来迟了。”市长连说：“不迟不迟，来得正是时候。”他们与她应酬几句，又去同别的客人周旋。席间也有很多她所认识的朋友，所以和她谈笑自如，很不寂寞，席散后，麻雀党员，扑克党员，白面党员等等，各从其类，各自消遣，但大部分的男女宾都到舞厅去。她的舞艺本是冠绝一城的，所以在场上的独舞与合舞，都博得宾众的赞赏。

已经舞过很多次了。这回是市长和加多怜配舞，在进行时，市长极力赞美她身材的苗条和技术的纯熟。她越发播弄种种妩媚的姿态，把那市长的心绪搅得纷乱。这次完毕，接着又是她的独舞。市长目送着她进更衣室，静悄悄地等着她出来。众宾又舞过一回，不一会，灯光全都熄了，她的步伐随着乐音慢慢地踏出场中。她头上的纱中和身上的纱衣，满都是萤火所发的光，身体的全部在磷光闪烁中断续地透露出来。头面四周更是明亮，直如圆光一样。这动物质的衣裳比起其余的舞衣，直像寒冰狱里的鬼皮与天宫的霓裳的相差。舞罢，市长问她这件舞衣的做法。她说用萤火缝在薄纱里，在黑暗中不用反射灯能够自己放出光来。市长赞她聪明，说会场中一定有许多人不知道，也许有人会想着天衣也不过如此。

她更衣以后，同市长到小客厅去休息。在谈话间，市长便问她说：“听说您不想回南了，是不是?"她回答说:"不错,我有这样打算,不过我得替外子在这里找一点事做才成。不然,他必不让我一个人在这里住着。如果他不能找着事情,我就想自己去考考文官,希望能考取了,派到这里来。"市长笑着说:"像您这样漂亮,还用考什么文官武官呢!您只告诉我您愿意做什么官,我明儿就下委札。"她说:"不好吧,我不知道我能做什么官。您若肯提拔,就请派外子一点小差事,那就感激不尽了。"市长说:"您的先生我没见过,不便造次。依我看来,您自己做做官,岂不更抖吗?官有什么叫做会做不会做?您若肯做就能做,回头我到公事房看看有什么缺。马上就把您补上好啦。若是目前没有缺,我就给您一个秘书的名义。"她摇头,笑着说:"当秘书,可不敢奉命。女的当人家的秘书,都要给人说闲话的。"市长说:"那倒没有关系,不过有点屈才而已。当然我得把比较重要的事情来叨唠。"

舞会到夜阑才散,加多怜得着市长应许给官做,回家以后,还在卧房里独自跳跃着。

从前老辈们每笑后生小子所学非所用,到近年来,学也可以不必,简直就是不学有所用。市长在舞会所许加多怜的事已经实现了。她已做了好几个月的特税局帮办,每月除到局支几百元薪水以外,其余的时间都是她自己的,督办是市长自己兼,实际办事的是局里的主任先生们。她也安置了李妈的丈夫李富在局里,为的是有事可以关照一下。每日里她只往来于饭店舞场和显官豪绅的家庭间,无忧无虑地过着太平日子。平常她起床的时间总在中午左右,午饭总要到下午三四点,饭后便出门应酬,到上午三四点才回家。若是与邸力里亚有约会或朋友们来家里玩,她就不出门,起得也早一点。

在东北事件发生后一个月的一天早晨,李妈在厨房为她的主人预备床头点心。陈妈把客厅归着好,也到厨房来找东西吃。她见李妈在那里忙着,便问:"现在才七点多,太太就醒啦?"李妈说:"快了罢,今天中午有饭局,十二点得出门,不是不许叫'太太'吗?你真没记性!"陈妈说:"是呀,太太做了官,当然不能再叫'太太'了。可是叫她做'老爷',也不合适,回头老爷来到,又该怎样呢?一定得叫'内老爷'、'外老爷'才能够分别出来"。李妈说:"那

也不对，她不是说管她叫‘先生’或是帮办么？”陈妈在灶头拿起一块烤面包抹抹果酱就坐在一边吃。她接着说：“不错，可是昨天你们李富从局里来，问‘先生在家不在’，我一时也拐不过弯来，后来他说太太，我才想起来。你说现在的新鲜事可乐不可乐？”李妈说：“这不算什么，还有更可乐的啦。”陈妈说：“可不是！那‘行洋礼’的事。他们一天到晚就行着这洋礼。”她嘻笑了一阵，又说：“昨晚那邸先生闹到三点才走。送出院子，又是一回洋礼，还接着‘达灵’、‘达灵’叫了一阵。我说李姐，你想他们是怎么一回事？”李妈说：“谁知道？听说外国就是这样乱，不是两口子的男女搂在一起也没有关系。昨儿她还同邸先生一起在池子里洗澡咧。”陈妈说：“提起那池子来了，三天换一次水，水钱就是二百块，你说是不是，洗的是银子不是水？”李妈说：“反正有钱的人看钱就不当钱，又不用自己卖力气，衙门和银行里每月把钱交到手，爱怎花就怎花，像前几个月那套纱衣裳，在四郊收买了一千多只火虫，花了一百多。听说那套料子就是六百，工钱又是二百。第二天要我把那些火虫一只一只从小口袋里摘出来，光那条头纱就有五百多只，摘了一天还没摘完，真把我的胳臂累坏了。三天花二百块的水，也好过花八九百块做一件衣服穿一晚上就拆，这不但糟蹋钱并且造孽。你想，那一千多只火虫的命不是命吗？”陈妈说：“不用提那个啦。今天过午，等她出门，咱们也下池子去试一试，好不好？”李妈说：“你又来了，上次你偷穿她的衣服，险些闯出事来。现在你又忘了！我可不敢。那个神堂，不晓得还有没有神，若是有咱们光着身子下去，怕亵渎了受责罚。”陈妈说：“人家都不会出毛病，咱们还怕什么？”她站起来，顺手带了些吃的到自己屋里去了。

李妈把早点端到卧房，加多怜已经靠着床背，手拿一本杂志在那里翻着。她问李妈：“有信没信？”李妈答应了一声：“有”。随把盘子放在床上，问过要穿什么衣服以后便出去了。她从盘子里拿起信来，一封一封看过。其中有一封是朴君的，说他在年底要来。她看过以后，把信放下，并没显出喜悦的神气，皱着眉头，拿起面包来吃。

中午是市长请吃饭，座中只有宾主二人。饭后，市长领她到一间密室去。坐定后，市长便笑着说：“今天请您来，是为商量一件事情。您如同意，我便往下说。”加多怜说：“只要我的能力办得到，岂敢不与督办同意？”

市长说：“我知道只要您愿意，就没有办不到的事。我给您说，现在局里存着一大宗缉获的私货和违禁品，价值在一百万以上。我觉得把它们都归了公，怪可惜的，不如想一个化公为私的方法，把它们弄一部分出来。若能到手，我留三十万，您留二十五万，局里的人员分二万，再提一万出来做参与这事的人们的应酬费。如果要这事办得没有痕迹，最好找一个外国人来认领。您不是认识一位领事馆的朋友吗？若是他肯帮忙，我们应在应酬费里提出四五千送他。您想这事可以办吗？”加多怜很踌躇，摇着头说：“这宗款太大了，恐怕办得不妥，风声泄漏出去，您我都要担干系。”市长大笑说：“您到底是个新官僚！赚几十万算什么？别人从飞机、军舰、军用汽车装运烟土白面，几千万、几百万就那么容易到手，从来也没曾听见有人质问过。我们赚一百几十万，岂不是小事吗？您请放心，有福大家享，有罪鄙人当，您待一会去找那位邸先生商量一下得啦。”她也没主意了，听市长所说，世间简直好像是没有不可做的事情。她站起来，笑着说：“好吧，去试试看。”

加多怜来到邸力里亚这里，如此如彼地说了一遍。这邸先生对于她的要求从没拒绝过，但这次他要同她交换条件才肯办。他要求加多怜同他结婚，因为她在热爱的时候曾对他说过她与朴君离异了。加多怜说："时候还没到，我与他的关系还未完全脱离。此外，我还怕社会的批评。"他说："时候没到，时候没到，到什么时候才算呢？至于社会那有什么可怕的？社会很有力量，像一个勇士一样。可是这勇士是瞎的，只要你不走到他跟前，使他摸着你，他不看见你，也不会伤害你。我们离开中国就是了。我们有了这么些钱，随便到阿根廷住也好，到意大利住也好，就是到我的故乡巴悉罗那住也无不可。我们就这样办吧，我知道你一定要喜欢巴悉罗那的蔚蓝天空，那是没有一个地方能够比得上的。我们可以买一只游艇，天天在地中海遨游，再没有比这事快乐了。"

邸力里亚的话把加多怜说得心动了，她想着和朴君离婚倒是不难，不过这几个月的官做得实在有瘾，若是嫁给外国人，国籍便发生问题，以后能不能回来，更是一个疑问。她说："何必做夫妇呢？我们这样天天在一块玩，不比夫妇更强吗？一做了你的妻子，许多困难的问题都要发生出来。若是要到巴悉罗那去，等事情弄好了，就拿那笔款去花一两年也无妨。我也想到欧洲去玩玩。……"她正说着，小使进来说帮办宅里来电话，请帮办就回去，说老妈子洗澡，给水淹坏了。加多怜立刻起身告辞。邸先生说："我跟你去罢，也许用得着我。"于是二人坐上汽车飞驶到家。

加多怜和邸先生一直来到游泳池边，陈妈和李妈已经被捞起来，一个没死，一个还躺着，她们本要试试水里的滋味，走到跳板上，看见水并不很深，陈妈好玩，把李妈推下去，哪里知道跳板弹性很强，同时又把她弹下去。李妈在水里翻了一个身，冲到池边，一手把绳揪着，可是左臂已擦伤了。陈妈浮起来两三次，一沉到底。李妈大声嚷救命，园里的花匠听见，才赶紧进来，把她们捞起来。邸先生给陈妈施行人工呼吸法，好容易把她救活了，加多怜叫邸先生把她们送到医院去。

邸力里亚从医院回来，加多怜继续与他谈那件事情，他至终应许去找一个外商来承认那宗私货，并且发出一封领事馆的证明书，她随即用电话通知督办。督办在电话里一连对她说了许多夸奖的话，其喜欢可知。

两三个月的国难期间，加多怜仍是无忧无虑能乐且乐地过她的生活。那笔大款她早已拿到手，那邸先生又催着她一同到巴悉罗那去。她到市长那里，偶然提起她要出洋的事，并且说明这是当时的一个条件。市长说："这事容易办，就请朴君代理您的事情，您要多喒回任都可以。"加多怜说："很好，外子过几天就可以到。我原先叫他过年二三月才来，但他说一定要在年底来。现在给他这差事，真是再好不过了。"

朴君到了，加多怜递给他一张委任状。她对丈夫说，政府派她到欧洲考查税务，急要动身，教他先代理帮办，等她回来再谋别的事情做。朴君是个老实人，太太怎么说，他就怎么答应，心里并且赞赏她的本领。

过几天，加多怜要动身了。她和邸力里亚同行，朴君当然不晓得他们的关系，把他们送到上海候船，便赶快回来。刚一到家，陈妈的丈夫和李富都在那里等候着。陈妈的丈夫说他妻子自从出院以后，在家里病得不得劲，眼看不能再出来做事了，要求帮办赏一点医药费。李富因局里的人不肯分给他那笔款，教他问帮办要。这事迟延很久，加多怜也曾应许教那班人分些给他，但她没办妥就走了。朴君把原委问明，才知道他妻子自离开他以后的做官生活的大概情形。但她已走了，他即不便用书信去问她，又不愿意拿出钱来给他们。说了很久，不得要领，他们都怅怅地走了。

一星期后，特税局的大侵吞案被告发了，告发人便是李富和几个分不着款的局员，市长把事情都推在加多怜身上。把朴君请来，说了许多官话，又把上级机关的公文拿出来。朴君看得眼呆呆地，说不出半句话来。市长假装好意说："不要紧，我一定要办到不把阁下看管起来。这事情本不难办，外商来领那宗货物，也是有凭有据，最多也不过是办过失罪，只把尊寓交出来当做赔偿，变卖得多少便算多少，敷衍得过便算了事。我与尊夫人的交情很深，这事本可以不必推究，不过事情已经闹到上头，要不办也不成。我知道尊夫人一定也不在乎那所房子，她身边至少也有三十万呢。"

第二天，撤职查办的公文送到，警察也到了。朴君气得把那张委任状撕得粉碎。他的神气直想发狂，要到游泳池投水，幸而那里已有警察，把他看住了。

房子被没收的时候，正是加多怜同邸力里亚离开中国的那天。他在敌人的炮火底下，和平日一样，无忧无虑地来了吴淞口。邸先生望着岸上的大火，对加多怜说："这正是我们避乱的机会，我看这仗一时是打不完的，过几年，我们再回来吧！"

女儿心

一

武昌竖起革命的旗帜已经一个多月了。在广州城里的驻防旗人个个都心惊胆战，因为杀满州人的谣言到处都可以听得见。这年的夏天，一个正要到任的将军又在离码头不远的地方被革命党炸死，所以在这满伏着革命党的城市，更显得人心惶惶。报章上传来的消息都是民军胜利，“反正”的省分一天多过一天。本城的官僚多半预备挂冠归田；有些还能很骄傲地说：“腰间三尺带是我殉国之具。”商人也在观望着，把财产都保了险或移到安全的地方——香港或澳门，听说一两日间民军便要进城，住在城里的旗人更吓得手足无措，他们真怕汉人屠杀他们。

在那些不幸的旗人中，有一个人，每天为他自己思维，却想不出一个避免目前的大难的方法。他本是北京一个世袭一等轻车都尉，隶属正红旗下，同时也曾中过举人；这时在镇粤将军衙门里办文书。他的身材很雄伟，若不是额下的大髯胡把他的年纪显出来，谁也看不出他是五十多岁的人，那时已近黄昏，堂上的灯还没点着，太太旁边坐着三个从十一岁到十五六岁的子女，彼此都现出很不安的状态。他也坐在一边，捋着胡子，沉静地看着他的家人。

“老爷，革命党一来，我们要往那里逃呢？”太太破了沉寂，很诚恳问她的老爷。

“哼，望那里逃？”他摇头说：“不逃，不逃，不能逃。逃出去无异自己去找死，我每年的俸银二百多两，合起衙门里的津贴和其它的入款也不过五六百两，除掉这所房子以外也就没有什么余款。这样省省地过日子还可以支持过去，若一逃走，纵然革命党认不出我们是旗人，侥幸可以免死，但有多少钱能够支持咱家这几口人呢？”

“这倒不必老爷挂虑，这二十几年来我私积下三万多块，我想咱们不如到海过去买几亩地，就作了乡下人也强过在这里担心。”

“太太的话真是所谓妇人女子之见。若是那么容易到乡下去落户，那就不用发愁了。你想我的身份能够撇开皇上不顾吗？做奴才得为主子，做人臣得为君上。他们汉官可以革命，咱们可就不能，革命党要来，在我们的地位就得同他们开火；若不能打，也不能弃职而逃。”

“那么，老爷忠心为国一定是不逃了。万一革命党人马上杀到这里来，我们要怎办呢？”

“大丈夫可杀不可辱，我们自然不能受他们的凌辱。等时候到来，再相机行事罢。”他看着他三个孩子，不觉黯然叹了一声。

太太也叹一声，说：“我也是为这班小的发愁啊。他们都没成人，万一咱们两口子尽了节，他们……”她说不出来了，只不歇地用手帕去擦眼睛。

他问三个孩子说：“你们想怎么办呢？”一双闪烁的眼睛注视着他们。

两个大孩子都回答说：“跟爹妈一块儿死罢。”那十一岁的女儿麟趾好像不懂他们商量的都是什么，一声也不响，托着腮只顾想她自己的。

“姑娘，怎么今儿不响啦？你往常的话儿是最多的。”她父亲这样问她。

她哭起来了，可是一句话也没有。

太太说：“她小小年纪，懂得什么，别问她啦。”她叫：“姑娘到我跟前来罢。”趾儿抽噎着走到跟前，依着母亲的膝下。母亲为她捋捋鬓额，给她擦掉眼泪。

他捋着胡子，像理会孩子的哭已经告诉了她的意思，不由得得意地说；“我说小姑娘是很聪明的，她有她的主意。”随即站起来又说：“我先到将军衙门去，看看下午有什么消息，一会儿就回来。”他整一整衣服，就出门去了。

风声越来越紧，到城里竖起革命旗的那天，果然秩序大乱，逃的逃，躲的躲，抢的抢，该死的死。那位腰间带着三尺殉国之具的大吏也把行李收束得紧紧地，领着家小回到本乡去了。街上“杀尽满州人”的声音，也摸不清是真的，还是市民高兴起来一时发出这得意的话。这里一家把大门严严地关起来，不管外头闹得多么凶，只安静地在堂上排起香案，两夫妇在正午时分穿起朝服向北叩了头，表告了满洲诸帝之灵，才退入内堂，把公服换下来。他想着他不能领兵出去和革命军对仗，已经辜负朝廷豢养之恩，所以把他的官爵职位自己贬了，要用世奴资格报效这最后一次的忠诚。他斟了一杯醇酒递给太太说：“太太请喝这一杯罢。”

他自己也喝，两个男孩也喝了，趾儿只喝了一点。在前两天，太太把佣仆都打发回家，所以屋里没有不相干的人。

两小时就在这醇酒应酬中度过去。他并没醉，太太和三个孩子已躺在床上睡着了。他出了房门，到书房去，从墙上取下一把宝剑，捧到香案前，叩了头，再回到屋里，先把太太杀死，再杀两个孩子。一连杀了三个人，满屋里的血腥、酒味把他刺激得像疯人一样。看见他养的一只狗正在门边伏着，便顺手也给它一剑，跑到厨房去把一只猫和几只鸡也杀了。他挥剑砍猫的时候，无意中把在灶边灶君龛外那盏点着的神灯挥到劈柴堆上去，但他一点也不理会。正出了厨房门口，马圈里的马嘶了一声，他于是又赶过去照马头一砍。马不晓得这是它尽节的时候，连踢带跳，用尽力量来躲开他的剑。他一手揪住络头的绳子，一手尽管望马头上乱砍，至终把它砍倒。

回到上房，他的神情已经昏迷了，扶着剑，瞪眼看着地上的血迹。他发现麟趾不在屋里，刚才并没杀她，于是提起剑来，满屋里找。他怕她藏起来，但在屋里无论怎样找，看看床的，开开柜门，都找不着。院里有一口井，井边正留着一只麟趾的鞋。这个引他到井边来。他扶着井栏，探头望下去；从他两肩透下去的光线，使他觉得井底有衣服浮现的影儿，其实也看不清楚。他对着井底说："好，小姑娘，你到底是个聪明孩子，有主意！"他从地上把那只鞋捡起来，也扔在井里。

他自己问："都完了，还有谁呢？"他忽然想起在衙门里还有一匹马，它也得尽节。于是忙把宝剑提起，开了后园的门，一直望着衙门的马圈里去。从后园门出去是一条偏僻的小街，常时并没有什么人往来，那小街口有一座常关着大门的佛寺。他走过去时，恰巧老和尚从街上回来，站在寺门外等开门，一见他满身血迹，右手提剑，左手上还在滴血，便抢前几步拦住他说："太爷，您怎么啦？"他见有人拦住，眼睛也看不清，举起剑来照着和尚头便要砍下去。老和尚眼快，早已闪了身子，等他砍了空，再夺他的剑。他已没气力了，看着老和尚一言不发。门开了，老和尚先扶他进去，把剑靠韦陀香案边放着，然后再扶他到自己屋里，给他解衣服；又忙着把他自己的大衲给他披上，并且为他裹手上的伤，他渐次清醒过来，觉得左手非常地痛，才记起方才砍马的时候，自己的手碰着了刃口。他把老和尚给他裹的布条解开看时，才发现了两个指头已经没了，这一个感觉更使他格外痛楚。屠人虽然每日屠猪杀羊，但是一见自己的血，心也会软，不说他趁着一时的义气演出这出惨剧，自然是受不了。痛是本能上保护生命的警告，去了指头的痛楚已经使他难堪，何况自杀！但他的意志，还是很刚强，非自杀不可。老和尚与他本来很有交情，这次用很多话来劝慰他，说城里并没有屠杀旗人的事情；偶然街上有人这样嚷，也不过是无意识的话罢了。他听着和尚的劝解，心情渐渐又活过来。正在相对着没有话说的时候，外边嚷着起火，哨声、锣声，一齐送到他们耳边。老和尚说："您请躺下歇歇罢，待老纳去出看看。"

他开了寺门，只见东头乌太爷的房子着了火。他不声张，把乌太爷扶到床上躺下，看他渐次昏睡过去，然后把寺门反扣着，走到乌家门前，只见一簇人丁赶着在那里拆房子。水龙虽有一架，又不够用。幸而过了半小时，很多人合力已把那几间房子拆下来，火才熄了。

和尚回来，见乌太爷还是紧紧地扎着他的手，歪着身子，在那里睡，没惊动他。他把方才放在韦陀龛那把剑收起来，才到禅房打坐去。

二

在辛亥革命的时候，像这样全家为那权贵政府所拥戴的孺子死节的实在不多。当时麟趾的年纪还小，无论什么都怕，死自然是最可怕的一件事。他父亲要把全家杀死的那一天，她并没喝多少酒，但也得装睡，她早就想定了一个逃死的方法，总没机会去试。父亲看见一家人都醉倒了，到外边书房去取剑的时候，她便急忙地爬起来，跑出院子。因为跑得快，恰巧把一只鞋子踢掉了。她赶快退回几步，要再穿上，不提防把鞋子一踢，就撞到那井栏旁边。她顾不得去捡鞋，从院子直跑到后园。后园有一棵她常爬上去玩的大榕树，但是家里的人都不晓得她会上树。上榕树本来很容易，她家那棵，尤其容易上去。她到树下，急急把身子耸上去，蹲在那分出四五杈的树干上。平时她蹲在上头，底下的人无论从那一方面都看不见。那时她只顾躲死，并没计较往后怎样过。蹲在那里有一刻钟左右，忽然听见父亲叫她，他自然不晓得麟趾在树上。她也不答应，越发蹲伏着，容那浓绿的密叶把她掩藏起来。不久她又听见父亲的脚步像开了后门出去的样子。她正在想着，忽然从厨房起了火。厨房离那榕树很远，所以人们在那里拆房子救火的时候，她也没下来。天已经黑了，那晚上正是十五，月很明亮，在树上蹲了几点钟，倒也不理会。可是树上不晓得歇着什么鸟，不久就叫一声，把她全身的毛发都吓竖了。身体本来有点冷，加上夜风带那种可怕的鸟声送到她耳边，就不由得直打抖擞。她不能再藏在树上，决意下来看看。然而怎么也起不来，从腿以下，简直麻痹得像长在树上一样。好容易慢慢地把腿伸直了，一面抖擞着下了树，摸到园门，原来她的卧房就靠近园门。那一下午的火，只烧了厨房，她母亲的卧房、大厅和书房，至于前头的轿厅和后面她的卧房连着下房都还照旧。她从园门闪入她的卧房，正要上床睡觉时候，忽然听见有人说话的声音，心疑是鬼，赶紧把房门关起来。从窗户看见两个人拿着牛眼灯由轿厅那边到她这里来，心里越发害怕。好在屋里没灯，趁着外头的灯光还没有射进来，她便蹲在门后。那两人一面说着，出了园门，她才放心。原来他们是那条街的更夫，因为她家没人，街坊叫他们来守夜。他们到后园，大概是去看看后园通小街那道门关没关罢。不一会他们进来，又把园门关上。听他们的脚音，知道旁边那间下房，他们也进去看过，正想爬到床后去，他们已来推她的门，于是不敢动弹，还是蹲在门后。门推不开，他们从窗户用灯照了一下。她在门后听见其中一个人说："这间是锁着的，里头倒没有什么。"他们并不一定要进她的房间，那时她真像遇了赦一般，不晓得为什么缘故，当时只不愿意他们知道她在里头。等他们走远了，才起来，坐在小椅上，也不敢上床睡，只想着天明时待怎办。她决定要离开她的家，因为全家的人都死了，若还住在家里，有谁来养活她呢？虽然仿佛听见她父亲开了后园门出去，但以后他回来没有，她又不理会，她想他一定是自杀了。前天晚上，当她父亲问过她的话，上了衙门以后，她私下问过母亲："若是大家都死了，将来要在什么地方相见呢？"她母亲叹了一口气说："孩子，若都是好人，我们就会在神仙的地方相见，我们都要成仙哪。"常听见她母亲说城外有个什么山，山名她可忘记了，那里常有神仙出来度人。她想着不如去找神仙罢，找到神仙就能与她一家人相见了。她想着要去找神仙的事，使她

心胆立时健壮起来，自己一人在黑屋里也不害怕，但盼着天快亮，她好进行。

鸡已啼过好几次，星星也次第地隐没了。初醒的云渐渐现出灰白色，一片一片像鱼鳞摆在天上。于是她轻轻地开了房门，出到院子来，她想“就这样走吗”，不，最少也得带一两件衣服。于是回到屋里，打开箱子，拿出几件衣服和梳篦等物，包成一个小包，再出房门。藏钱的地方她本知道，本要去拿些带在身边，只因那里的房顶已经拆掉了，冒着险进去，虽然没有妨碍，不过那两人还在轿厅睡着，万一醒来，又免不了有麻烦，再者，设使遇见神仙，也用不着钱。她本要到火场里去，又怕看见父母和二位哥哥的尸体，只远远地望着，作为拜别的意思。她的眼泪直流，又不敢放声哭；回过身去，轻轻开了园门，再反扣着。经过马圈，她看见那马躺在槽边，槽里和地上的血已经凝结，颜色也变了。她站在圈外，不住地掉泪。因为她很喜欢它，每常骑它到箭道去玩。那时天已大亮了，正在低着头看那死马的时候，眼光忽然触到一样东西，使她心伤和胆战起来。进前两步从马槽下捡起她父亲的一节小指头，她认得是父亲左手的小指头。因为他只留这个小指的指甲，有一寸多长，她每喜欢摸着它玩。当时她也不顾什么，赶紧取出一条手帕，紧紧把她父亲的小指头裹起来，揣在怀里。她开了后园的街门，也一样地反扣着。夹着小包袱，出了小街，便急急地向北门大街放步。幸亏一路上没人注意她，故得优游地出了城。

旧历十月半的郊外，虽不像夏天那么青翠，然而野草园蔬还是一样地绿。她在小路上，不晓得已经走了多远，只觉身体疲乏，不得已暂坐在路边一棵榕树根上小歇，坐定了才记得她自昨天午后到歇在道旁那时候一点东西也没入口！眼前固然没有东西可以买来充饥，纵然有，她也没钱。她隐约听见泉水激流的声音，就顺着找去，果然发现了一条小溪，那时一看见水，心里不晓得有多么快活，她就到水边一掬掬地喝。没东西吃，喝水好像也可以饱，她居然把疲乏减少了好些。于是夹着包袱又望前跑。她慢慢地走，用尽了诚意要会神仙，但看见路上的人，并没有一个像神仙。心里非常纳闷，因为走的路虽不多，太阳却渐渐地西斜了。前面露出几间茅屋，她虽然没曾向人求乞过，可知道一定可以问人要一点东西吃，或打听所要去的山在哪里。随着路径拐了一个弯，就看见一个老头子在她前面走。看他穿着一件很宽的长袍，扶着一支黄褐色的拐杖，须发都白了，心里暗想："这位莫不就是神仙么"，于是抢前几步，恭恭敬敬地问："老伯父，请告诉我那座有神仙的山在什么地方？"他好像没听见她问的是什么话，她问了几遍，他总没回答，只问："你是迷了道的罢？"麟趾摇摇头。他问："不是迷道，这么晚，一个小姑娘夹着包袱，在这样的道上走，莫不是私逃的小丫头？"她又摇摇头。她看他打扮得像学塾里的老师一样，心里想着他也许是个先生。于是从地下捡起一块有棱的石头，就路边一棵树干上画了"我欲求仙去"几个字。他从胸前的绿鲨皮眼镜匣里取出一副直径约有一寸五分的水晶镜子架在鼻上。看她所写的，便笑着对她说："哦，原来是求仙的！你大概因为写的是'王子去求仙，丹成上九天'的仿格，想着古人有这回事，所以也要仿效仿效。但现在天已渐渐晚了，不如先到我家歇歇，再往前走罢。"她本想不跟他去，只因问他的话也不能得着满意的指示，加以肚子实饿了，身体也乏了，若不答应，前路茫茫，也不是个去处，就点头依了他，跟着他走。

走不远，渡过一道小桥，来到茅舍的篱边。初冬的篱笆上还挂些未残的豆花。晚烟好像一匹无尽长的白链，从远地穿林织树一直来到篱笆与茅屋的顶巅。老头子也不叫门，只伸手到篱门里把闩拨开了。一只带着金铃的小黄狗抢出来，吠了一两声，又到她跟前来闻她。她退后两步，老头子把它轰开，然后携着她进门。屋边一架瓜棚，黄萎的南瓜藤，还凌乱地在上头绕着。鸡已经站在棚上预备安息了。这些都是她没见过的，心里想大概这就是仙家罢。刚踏上小台阶，便有一个二十多岁的姑娘出来迎着，她用手作势，好像问"这位小姑娘是谁呀"，他笑着回答说："她是求仙迷了路途的。"回过头来，把她介绍给她，说："这是我的孙女，名叫宜姑。"

他们三个人进了茅屋，各自坐下。屋里边有一张红漆小书桌，老头子把他的孙女叫到身边，教她细细问麟趾的来历。她不敢把所有的真情说出来，恐怕他们一知道她是旗人或者就于她不利。她只说："我的父母和哥哥前两天都相继过去了。剩下我一个人，没人收养，所以要求仙去。"她把那令人伤心的事情瞒着，孙女把她的话用他们彼此通晓的方法表示给老头子知道。老头子觉得她很可怜，对她说，他活了那样大年纪也没有见过神仙，求也不一定求得着，不如暂时住下，再定夺前程，他们知道她一天没吃饭，宜姑就赶紧下厨房，给她预备吃的。晚饭端出来，虽然是红薯粥和些小酱菜，她可吃得津津有味。回想起来，就是不饿，也觉得甘美。饭后，宜姑领她到卧房去。一夜的话把她的意思说转了一大半。

三

麟趾住在这不知姓名的老头子的家已经好几个月了。老人曾把附近那座白云山的故事告诉过她。她只想着去看安期生升仙的故迹，心里也带着一个遇仙的希望。正值村外木棉盛开的时候，十丈高树，枝枝着花，在黄昏时候看来直像一座万盏灯台，灿烂无比。闽、粤的树花再没有比木棉更壮丽的，太阳刚升到与绿禾一样高的天涯，麟趾和宜姑同在树下捡落花来做玩物，谈话之间，忽然动了游白云山的念头。从那村到白云山也不过是几里路，所以她们没有告诉老头子，到厨房里吃了些东西，还带了些薯干，便到山里玩去。天还很早，榕树上的白鹭飞去打早食还没归巢，黄鹂却已唱过好几段宛啭的曲儿，在田间和林间的人们也唱起歌了。到处所听的不是山歌，便是秧歌。她们两个有时为追粉蝶，误入那篱上缠着野蔷薇的人家；有时为捉小鱼涉入小溪，溅湿了衣袖。一路上嘻嘻嚷嚷，已经来到山里。微风吹拂山径旁的古松，发出那微妙的细响。着在枝上的多半是嫩绿的松球，衬着山坡上的小草花，和正长着的薇蕨，真是绮丽无匹。

她们坐在石上休息，宜姑忽问："你真信有神仙么？"

麟趾手里撩着一枝野花，漫应说："我怎么不信！我母亲曾告诉我有神仙，她的话我都信。"

"我可没见过，我祖父老说没有，他所说的话，我都信。他既说没有，那定是没有了。"

"我母亲说有，那定是有，怕你祖父没见过罢。我母亲说，好人都会成仙，并且可以和亲人相见哪，仙人还会下到凡间救度他的亲人，你听过这话么？"

"我没听见过。"

说着他们又起行，游过了郑仙岩，又到菖蒲涧去，在山泉流处歇了脚。下游的石上，那不知名的山禽在那里洗午澡，从乱石堆积处，露出来的阳光指示她们快到未时了，麟趾一意要看看神仙是什么样子，她还有登摩星岭的勇气。她们走过几个山头，不觉把路途迷乱了。越走越不是路，她们巴不得立刻下山，寻着原路回到村里。

出山的路被她们找着了，可不是原来的路径，夕阳当前，天涯的白云已渐渐地变成红霞。正在低头走着，前面来了十几个背枪的大人物，宜姑心里高兴，等他们走近跟前，便问其中的人燕塘的大路在那一边。那班人听说她们所问的话，知道是两只迷途的羊羔，便说他们也要到燕塘去。宜姑的村落正离燕塘不远，所以跟着他们走。

原来她们以为那班强盗是神仙的使者，安心随着他们走。走了许久，二人被领到一个破窑里，那里有一个人看守着她们，那班人又匆忙地走了。麟趾被日间游山所受的快活迷

住，没想到、也没经历过在那山明水秀的仙乡会遇见这班混世魔王。到被囚起来的时候，才理会她们前途的危险。她同宜姑苦口求那人怜恤她们，放她们走。但那人说若放了她们，他的命也就没了。宜姑虽然大些，但到那时，也恐吓得说出不话来。麟趾到底是个聪明而肯牺牲的孩子，她对那人说："我家祖父年纪大了，必得有人伺候他，若把我们两人都留在这里，恐怕他也活不成。求你把大姊放回去罢，我宁愿在这里跟着你们。"那人毫无恻隐之心，任她们怎样哀求，终不发一言，到他觉得麻烦的时候，还喝她们说："不要瞎吵！"

丑时已经过去，破窑里的油灯虽还闪着豆大的火花，但是灯心头已结着很大的灯花，不时迸出火星和发出哔剥的响，油盏里的油快要完了。过些时候，就听见人马的声音越来越近，那人说："他们回来了。"他在窑门边把着，不一会，大队强盗进来，卸了脏物，还虏来三个十几岁的女学生。

在破窑里住了几天，那些贼人要她们各人写信回家拿钱来赎，各人都一一照办了，最后问到麟趾和宜姑，麟趾看那人的容貌很像她大哥，但好几次问他叫他，他都不大理会，只对着她冷笑。虽然如此，她仍是信他是大哥，不过仙人不轻易和凡人认亲罢了。她还想着，他们把她带到那里也许是为教她们也成仙。宜姑比较懂事，说她们是孤女，只有一个耳聋的老祖父，求他们放她们两人回去。他们不肯，说："只有白拿，不能白放。"他们把赃物检点一下，头目叫两个伙计把那几个女学生的家书送到邮局去，便领着大队同几个女子，趁着天还未亮出了破窑，向着山中的小径前进。不晓得走了多少路程，又来到一个寨。群贼把那五个女子安置在一间小屋里。过了几天，那三个女学生都被带走，也许是她们的家人花了钱，也许是被移到到处去。他们也去打听过宜姑和麟趾的家境，知道那聋老头花不起钱来赎，便计议把她们卖掉。

宜姑和麟趾在荒寨里为他们服务，他们都很喜欢。在不知不觉中又过了几个星期。一天下午他们都喜形于色回到荒寨，两个姑娘忙着预备晚饭。端菜出来，众人都注目看着她们。头目对大姑娘说："我们以后不再干这生活了，明天大家便要到惠州去投入民军。我们把你配给廖兄弟。"他说着，指着一个面目长得十分俊秀、年纪在二十六七左右的男子，又往下说："他叫廖成，是个白净孩子，想一定中你的意思。"他又对麟趾说："小姑娘年纪太小，没人要，黑牛要你做女儿，明天你就跟着他过，他明天以后便是排长了。"他呶着嘴向黑牛指示麟趾，黑牛年纪四十左右，满脸横肉，看来像很凶残。当时两个女孩都哭了，众人都安慰她们。头目说："廖兄弟的喜事明天就要办的，各人得早起，下山去搬些吃的，大家热闹一回。"

他们围坐着谈天，两个女孩在厨房收拾食具，小姑娘神气很镇定，低声问宜姑说："怎办？"宜姑说："我没主意，你呢？"

"我不愿意跟那黑鬼，我一看他，怪害怕的，我们逃罢。"

"不成，逃不了！"宜姑摇头说。

"你愿意跟那强盗？"

"不，我没主意。"

她们在厨房没想出什么办法，回到屋里，一同躺在稻草褥上，还继续地想。麟趾打定主意要逃，宜姑至终也赞成她，她们知道明天一早趁他们下山的时候再寻机会。

一夜的幽暗又叫朝云抹掉，果然外头的兄弟们一个个下山去预备喜筵。麟趾扯着宜姑说：“这是时候，该走了。”她们带着一点吃的，匆匆出了小寨。走不多远，宜姑住了步，对麟趾说：“不成，我们这一走，他们回寨见没有人，一定会到处追寻，万一被他们再抓回去，可就没命了。”麟趾没说什么，可也不愿意回去。宜姑至终说：“还是你先走罢，我回去张罗他们，他们问你的时候，我便说你到山里捡柴去。你先回到我公公那里去报信也好。”她们商量妥当，麟趾便从一条那班兄弟们不走的小道下山去。宜姑到看不见她，才掩泪回到寨里。

小姑娘虽然学会昼伏夜行的方法，但在乱山中，夜行更是不便，加以不认得道路，遇险的机会很多，走过一夜，第二夜便不敢走了。她在早晨行人稀少的时候，遇见妇人女子才敢问道，遇见男子便藏起来。但她常走错了道，七天的粮已经快完了，那晚上她在小山岗上一座破庙歇脚。霎时间，黑云密布，大雨急来，随着电闪雷鸣。破庙边一棵枯树教雷劈开，雷音把麟趾的耳鼓几乎震破，电光闪得更是可怕。她想那破庙一定会塌下来把她压死，只是蹲在香案底下打抖擞。好容易听见雨声渐细，雷也不响，她不敢在那里逗留，便从案下爬出来。那时雨已止住了，天际仍不时地透漏着闪电的白光，使蜿蜒的山路，隐约可辨。她走出庙门，待要往前，却怕迷了路途，站着尽管出神。约有一个时辰，东方渐明，鸟声也次第送到她耳边，她想着该是走的时候，背着小包袱便离开那座破庙。一路上没遇见什么人，朝雾断续地把去处遮拦着，不晓得从什么地方来的泉声到处都听得见。正走着，前面忽然来了一队人，她是个惊弓之鸟，一看见便急急向路边的小丛林钻进去。那里堤防到那刚被大雨洗刷过的山林湿滑难行，她没力量攀住些草木，一任双脚溜滑下去，直到山麓。她的手足都擦破了，腰也酸了，再也不能走。疲乏和伤痛使她不能不躺在树林里一块铺着朝阳的平石上昏睡。她腿上的血，殷殷地流到石上，她一点也不理会。

林外，向北便是越过梅岭的大道，往来的行旅很多。不知经过几个时辰，麟趾才在沉睡中觉得有人把她抱起来，睁眼一看，才知道被抱到一群男女当中。那班男女是走江湖卖艺的，一队是属于卖武耍把戏的黄胜，一队是属耍猴的杜强。麟趾是那耍猴的抱起来的，那卖武的黄胜取了些万应的江湖秘药来，敷她的伤口。他问她的来历，知道她是迷途的孤女，便打定主意要留她当一名艺员，耍猴用不着女子，黄胜便私下向杜强要麟趾。杜强一时任侠，也就应许了。他只声明将来若是出嫁得的财礼可以分些给他。

他们骗麟趾说他们是要到广州去，其实他们的去向无定，什么时候得到广州，都不能说。麟趾信以为真，便请求跟着他们去。那男人腾出一个竹箩，教她坐在当中，他的妻子把她挑起来。后面跟着的那个人也挑着一担行头，在他肩膀上坐着一只猕猴。他戴的那顶宽缘镶云纹的草笠上开了一个小圆洞，猕猴的头可以从那里伸出来。那人后面还跟着一个女子，牵着一只绵羊和两只狗，绵羊驮着两个包袱，最后便是扛刀枪的，麟趾与那一队人在斜阳底下向着满被野云堆着的山径前进，一霎时便不见了。

四

自从麟趾被骗以后，三四年间，就跟着那队人在江湖上往来。她去求神仙的勇气虽未消灭，而幼年的幻梦却渐次清醒。几年来除掉看一点浅近的白话报以外，她一点书也没有

念，所认得的字仍是在家的时候学的，深字甚至忘掉许多。她学会些江湖伎俩，如半截美人、高跃、踏索、过天桥等等，无一不精，因此被全班的人看为台柱子，班主黄胜待她很好，常怕她不如意，另外给她好饮食。她同他们混惯了，也不觉得自己举动下流。所不改的是她总没有舍弃掉终有一天全家能够聚在一起的念头。神仙会化成人到处游行的话是她常听说的，几年来，她安心跟着黄胜走江湖，每次卖艺总是目光灼灼注视着围观的人们，人们以她为风骚，她却在认人。多少次误认了面貌与她父亲或家人相仿佛的观众。但她仍是希望着，注意着，没有一时不思念着。

他们真个回到离广州不远的一个城，住在真武庙倾破的后殿。早饭已经吃过，正预备下午的生意。黄胜坐在台阶上抽烟等着麟趾，因为她到街上买零碎东西还没回来。

从庙门外蓦然进来一个人，到黄胜跟前说："胜哥，一年多没见了！"老杜摇摇头，随即坐在台阶上说："真不济，去年那头绵羊死掉，小山就闷病了。它每出场不但不如从前活泼，而且不听话，我气起来，打了它一顿。那个畜生，可也奇怪，几天不吃东西，也死了。从它死后，我一点买卖也没做，指望赢些钱再买一只羊和一只猴，可是每赌必输，至终把行头都押出去了，现在来专意问大哥借一点。"

黄胜说："我的生意也不很好，那里有钱借给你使。"

老杜是打定主意的，他所要求非得不可。他说："若是没钱，就把人还我。"他的意思是指麟趾。

老黄急了，紧握着手，回答他说："你说什么？那个人是你的？"

"那女孩子是我捡的，自然属于我。"

"你要，当时为何不说？那时候你说要猴用不着她；多一个人养不起，便把她让给我。现在我已养了好几年，教会她各样玩艺，你来要回去，天下没有这个道理。"

"看来你是不愿意还我了。"

"说不上还不还，难道我这几年的心血和钱财能白费了么？我不是说以后得的财礼分给你吗?"

"好,我拿钱来赎成不成?"老杜自然等不得,便这样说。

"你!拿钱来赎?你有钱还是买一只羊、一只猴耍耍去罢,麟趾,怕你赎不起。"老黄舍不得放弃麟趾,并且看不起老杜,想着他没有赎她的资格。

"你要多少呢?"

"五百,"老黄说了,又反悔说,"不,不,我不能让你赎去,她不是你的人,你再别废话了。"

"你不让我赎,不成。多会我有五百元,多会我就来赎。"老杜没得老黄的同意,不告辞便出庙门去了。

自此以后,老杜常来跟老黄捣麻烦,但麟趾一点也不知道是为她的事,她也没去问。老黄怕以后更麻烦,心里倒想先把她嫁掉,省得老杜屡次来胡缠,但他总也没有把这意思给麟趾说,他也不怕什么,因为他想老杜手里一点文据都没有,打官司还可以占便宜。他暗地里托媒给麟趾找主,人约他在城隍庙戏台下相看,那地方是老黄每常卖艺的所在。相看的人是个当地土豪的儿子,人家叫他做郭太子。这消息给老杜知道,到庙里与老黄理论,两句不合,便动了武。幸而麟趾从外头进来,便和班里的人把他们劝开;不然,会闹出人命也不一定,老杜骂到没劲,也就走了。

麟趾问黄胜到底是怎么回事。老黄没敢把实在的情形告诉她,只说老杜老是来要钱使,一不给他,他便骂人。他对麟趾说:"因他知道我们将有一个阔堂会,非借几个钱去使使不可。可是我不晓得这一宗买卖做得成做不成,明天下午约定在庙里先耍着看,若是合意,人家才肯下定哪。你想我怎能事前借给他钱使!"

麟趾听了,不很高兴,说:"又是什么堂会!"

老黄说:"堂会不好么?我们可以多得些赏钱,姑娘不喜欢么?"

"我不喜欢堂会,因为看的人少。"

"人多人少有什么相干,钱多就成了。"

"我要人多,不必钱多。"

"姑娘,那是怎讲呢?"

"我希望在人海中能够找着我的亲人。"

黄胜笑了,他说:"姑娘!你要找亲人,我倒想给你找亲哪,除非你出阁,今生莫想有什么亲人,你连自己的姓都忘掉了!哈哈!"

"我何尝忘掉?不过我不告诉人罢了,我的亲人我认得,这几年跟着你到处走,你当我真是为卖艺么?你带我到天边海角,假如有遇见我的亲人的一天,我就不跟你了。"

"这我倒放心,你永远是遇不着的。前次在东莞你见的那个人,便说是你哥哥,楞要我去把他找来。见面谈了几句话,你又说不对了!今年年头在增城,又错认了爸爸!你记得么?哈哈!我看你把心事放开罢。人海茫茫,那个是你的亲人?倒不如过些日子,等我给你找个好主,若生下一男半女,我保管你享用无尽。那时,我,你的师父,可也叨叨光呀。"

"师父别说废话,我不爱听。你不信我有亲人,我偏要找出来给你看。"麟趾说时像有了气。

“那么,你的亲人却是谁呢?”

“是神仙。”麟趾大声地说。

老黄最怕她不高兴,赶紧转帆说:“我逗你玩哪,你别当真,我们还是说些正经的罢,明天下午无论如何,我们得多卖些力气。我身边还有十几块钱,现在就去给你添些头面。我一会儿就回来。”他笑着拍麟趾的肩膀,便自出去了。

第二天下午,老黄领着一班艺员到艺场去,郭太子早已在人圈中占了一条板凳坐下。麟趾装饰起来,招得围观的人越多,一套一套的把戏都演完,轮到麟趾的踏索,那是她的拿手技术。老黄那天便把绳子放长,两端的铁钎都插在人圈外头。她一面走,一面演各种把式。正走到当中,啊,绳子忽然断了!麟趾从一丈多高的空间摔下来。老黄不顾救护她,只嚷说:“这是老杜干的”,连骂带咒,跳出人圈外到绳折的地方。观众以为麟趾摔死了,怕打官司时被传去做证人,一哄而散。有些人回身注视老黄,见他追着一个人往人丛中跑,便跟过去趁热闹。不一会,全场都空了。老黄追那人不着,气喘喘地跑回来,只见那两个伙计在那里收拾行头。行头被众人践踏,破坏了不少:刀枪也丢了好几把;麟趾也不见了。伙计说人乱的时候他们各人都紧伏在两箱行头上头,没看见麟趾爬起来,到人散后,就不见她躺在地上。老黄无奈,只得收拾行头,心里想这定是老杜设计把麟趾抢走,回到庙里再去找他计较,艺场中几张残破的板凳也都堆在一边。老鸦从屋脊飞下来啄地上残余的食物;树花重复发些清气,因为满身汗臭的人们都不见了。

黄胜找了老杜好几天都没下落,到郭太子门上诉说了一番。郭太子反说他是设局骗他的定钱,非把他押起来不可。老黄苦苦哀求才脱了险。他出了郭家大门,垂头走着,拐了几个弯,蓦地里与老杜在巷尾一个犄角上撞个满怀。“好,冤家路窄!”黄胜不由分说便伸出右手把老杜揪住。两只眼睛瞪得直像冒出电来,气也粗了。老杜一手擅住老黄的右手,冷不防给他一拳。老黄哪里肯让,一脚便踢过去,指着他说:“你把人藏在那里?快说出来,不然,看老子今天结束了你。”老杜退到墙犄角上,扎好马步,两拳瞄准老黄的脑袋说:“呸!你问我要人!我正要问你呢。你同郭太子设局,把所得的钱,半个也不分给我,反来问我要人。”说着,往前一跳,两拳便飞过来,老黄闪得快,没被打着。巷口看热闹的人越围越多,巡警也来了。他们不愿意到派出所去,敷衍了巡警几句话,便教众人拥着出了巷口。

老杜跟着老黄,又走过了几条街。

老黄说:“若是好汉,便跟我回家分说。”

“怕你什么?去就去!”老杜坚决地说。

老黄见他横得很,心里倒有点疑惑。他问:“方才你说我串通郭太子,不分给你钱,是从那里听来的狗谣言?”

“我还在我面前装呆!那天在场上看把戏的大半是郭家的手脚,你还瞒谁?”

“我若知道这事,便教我男盗女娼。那天郭太子约定来看人是不错,不过我已应许你,所得多少总要分给你,你为什么又到场上捣乱?”

老杜瞪眼看着他,说:“这就是胡说!我捣什么乱?你们说了多少价钱我一点也不知道，那天我也不在那里，后来在道上就见郭家的人们拥着一顶轿子过去，一打听，才知道是从庙里扛来的。”

老黄住了步，回过头来，诧异地说：“郭太子！方才我到他那里，几乎教他给押起来。你说的话有什么凭据？”

“自然有不少凭据。那天是谁把绳子故意拉断的？”老杜问。

“你！”

“我！我告诉你，我那天不在场，一定是你故意做成那样局面，好教郭太子把人抢走。”

老黄沉吟了一会，说：“这我可明白了。好兄弟，我们可别打了，这事一定是郭家的人干的。”他把方才郭家的人如何蛮横，为老杜说过一遍。两个人彼此埋怨，可也没奈他何，回到真武庙，大家商量怎样打听麟趾的下落。他们当然不敢打官司，也不敢闯进郭府里去要人，万一不对，可了不得。

老杜和黄胜两人对坐着。你看我，我看你，一言不发，各自急抽着烟卷。

五

郭家的人们都忙着检点东西，因为地方不靖，从别处开来的军队进城时难免一场抢掠。那是一所五进的大房子，西边还有一个大花园，各屋里的陈设除椅、桌以外，其余的都已装好，运到花园后面的石库里，花园里还留下一所房子没有收拾。因为郭太子新娶的新奶奶忌讳多，非过百日不许人搬动她屋子里的东西。

窗外种着一丛碧绿的芭蕉，连着一座假山直通后街的墙头。屋里一张紫檀嵌牙的大床，印度纱帐悬着，云石椅、桌陈设在南窗底下。瓷瓶里插的一簇鲜花，香气四溢。墙上挂的字画都没有取下来，一个康熙时代的大自鸣钟的摆子在静悄悄的空间的得地作响，链子末端的金葫芦动也不动一下。在窗棂下的贵妃床上坐着从前在城隍庙卖艺的女郎，她的眼

睛向窗外注视，像要把无限的心事都寄给轻风吹动的蕉叶。

芭蕉外，轻微的脚音渐次送到窗前。一个三十左右的男子，到阶下站着，头也没抬起来，便叫："大官，大官在屋里么？"

里面那女郎回答说："大官出城去了，有什么事？"

那人抬头看见窗里的女郎，连忙问说："这位便是新奶奶么？"

麟趾注目一看，不由得怔了一会，"你很面善，像在那里见过的。"她的声音很低，五尺以外几乎听不见。

那人看着她，也像在什么地方会过似地，但他一时也记不起来，至终还是她想起来。她说："你不是姓廖么？"

"不错呀，我姓廖。"

"那就对了，你现在在这一家干的什么事？"

"我一向在广州同大官做生意，一年之中也不过来一两次，奶奶怎么认得我？"

"你不是前几年娶了一个人家叫她做宜姑的做老婆吗？"

那人注目看她，听到她说起宜姑，猛然回答说："哦，我记起来了！你便是当日的麟趾小姑娘！小姑娘，你怎么会落在他手里？"

"你先告诉我宜姑现在好么？"

"她么？我许久没见她了。自从你走后，兄弟们便把宜姑配给黑牛，黑牛现在名叫黑仰白，几年来当过一阵要塞司令，宜姑跟着他养下两个儿子。这几天，听说总部要派他到上海去活动，也许她会跟着去罢。我自那年入军队不久，过不了纪律的生活，就退了伍。人家把我荐到郭大官的烟土栈当掌柜，我一直便做了这么些年。"

麟趾问："省城也能公卖烟土么？"

"当然是私下买卖，军队里我有熟人容易做，所以这几年来很剩些钱。"

"黑牛和他的弟兄们帮你贩烟土，是不是？"

"不，黑司令现在很正派，我同他的交情没有从前那么深了。我有许多朋友在别的军队里，他们时常帮助我。"

"我很想去见见宜姑，你能领我去么？"

"她不久便要到上海去，你就是到广州，也不一定能看见她。"

"今晚，就走，怎样？"

"那可不成，城里恐怕不到初更就要出乱子，我方才就是来对大官说，叫他快把大门、偏门、后门都锁起来，恐怕人进来抢。"

"他说出城迎接军队去了，不晓得什么时候能回来。或者现在就领我去罢。"

"耳目众多，不成，不成。再说要走，也不能同我走，教大官知道，会说我拐骗你。……我说你是要一走不回头呢？还是只要见一见宜姑便回来？"

"我一点也不喜欢他，那天我在城隍庙踏索子掉下来，昏过去，醒来便躺在这屋里的床上。好在身上没有什么伤，只是脚跟和手擦破，养了十几天便好了。他强我嫁给他，口里答应给我十万银做保证金，说若是他再娶奶奶，听我把十万银带走，单独过日子。我问他给了多少给黄胜，他说不用给，他没奈何他。自从我离开山寨以后，就给黄胜抢去学走江湖，几年来走了好几省地方，至终在这里给他算上了。我常想着他那样的人，连一个钱也不给黄胜，将来万一他负了心，他也照样可以把十万银子抢回去；现在钱虽然在我的名字底下存着，我可不敢相信是属于我的，我还是愿意走得远远地。他不是一个好人，跟着他至终不会有好结果，你说是不是？"

廖成注视她的脸，听着她说，他对于郭大官掳人的事早有所闻，却不知便是麟趾。他好像对于麟趾所说的没有多少可诧异的，只说："是，他并不是个好人，但是现在的世界，那个是好人！好人有人捧，坏人也有人捧，为坏人死的也算忠臣，我想等宜姑从上海回来，我再通知你去会她罢。"

"不，我一定要走。你若不领我去，请给我一个地址，我自己想方法。"

廖成把宜姑的地址告诉她，还劝她切要过了这个乱子才去，麟趾嘱咐他不要教郭太子知道。她说："你走罢，一会怕有人来，我那丫头都到前院帮助收拾东西去了，你出去，请给我叫一个人进来。"

他一面走着，一面说："我看还是等乱过去，从长慢慢打算罢，这两天一定不能走的，道路上危险多。"

麟趾目送着廖成走出蕉丛外头，到他的脚音听不见的时候，慢慢起身到妆台前，检点她的细软和首饰之类。走出房门，上了假山，她自伤愈后这是第一次登高，想着宜姑，教她心里非常高兴，巴不得立刻到广州去见她。到墙的尽头，她探头下望，见一条黑深的空巷，一根电报杆子立在巷对面的高坡上，同围墙距离约一丈多宽。一根拴电杆的粗铅丝，从杆上离电线不远的部位，牵到墙上一座一半砌在墙里已毁的节孝坊的石柱上，几乎成为水平线。她看看园里并没有门，若要从花园逃出去，恐怕没有多少希望。

她从假山下来，进到屋里已是黄昏时分，丫头也从前院进来了。麟趾问："你有旧衣服没有？拿一套来给我。"

女婢说："奶奶要旧衣服干什么？"

"外头乱扰扰地，万一给人打进家里来，不就得改装掩人耳目么？"

"我的不合奶奶穿，我到外头去找一套进来罢。"她说着便出去了。

麟趾到丫头的卧房翻翻她的包袱，果然都是很窄小的，不合她穿。门边挂着一把雨纸伞，她拿下来打开一看，已破了大半边。在床底下有一根细绳子，不到一丈长。她摇摇头叹了一声，出来仍坐在窗下的贵妃床，两眼凝视着芭蕉。忽然拍起她的腿说："有了！"她立起来，正要出去，丫头给她送了一套竹布衣服进来。

"奶奶，这套合适不合适？"

她打开一看，连说："成，成，现在你可以到前头帮他们搬东西，等七点钟端饭来给我吃。"丫头答应一声，便离开她。她又到婢女屋里，把两竿张蚊帐的竹子取下捆起来；将衣物分做两个小包结在竹子两端，做成一根踏索用的均衡担。她试一下，觉得稍微轻一点，便拿起一把小刀走到芭蕉底下，把两棵有花蕾的砍下来，割下两个重约两斤的花蕾加在上头。随即换了衣服，穿着软底鞋，扛着均衡担飞跑上假山。沿着墙头走，到石柱那边。她不顾一切，两手擅住均衡担，踏上那很大铅丝，一步一步地走过去。到电杆那头，她忙把竹上的绳子解下来，圈成一个圆套子，套着自己的腰和杆子，像尺蠖一样，一路拱下去。

下了土坡，急急向着人少的地方跑。拐了几个弯，才稍微辨识一点道路。她也不用问道，一个劲儿便跑到真武庙去，她想着教黄胜领她到广州去找宜姑，把身边带着的珠宝分给他一两件。不想真武庙的后殿已经空了，人也不晓得往那里去了。天色已晚，邻居的人都不理会是她回来，她不敢问。她踌躇着，不晓得怎样办，在真武庙歇，又害怕；客栈不能住；船，晚上不开，一会郭家人发觉了，一定把各路口把住，终要被逮捕回去。到巡警局报迷路罢，不成，若是巡警搜出身上的东西，倒惹出麻烦来。想来想去，还是赶出城，到城外藏一宿，再定行止。

她在道上，看见许多人在街上挤来挤去，很像要闹乱子的光景。刚出城门，便听见城里一连发出砰磅的声音。街上的人慌慌张张地乱跑，铺店的门早已关好，一听见枪声，连门前的天灯都收拾起来。幸而麟趾出了城，不然，就被关在城里头。她要找一个僻静的地方去躲一下，但找来找去，总找不着，不觉来到江边。沿江除码头停泊着许多船以外，别的地方都很静。在离码头不远的地方，有一棵斜出江面的大榕树。那树的气根，根根都向着水面伸下去。她又想起藏在树上，在枪声不歇的时候，已有许多人挤在码头那边叫渡船，他们都是要到石龙去的。看他们的样子都像是逃难的人，麟趾想着不如也跟着他们去，到石龙，再赶广州车到广州。看他们把价钱讲妥了，她忙举步，混在人们当中，也上了船。

乱了一阵，小渡船便离开码头。人都伏在舱底下，灯也不敢点，城中的枪声教船后头的大橹和船头的双桨轻松地摇掉。但从雉堞影射出来的火光，令人感到是地狱的一种现象。船走得越远，照得越亮。到看不见红光的时候，不晓得船在江上已经拐了几个弯了。

六

石龙车站里虽不都是避难的旅客，但已拥挤得不堪。站台上几乎没有一寸空地，都教行李和人占满了，麟趾从她的座位起来，到站外去买些吃的东西，回来时，位已被别人占去。她站在一边，正在吃东西，一个扒手偷偷摸摸地把她放在地下那个小包袱拿走。在她没有发觉以前，后面长凳上坐着的一个老和尚便赶过来，追着那贼说："莫走，快把东西还给人。"他说着，一面追出站外。麟趾见拿的是她的东西，也追出来。老和尚把包袱夺回来，交给她说："大姑娘，以后小心一点，在道上小人多。"

麟趾把包袱接在手里，眼泪几乎要流出来，她心里说若是丢了包袱，她就永久失掉纪念她父亲的东西了。再则，所有的珠宝也许都在里头。现出非常感激的样子，她对那出家人说："真不该劳动老师父。跑累了么？我扶老师父进里面歇歇罢。"

老和尚虽然有点气喘，却仍然镇定地说："没有什么，姑娘请进罢。你像是逃难的人，是不是？你的包袱为什么这样湿呢？"

"可不是，这是被贼抢漏了的，昨晚上，我们在船上，快到天亮的时候，忽然岸上开枪，船便停了。我一听见枪声，知道是贼来了，赶快把两个包袱扔在水里。我每个包袱本来都结着一条长绳子。扔下以后，便把一头暗地结在靠近舵边一根支篷的柱子上头。我坐在船尾，扔和结的时候都没人看见，因为客人都忙着藏各人的东西，天也还没亮，看不清楚。我又怕被人知道我有那两个包袱，万一被贼搜出来，当我是财主，将我掳去，那不更吃亏么？因此我又赶紧到篷舱里人多的地方坐着。贼人上来，真凶！他们把客人的东西都抢走了。个个的身上也搜过一遍，侥幸没被搜出的很少。我身边还有一点首饰，也送给他们了，还有一个人不肯把东西交出，教他们打死了，推下水去。他们走后，我又回到船后去，牵着那绳子，可只剩下一个包袱，那一个恐怕是教水冲掉了。”

“我每想着一次一次的革命，逃难的都是阔人。他们有香港、澳门、上海可去。逃不掉的，只有小百姓。今日看见车站这么些人，才觉得不然。所不同的，是小百姓不逃固然吃亏，逃也便宜不了。姑娘很聪明，想得到把包袱扔在水里，真可佩服。”

麟趾随在后头回答说：“老师父过奖，方才把东西放下，就是显得我很笨；若不是师父给追回来，可就不得了。老师父也是避难的么？”

“我？出家人避什么难？我从罗浮山下来，这次要普陀山去朝山。”说时，回到他原来的坐位，但位已被人占了，他的包袱也没有了。他的神色一点也不因为丢了东西更变一点，只笑说：“我的包袱也没了！”

心里非常不安的麟趾从身边拿出一包现钱，大约二十元左右，对他说：“老师父，我真感谢你，请你把这些银子收下罢。”

“不，谢谢，我身边还有盘缠。我的包袱不过是几卷残经和一件破袈裟而已。你是出门人，多一元在身边是一元的用处。”

他一定不受，麟趾只得收回。她说：“老师父的道行真好，请问法号怎样称呼？”

那和尚笑说：“老衲没有名字。”

“请告诉我，日后也许会再相见。”

“姑娘一定要问，就请叫我做罗浮和尚便了。”

“老师父一向便在罗浮吗？听你的口音不像是本地人。”

“不错，我是北方人。在罗浮出家多年了，姑娘倒很聪明，能听出我的口音。”

“姑娘倒很聪明”，在麟趾心里好像是幼年常听过的。她父亲的形貌，她已模糊记不清了，她只记得旺密的大胡子，发亮的眼神。因这句话，使她目注在老和尚脸上。光圆的脸，一根胡子也不留，满颊直像铺上一层霜，眉也白得像棉花一样，眼睛带着老年人的混浊颜色，神彩也没有了。她正要告诉老师父她原先也是北方人，可巧汽笛的声音夹着轮声、轨道震动声，一齐送到。

“姑娘，广州车到了，快上去罢，不然占不到好座位。”

“老师父也上广州么？”

“不，我到香港候船。”

麟趾匆匆地别了他，上了车，当窗坐下。人乱过一阵，车就开了。她探出头来，还望见那老和尚在月台上。她凝望着，一直到车离开很远的地方。

她坐在车里，意像里只有那个老和尚，想着他莫不便是自己的父亲？可惜方才他递包袱时，没留神看看他的手，又想回来，不，不能够，也许我自己以为是，其实是别人。他的脸不很像哪！他的道行真好，不愧为出家人。忽然又想：假如我父亲仍在世，我必要把他找回来，供养他一辈子。呀，幼年时代甜美的生活，父母的爱惜，我不应当报答吗？不，不，没有父母的爱，父母都是自私自利的。为自己的名节，不惜把全家杀死。也许不止父母如此，一切的人都是自私自利的。从前的女子，不到成人，父母必要快些把她嫁给人。为什么？留在家里吃饭，赔钱。现在的女子，能出外跟男子一样做事，父母便不愿她嫁了。他们愿意她像儿子一样养他们一辈子，送他们上山。不，也许我的父母不是这样。他们也许对，是我不对，不听话，才会有今日的流离。

她一向便没有这样想过，今日因着车轮的转动摇醒了她的心灵。“你是聪明的姑娘！”“你是聪明的姑娘！”轮子也发出这样的声音。这明明是父亲的话，明明是方才那老和尚的话。不知不觉中，她竟滴了满襟的泪。泪还没干，车已入了大沙头的站台了。

出了车站，照着廖成的话，雇一辆车直奔黑家。车走了不久时候，至终来到门前。两个站岗的兵问她找谁，把她引到上房，黑太太紧紧迎出来，相见之下，抱头大哭一场。佣人面面相觑，莫名其妙。

黑太太现在是个三十左右的女人，黑老爷可已年近半百。她装饰得非常时髦，锦衣、绣裙，用的是欧美所产胡奴的粉，杜丝的脂，古特士的甲红，鲁意士的眉黛，和各种著名的香料。她的化妆品没有一样不是上等，没有一件是中国产物。黑老爷也是面团团，腹便便，绝不像从前那凶神恶煞的样子，寒暄了两句，黑老爷便自出去了。

“妹妹，我占了你的地位。”这是黑老爷出去后，黑太太对麟趾的第一句话。

麟趾直看着她，双眼也没眨一下。

“唉，我的话要从那里说起呢？你怎么知道找到这里来？你这几年来到那里去了？”

“姊姊，说来话长，我们晚上有功夫细细谈罢，你现在很舒服了，我看你穿的用的便知道了。”

“不过是个绣花枕而已，我真是不得已。现在官场，专靠女人出去交际，男人才有好差使，无谓的应酬一天不晓得多少，真是把人累得要死。”

她们真个一直谈下去，从别离以后谈到彼此所过的生活。宜姑告诉麟趾他祖父早已死掉，但村里那间茅屋她还不时去看看，现在没有人住，只有一个人在那里守着。她这几年跟人学些注音字母，能够念些浅近文章，在话里不时赞美她丈夫的好处。麟趾心里也很喜欢，最能使她开心的便是那间茅舍还存在。她又要求派人去访寻黄胜，因为她每想着她欠了他很大的恩情。宜姑应许为她去办，她又告诉宜姑早晨在石龙车站所遇的事情，说她几乎像看见父亲一样。

这样的倾谈决不能一时就完毕，好几天或好几个月都谈不完，东江的乱事教黑老爷到上海的行期改早些，他教他太太过些日子再走。因此宜姑对于麟趾，第二天给她买穿，第三天给她买戴；过几天又领她到张家，过几时又介绍她给李家。一会是同坐紫洞艇游河，一会又回到白云山附近的村居。麟趾的生活在一两个星期中真像粘在枯叶下的冷蛹，化了蝴蝶，在旭日和风中间翻舞一样。

东江一带的秩序已经渐次恢复。在一个下午，黑府的勤务兵果然把黄胜领到上房来。麟趾出来见他，又喜又惊。他喜的是麟趾有了下落；他怕的是军人的势力。她可没有把一切的经过告诉他，只问他事变的那天他在那里。黄胜说他和老杜合计要趁乱领着一班穷人闯进郭太子的住宅，他们两人希望能把她夺回来，想不到她没在那里。郭家被火烧了，两边死掉许多人，老杜也打死了，郭家的人活的也不多，郭太子在道上教人掳去，到现在还不知下落。他见事不济，便自逃回城隍庙去，因为事前他把行头都存在那里，伙计没跟去的也住在那里。

麟趾心里想着也许廖成也遇了险。不然，这么些日子，怎么不来找我，他总知道我会到这里来。因为黄胜不认识廖成，问也没用，她问黄胜愿意另谋职业，还是愿意干他的旧营生。黄胜当然不愿再去走江湖，她于是给了他些银钱。但他愿意在黑府当差，宜姑也就随便派给他当一名所谓国术教官。

黑家的行期已经定了，宜姑非带麟趾去不可，她想着带她到上海，一定有很多帮助。女人的脸曾与武人的枪平分地创造了人间一大部历史。黑老爷要去联络各地战主，也许要仗着麟趾才能成功。

七

南海的月亮虽然没有特别动人的容貌，因为只有它来陪着孤零的轮船走，所以船上很有些与它默契的人。夜深了，轻微的浪涌，比起人海中政争匪掠的风潮舒适得多。在枕上的人安宁地听着从船头送来波浪的声音，直如催眠的歌曲。统舱里躺着、坐着的旅客还没尽数睡着，有些还在点五更鸡煮挂面，有些躺在一边烧鸦片，有些围起来赌钱，几个要到普陀朝山的和尚受不了这种人间浊气，都上到舱面找一个僻静处所打坐去了，在石龙车站候车的那个老和尚也在里头。船上虽也可以入定，但他们不时也谈一两句话。从他们的谈话里，我们知道那老和尚又回到罗浮好些日子，为的是重新置备他的东西。

在那班和尚打坐的上一层甲板，便是大菜间客人的散步地方，藤椅上坐着宜姑，麟趾靠着舷边望月，别的旅客大概已经睡着了。宜姑日来看见麟趾心神恍惚，老像有什么事挂在心头一般，在她以为是待她不错；但她总是望着空间想，话也不愿意多说一句。

“妹妹，你心里老像什么事，不肯告诉我。你是不喜欢我们带你到上海去么？也许你想你的年纪大啦，该有一个伴了。若是如此，我们一定为你想法子。他的交游很广，面子也够，替你选择的人准保不错。”宜姑破了沉寂，坐在麟趾背后这样对她说。她心里是想把麟趾认做妹妹，介绍给一个督军的儿子当做一种政治钓饵，万一不成，也可以借着她在上海活动。

麟趾很冷地说：“我现在谈不到那事情，你们待我很好，我很感激。但我老想着到上海时，顺便到普陀去找找那个老师父，看他还在那里不在，我现在心里只有他。”

“你准知道他便是你父亲吗？”

“不，我不过思疑他是。我不是说过那天他开了后门出去，没听见他回到屋里的脚音吗？我从前信他是死了，自从那天起教我希望他还在人间。假如我能找着他，我宁愿把所有的珠宝给你换那所茅屋，我同他在那里住一辈子。”麟趾转过头来，带着满有希望的声调对着宜姑。

“那当然可以办的到，不过我还是希望你不要做这样没有把握的寻求。和尚们多半是假慈悲，老奸巨猾的不少；你若有意去求，若是有人知道你的来历，冒充你父亲，教你养他一辈子，那你不就上了当？幼年的事你准记得清楚么？”

“我怎么不记得？谁能瞒我？我的凭证老带在身边，谁能瞒得过我？”她说时拿出她几年来常在身边的两截带指甲的指头来，接着又说：“这就是凭证。”

“你若是非去找他不可，我想你一定会过那飘泊的生活，万一又遇见危险，后悔就晚了。现在的世界乱得很，何苦自己去找烦恼？”

"乱么?你、我都见过乱,也尝过乱的滋味,那倒没有什么,我的穷苦生活比你多过几年,我受得了,你也许忘记了。你现在的地位不同,所以不这样想。假若你同我换一换生活,你也许也会想去找你那耳聋的祖父罢。"她没有回答什么,嘴里漫应着:"唔,唔。"随即站起来,说:"我们睡去罢,不早了。明天一早起来看旭日,好不好?"

"你先去罢,我还要停一会儿才能睡咧。"

宜姑伸伸懒腰,打了一个呵欠,说声"明天见!别再胡思乱想了,妹妹",便自进去了。

她仍靠在舷边,看月光映得船边的浪花格外洁白,独自无言,深深地呼吸着。

甲板底下那班打坐的和尚也打起盹来了。他们各自回到统舱里去。下了扶梯,便躺着,那个老是用五更鸡煮挂面的客人,他虽已睡去,火仍是点着。一个和尚的袍角拂倒那放在上头的锅,几乎烫着别人的脚。再前便是那抽鸦片的客人,手拿着烟枪,仰面打鼾,烟灯可还未灭,黑甜的气味绕缭四围,斗纸牌的还在斗着,谈话的人可少了。

月也回去了,这时只剩下浪吼轮动的声音。

宜姑果然一清早便起来看海天旭日,麟趾却仍在睡乡里,报时的钟打了六下,甲板上下早已洗得干干净净。统舱的客人先后上来盥漱,麟趾也披着寝衣出来,坐在舷边的漆椅上,在桅梯边洗脸的和尚们牵引了她的视线。她看见那天在石龙车站相遇的那个老师父,喜欢得直要跳下去叫他。正要走下去,宜姑忽然在背后叫她,说:"妹妹,你还没穿衣服咧。快吃早点了,还不去梳洗?"

"姊姊,我找着他了!"她不顾一切还是要下扶梯。宜姑进前几步,把她揪住,说:"你这像什么样子,下去不怕人笑话,我看你真是有点迷。"她不由分说,把麟趾拉进舱房里。

"姊姊,我找着他了!"她一面换衣服,一面说,"若果是他,你得给我靠近燕塘的那间茅屋,我们就在那里住一辈子。"

"我怕你又认错了人,你一见和尚便认定是那个老师父,我准保你又会闹笑话,我看吃过早饭叫'播外'下去问问,若果是,你再下去不迟。"

"不用问,我准知道是他。"她三步做一步跳下扶梯来。那和尚已漱完口下舱去了,她问了旁边的人便自赶到统舱去,下扶梯过急,猛不防把那点着的五更鸡踢倒。汽油洒满地,火跟着冒起来。

舱里的搭客见楼梯口着火,个个都惊慌失措,哭的,嚷的,乱跑的,混在一起。麟趾退上舱面,脸吓得发白,话也说不出来。船上的水手,知道火起,忙着解开水龙。警钟响起来了!

舱底没有一个敢越过那三尺多高的火焰。忽然跳出那个老和尚,抱着一张大被窝腾身向火一扑,自己倒在火上压着。他把火几乎压灭了一半,众人才想起掩盖的一个法子。于是一个个拿被窝争着向剩下的火焰掩压。不一会把火压住了,水龙的水也到了,忙乱了一阵,好容易才把火扑灭了,各人取回冲湿的被窝时,直到最底下那层,才发现那老师父,众人把他扛到甲板上头,见他的胸背都烧烂了。

他两只眼虽还睁着,气息却只留着一丝,众人围着他,但具有感激他为众舍命的恐怕不多。有些只顾骂点五更鸡的人,有些却咒那行动卤莽的女子。

麟趾钻进人丛中,满脸含泪,那老师父的眼睛渐次地闭了,她大声叫:"爸爸!爸爸!"

众人中，有些肯定地说他死了。麟趾揸着他的左手，看看那剩下的三个指头。她大哭起来。嚷，说："真是我的爸爸呀！"这样一连说了好几遍。宜姑赶下来，把她扶开，说："且别哭啦，若真是你父亲，我们回到屋里再打算他的后事。在这里哭惹得大众来看热闹，也没什么好处。"

她把麟趾扶上去以后，有人打听老和尚和那女客的关系，却没有一个人知道，他同伴的和尚也不很知道他的来历。他们只知道他是从罗浮山下来的。有一个知道详细一点，说他在某年受戒，烧掉两个指头供养三世法佛。这话也不过是想，当然并没有确实的凭据，同伴的和尚并没有一个真正知道他的来历。他们最多知道他住在罗浮不过是四五年光景，从那里得的戒牒也不知道。

宜姑所得的回报，死者是一个虔心奉佛燃指供养的老和尚。麟趾却认定他便是好几年前自己砍断指头的父亲。死的已经死掉，再也没法子问个明白，他们也不能教麟趾不相信那便是她爸爸。

她躺在床上，哭得像泪人一般，宜姑在旁边直劝她。她说："你就将他的遗体送到普陀或运回罗浮去为他造一个塔，表表你的心也就够了。"

统舱的秩序已经恢复，麟趾到停尸的地方守着。她心里想：这到底是我父亲不是？他是因为受戒烧掉两个指头的么？一定的，这样的好人，一定是我父亲，她的泪沉静地流下，急剧地滴到膝上。她注目看着那尸体，好像很认得，可惜记忆不能给她一个反证。她想到普陀以后若果查明他的来历不对，就是到天边海角，她也要再去找找。她的疑心，很能使她再去过游浪的生活，长住在黑家决不是她所愿意的事。她越推想越入到非非之境，气息几乎像要停住一样。船仍在无涯的浪花中漂着，烟囱冒出浓黑的烟，延长到好几百丈，渐次变成灰白色，一直到消灭在长空里头。天涯的彩云一朵一朵浮起来，在麟趾眼里，仿佛像有仙人踏在上头一般。